책이라는 밥

책이라는

이석연 지음

밥

공허한 정신을 채워주는 독서의 기술

와이즈베리
WISEBERRY

독서는 씨뿌리기이며 변화이며 행동이다

나는 두려워하지 않는다. 책을 천권 만권 읽은 사람 앞에서 결코 기죽지 않는다. 이유는 간단하다. 단지 읽기만 하는 독서는 여기저기 찾아다니며 풀을 뜯고 있는 양떼와 다를 것이 없기 때문이다. 그런데 단 한 권의 책이라도 그것을 읽고 무엇인가 자기 말과 행동을 하는 사람 앞에서는 귀를 기울인다. 이미 그는 글을 읽는 사람이 아니라 글을 쓰고 있는 사람이기에 그 앞에 서면 긴장하게 된다.

"글씨"라는 말이 내포하고 있듯이 글을 읽는다는 것은 바로 그 글의 씨를 뿌리는 행위이다. 난해한 철학자로 알려져 있지만 데리다가 말하는 산종(散種)의 의미는 그런 점에서 아주 명쾌하다. 세상에 완결된 텍스트(책)란 없다. 그것을 읽는 사람에 의하여 그 글의 의미는 새로 덧붙여지고 변화하고 다른 차이를 낳는다. 텍스트의 의미는 자꾸 뒤로 뒤로 미루어지면서 다른 것이 되어간다. 누군가 독서행위는 유목적이고 글을 쓰는 행위는 농경적이라고 했다. 정곡을 찌른 말이다. 하지만 올바른 독서행위는 곧 글을 쓰는 행위와 동행한다.

더 이상 책읽기에 대해서 군살을 붙이지 않겠다. 독서는 씨뿌리기이며 변화이며 행동이라는 것을 극명하게 보여주고 있는 책 한 권이 출현했기 때문이다. 아니다. 이 책을 내기 전에 벌써 이 저자는 행동으로 독서의 의미를 보여줬다. 그의 정직, 열정, 올곧음과 상상력 그리고 무엇보다도 "남이 가지 않는 길을" 외롭게 걸어온 그 힘의 근원은 무엇인가. 우리의 궁금증을 저자 자신이 풀어낸다. 팔 할이 독서에서 온 것이라고.

우리는 해답을 얻었다. 이석연의 삶과 독서의 방식에서 우리는 "인생을 사로잡는" 힘을 얻었다. 독서가 무엇인지 그리고 독서를 어떻게 해야 하는 것인지. 종국에는 어떻게 살아야 하는지 자기실현의 길로 향한 화살표까지 보게 된다.

솔직히 말해 나는 이석연을 법조인이라고 부르지 않는다. 그는 독서인이고 동시에 창조인인 것이다.

초대 문화부장관 이 어 령

평범한 삶을 원하거든 무리들 속에 그냥 머물러라

내가 방탄소년단(BTS)을 좋아하는 이유는 따로 있다. BTS가 2016년 발표한 앨범(Wings)의 타이틀곡 '피 땀 눈물'에서 헤르만 헤세의《데미안》의 한 구절을 오브제로 차용하고 있었기 때문이다. 젊은 세대의 고민을 담아내는 BTS의 세계관이 성장소설《데미안》의 그것과 맞닿아 있었다. '새가 알을 깨고 나오듯이 태어나려는 자는 하나의 세계를 파괴하여야 한다.'라는《데미안》의 주제어는 청소년기부터 나에게 지대한 영향을 미쳤다. '인간은 노력하는 한 방황한다(Es irrt der Mensch, solange er strebt).'라는《파우스트》(괴테)의 키워드와 더불어.

심원암(深源庵), 모악산 중턱에 자리 잡은 김제 금산사에 딸린 암자다. 나는 10대 후반 2년간을 이 암자에서 보냈다. 오로지 책만을 읽으면서. 중학교를 졸업하던 해 대학입학 검정고시 합격으로 고교과정을 대체하고 그 공백을 이 암자에서 메웠다. 그때 읽었던 수백 권의 책들, 그로부터 얻은 지식과 지혜가 지금까지 내 삶의 자양분이 되고 있다. 책 속에 몰입하여 맛보던 그 환희와 경탄, 비록 몸은 암자에 머물러 있었지만 사유의 폭은 호탕무애하였고 온 세상이 나의 무대였다. 10대 후반 그 감수성 많던 시절 내 스스로 택한 길이었다. '남이 가지 않는 길을 간다.'는 지금도 내 삶의 모토다.

나는 사회생활을 하면서 항상 모험과 도전의 정신으로 임해 왔다. 그리고 소신의 일관성을 지키려고 노력했다. 비슷하게 보고 비슷하게 행동하는 것은 나약한 자들의 시각이었다. 좀 더 편한 삶을 살기 위해 무리들 속에 그냥 머무는 것은 내 생각 밖이었다. 이는 늘 책과 더불어, 책 속의 지혜와 함께였기에 가능한 것이었다. 나는 사고가 자유롭고 하는 일에 자신감이 있었다. 때문에 '예, 아니오'를 분명히 할 수 있었다. 이 또한 모두 독서의 힘이다. 물론 '예, 아니오'를 분명히 말하는 성향을 지닌 사람은 항상 아웃사이더로서 주류에 반대하는 세력으로 살게 된다는 지적(E. H. Carr, 《역사란 무엇인가》)처럼 손해를 볼 때도 있었다. 그렇지만 후회는 않는다. 오늘의 나를 만든 건 8할이 독서였다. 아니 그 이상이었다.

우리는 검색이 곧 지식이 되는 게으른 시대에 살고 있다. 책 읽기가 일상으로부터 더 멀어지고, 인터넷을 통한 SNS 시스템 검색으로 지식과 정보를 조달하고 있다. 그러나 오늘의 인터넷 세상을 만든 주인공들은 말하고 있다.

> "10년이 지나도 100년이 지나도 컴퓨터가 책을 대체할 수는 없다."(빌 게이츠)
> "대학 초년 시절 고전독서 프로그램을 통해 고전의 바다에 빠질 수 있었던 게 애플 컴퓨터의 오늘을 만든 힘이다."(스티브 잡스)

결국 책과 독서를 통해서 지식과 지혜를 넓힌 사람이 인터넷 세계를 주도하게끔 되어 있다. 10년이 지나도 100년이 지나도 변치 않는 진리다.

《책, 인생을 사로잡다》라는 제목으로 출간된 이 책의 초판은 10쇄가 넘게 판을 거듭하여 나름 독자들의 사랑을 받았다. 이번에 출판사를 바꾸면서 책명을 《책이라는 밥》으로 변경하고 대폭 보완하였다. 내가 노마드 독서법으로 개발한 제1부 "독서는 기술이다"에 2개 편을 추가하였다. "11. 깊이의 독서, 니체와 독서", "12. 다르게 읽어야 성공한다"가 그것이다. 무엇보다도 제3부 '지혜와 감동을 준, 삶의 변화와 행동을 이끌어줄 추천의 책'으로 초판 출간(2012) 이후 국내에서 발간된 9편의 도서와 2편의 고전을 새로이 추천하고 저자와 책에 관한 서평을 색다르게 실었다. 추가된 11종의 책들 역시 깊이가 있고 주변 지식을 풍부히 넓혀주고 있다. 읽기에도 편하다. 적어도 이 정도의 책들은 국민들에게 권하고 싶고 특히 젊은 세대가 읽었으면 한다. 제4부 '나의 독서 노트'에서는 비교적 최근의 독서수첩에 수록된 내용 중 일부를 추가하여 촌평 내지 소회를 덧붙여 실었다.

한국은 OECD 국가 중 독서 후진국이다. 아니 독서 문맹국이다. 독서야말로 국력이다. 독서(책)는 우리가 매일 먹는 밥(양식)과 같다. 단순한 취미나 여가 선용이 아니다. 초대 문화부장관이자 한국의 석학이신 이어령 선생은 "독서는 씨뿌리기이며 변화이며 행동이다."라고 하면서 초판의 추천의 글을 직접 써주셨다. 그러면서 "나는 이석연을 법조인이라고 부르지 않는다. 그는 독서인이고 동시에 창조인인 것이다."라고 과찬의 표현까지 덧붙였다. 노령에 병마와 싸우면서도 불굴의 창조적 상상력으로 글을 쓰고 시대와 젊은이들을 향하여 번뜩이는 지혜의 말을 제시해주신 선생께 감사의 인사를 전한다. 아울러 초판의 추천의 글을 전재할 수 있도록 해주심에 감사드린다.(원래 이 서문은 2021년 3월에 썼다. 그로부터 1년 후 2022년 3월 이어령 선생은 타계하셨다. 이제야 책을 내게 된 것을 송구스럽게 생각하며 평안히 영면하시기를 기원한다.)

2022. 6.

이 석 연 쓰다

책과 더불어 '남이 가지 않는 길'을 간다

　나는 아웃사이더다. 지방대를 나와 사법시험과 행정고시에 합격하고, 인권변호사와 시민운동가로 활동하다 법제처장을 지냈다. 그만한 경력이라면 스스로를 성공한 아웃사이더라 여기며 주류에 편승해 편한 삶의 길을 걸을 수도 있었을 것이다. 그러나 그렇게 하지 않았다고 나는 자부한다. 늘 소신과 원칙을 중시하고 올곧은 소리로 내 삶의 방향이 나태해지지 않도록 경계를 했으며, 모두가 가려고 하는 편하고 넓은 길보다는 좁고 험한 길을 걸으며 내 나름대로의 순수함과 열정을 지키고자 노력했다. 그러한 내 삶의 풍경은 바로 독서를 통해 얻어진 것이다. 지금의 나를 만든 건 8할이 독서였다.

　초등학교 6학년 어느 여름날이었다. 가족들이 모두 논밭에 나가고 나 혼자 집에 남게 되었다. 어머니께서 나가시면서 혹시 비가 오면 마당에 말리려고 널어놓은 고추며 콩 등을 거두어놓으라고 신신당부하셨다. 당시 여름날 오후에는 거의 매일 한차례 소나기가 지나가곤 했다. 나는 쾌재를 부르면서 방문을 열어젖히고 책 속에 빠져들었다. 그때 읽은 책이 청소년용 삼국지로 기억된다. 얼마나 지났을까 문득 밖을 보니 멀리 무지개가 보이면서 소나기가 이미 한차례 지나간 뒤였다. 마당에 널어놓은 고추, 콩 등이 빗물에 모두 휩쓸려 갔음은 물론이다. 어머니께서는 깊은 잠에 빠지지 않았다면 그렇게 소나기가 퍼붓는 것을 몰랐을 리 없다면서 정신 나간 녀석이라고 꾸짖었다. 정말이지 나는 그때 비 오는 것을 몰랐다. 책 속의 또 다른 세계에 몰입해 있었던 것이다. 대학 시절 여름방학 때에도 이와 유사한 실수(?)를 한 적이 있다.

그런 일이 있은 후 중국 고전 관련 책을 읽다가 고봉유맥(高鳳流麥)이라는 고사성어를 발견하고 나만 정신 나간 녀석이 아니었구나, 하고 감탄한 적이 있다. 중국 동한시대, 고봉이라는 선비는 책 읽기를 좋아하며 밤낮으로 책에 파묻혀 지냈다. 하루는 아내가 일하러 나가면서 고봉에게 뜰에 말리고 있는 보리를 좀 보라고 했다. 아내가 나간 후 비가 쏟아졌고 고봉은 닭 쫓는 작대기를 든 채 책을 읽느라 보리가 빗물에 떠내려가는 것도 몰랐다는 이야기다.

1971년 9월 나는 중학교를 졸업한 지 6개월 만에 고졸학력 검정고시 전 과목에 합격했다. 그것도 독학으로 해냈다. 가정형

편 때문이 아니라 남과 다른 길을 가보고 싶은 마음에서 모험을 한 것이다. '남이 가지 않는 길을 간다.'는 지금까지 내 인생의 좌우명이다. 그해 대학입학 예비고사까지 통과하고 김제 금산사에 들어갔다. 도 닦으러 간 것이 아니다. 그대로 대학에 진학하기에는 무언가 채워지지 않은 것 같은 생각이 들어 책을 읽기 위해 간 것이다. 20개월 동안 300여 권 넘게 읽었다. 세계문학, 동서양고전, 철학, 역사서, 전기물 등이었다. 처음에는 사서 읽다가 교직에 있는 친지 등의 도움으로 도서관에서 책을 대출해 오고 나중에는 절에서도 많은 책을 구해주었다. 물론 그중에는 내용이 난해하고 무미건조한 것도 상당수 있었으나 대부분 끝까지 독파했다. 결코 재미있다고 볼 수 없는 괴테의 《파우스트》와 씨름하기도 하고, 사마천의 《사기》에 푹 빠져들기도 했다.

그리고 매일 일기 형식의 글을 썼다. 나는 초등학교 6학년 때의 일기를 지금도 보관하고 있다. 친구들과 개구리를 잡아서 구워 먹고, 골짜기에서 가재를 잡고, 이웃마을 정자의 살구 서리를 하다가 붙잡혀 혼이 난 일 등 어린 시절의 추억이 생생하게 기록되어 있다. 정훈장교로 전방에 복무할 때도 나는 거의 매일 생활의 단면과 생각을 일기로 남겼다. 젊은 시절 절에서의 독서로부터 얻은 지식과 지혜가 지금까지 내 삶의 자양분이자 자신감을 갖게 해주는 원천이 되고 있다. 나는 대학을 지방에서 나왔지만 행정고시, 사법시험을 어렵지 않게 좋은 성적으로 합격하였다. 이는 폭넓은 독서로부터 얻은 주변지식의 풍부함과 글쓰기로 다져진 표현력이 답안에 반영된 결과였다.

성공한 모든 사람들의 비결은 바로 독서다. 한 권의 책을 읽은 사람과 백 권의 책을 읽은 사람의 삶은 같을 수가 없다. 내가 《책, 인생을 사로잡다》라는 책을 쓰게 된 목적도 바로 그 점에 있다. 고래로부터 수많은 현자들이 독서의 중요성을 강조해온 터라 내가 이 책에서 한 말들이 반복의 미련함을 보이는 것은 아닐까 하는 우려도 든다. 그러나 나의 독서 방법과 경험이 여러 사람들, 특히 젊은이들에게 일호의 도움이라도 된다면 그런 우려도 감수할 필요가 있겠다는 용기로 책을 쓰게 되었다. 책의 1부에서는 독서방법론에 대한 것을 다뤘다. 독서방법이라 하면 정독, 탐독, 통독, 속독 등을 떠올리게 되는데 그러한 방법은 책을 읽는 데 있어 기민함을 발휘하기 힘들다고 생각한다. 그래서 나는 자유롭게 이동하며 세계를 정복한 유목민들의 모습에서 힌트를 얻어 1부에서 '유목적 읽기'에 대한 방법과 기술을 소개했다. '끊임없이 이동하는 자만이 영원히 살아남는다.'라는 유목정신(노마드)이 바로 나의 독서편력이다. 건너뛰며 읽고, 밑줄을 치고, 베껴 쓰고, 좋은 문장을 외우고, 독서 메모와 일기를 작성했던 나만의 독서법을 논리적으로 풀어 설명한 것이 핵심 내용이다.

2부에서는 젊은 시절부터 내 곁을 떠나지 않았던 책 10권과 베스트셀러는 아니지만 삶의 교훈과 감동을 주는 15권의 책을 소개했다. 젊은 시절부터 지금까지 내가 읽고 있는 10권의 책에 대한 소개는 단순한 서평이 아니라 나의 삶을 지탱해준 사상에 대한 고백이자, 내 삶의 동력이 무엇인지에 대한 것을 알려주는 것이기에 애착이 간다. 그야말로 내 인생을 사로잡은 책들이라 하겠다.

3부에서는 내가 그동안 작성한 독서노트에 적혀 있는 내용들 중 모두가 함께 읽었으면 좋을 만하다고 여겨지는 명구들을 작성 당시 그대로 소개한다. 책을 읽다가 좋은 문장을 만나게 되었을 때 그냥 지나치지 않고 바로 적어두고 필요하면 내 생각을 메모의 형태로 적어두었던 것들이다. 몇몇의 지인들이 그 노트를 보고 다른 사람에게도 소개하면 좋겠다고 하여 용기를 내어 그중 극히 일부를 소개했다.

책을 많이 읽고 생각하는 힘을 기른 사람들은 사고가 자유롭고 하는 일에 자신감을 갖는다. 아울러 무언가 새로운 것에 도전하는 모험심과 용기가 충일하다. 비록 시행착오를 겪을지라도 종국에는 제대로 된 길을 찾는다. 나는 공직자, 시민운동가, 법조인 그리고 생활인으로서 항상 '남이 가지 않는 길을 간다'는 모험과 도전의 정신으로 임하였지만 늘 책 속의 지혜와 함께했기 때문에 큰 틀에서 벗어난 적이 없었다. 그리고 소신의 일관성을 지켜왔다고 자부한다.《책, 인생을 사로잡다》도 바로 그런 소신의 일면이다.

"인간은 노력하는 한 방황한다."라는 《파우스트》의 키워드는 젊은 날의 독서 격랑기부터 지금까지 항상 뇌리에 잠재하면서 나로 하여금 올바른 길을 찾아가도록 독려해주고 있다. "인간은 누구나 한 번 죽는다. 어떤 죽음은 태산보다 무겁고 어떤 죽음은 새털보다 가볍다. 그것은 죽음을 이용하는 방법이 다르기 때문이다."라고 절규했던 사마천, 생식기를 절단당한 치욕(궁형)을 감내하면서 역사에 우뚝 선 그의 《사기》를 읽을 때마다 내가 처한 고민과 고통의 현실이 부끄럽게 여겨지면서 힘이 솟는다. 그렇지만 막상 책을 세상에 내놓으려니 두렵고 떨리는 심정을 감출 수 없다. 법 관련 서적이나 시론(時論) 등이 아닌 나의 내면적 삶의 편린이 담겨 있는 책이기에 더욱 그렇다. 독자들께서 모든 부족함을 널리 이해해주신다면 더없이 고맙겠다. 마지막으로 책이 나올 수 있도록 용기와 조언을 아끼지 않았던 지인들 특히 '국민독서문화진흥회'의 김을호 회장님과 도서출판 까만양의 신종호 대표님을 비롯한 관계자들에게 감사의 마음을 전한다.

2012년 가을

이 석 연

차례

제1부
독서는 기술이다

제1부

독서는
기술이다

사람들은 모로 가도 서울로 가면 그만이라는 말에 대해 대체로 부정적인 것 같다. 그 말 속에는 결과만 좋다면 수단이야 별 문제가 되지 않는다는 편의적이고 편법적인 생각이 담겨 있다고 미리 생각하기 때문이다. 사실, 서울로 가는 길에 정도란 없다. 딱 하나의 길만이 옳은 길이라고 주장하는 것은 방법의 다양성을 훼손하는 것이다. 독서의 방법도 그러하다. 각자의 세계관과 개성에 따라 여러 갈래로 자신만의 독서법을 개발하는 것이 옳다. 이때 생각해봐야 할 것은 독서의 경제성이다. 이왕이면 빠르고 정확하게 그리고 자신만의 개성을 그대로 간직하면서 효율적으로 목적지에 도달하는 것은 독서의 흠이 아니라 미덕이다.

목적이 분명한 사람은 그 목적을 이루기 위해 다양한 노력을 기울인다. '생활의 달인'이라는 텔레비전 프로그램을 보면 수많은 달인들이 나온다. 그들은 기술의 능숙함을 소유하고 있다. 그러다 보니 사람들은 달인을 단순반복의 기술에 능한 '숙련자'라 생각하는 것 같다. 그러나 달인이란 끊임없이 연구하고 개발하려는 정신의 유연성을 소유한 '노마드'적인 사람을 일컫는다고 나는 생각한다. 독서의 달인이란 하나의 방법에 얽매이지 않고 여러 다양한 방법들을 모색하며 책과 책 사이를 가볍게, 흥미진진하게 이동하는 사람들이다.

특히 이번 개정판에서 독서 방법론으로 〈11. 깊이의 독서, 니체와 독서〉, 〈12. 다르게 읽어야 성공한다〉의 두 개 장(章)을 추가하였다. 독자는 더 깊이 있는 독서기술론을 접할 수 있으리라고 본다.

01

유목의 독서
- 건너뛰고, 겹쳐 읽고, 다시 보고

별이 총총한 하늘이 갈 수 있고 또 가야만 하는 길들의 지도인 시대,
별빛이 그 길들을 훤히 밝혀주는 시대는 복되도다.
—루카치

2010년 6월 몽골에 갔을 때 수도 울란바토르 근교에 있는 돌궐 제국의 명장 톤유쿠크(Tonyuquq)의 비문(碑文)을 찾았다. 비문 마지막에는 "성을 쌓고 사는 자는 반드시 망할 것이며 끊임없이 이동하는 자만이 영원히 살아남을 것이다."라고 쓰여 있다. 나는 그 문장에 매료 되어 수첩에다 비문의 글귀를 적어놓았다.

여행에서 돌아온 후 나는 "내 후손들이 비단옷을 입고 기와집에서 살 때 내 제국은 멸망할 것이다."라고 했던 칭기즈 칸의 경구를 떠올리며 톤유쿠크의 비문에 대해 더 많은 생각을 했다. 정착은 패망이고, 유목은 생존이라는 그 비문의 글귀는 내 인생의

또 다른 좌우명처럼 자리를 잡았다. 고인 물은 썩는다. 그러나 흐르는 물은 썩지 않는다. 세계 대제국 건설의 추동력이었던 이동 마인드를 상실함으로써 대몽골제국은 멸망했다. 내가 그런 대로 성공한 변호사로 정착해 현실에 안주했다면 지금의 나는 없었을 것이다. 요즘 심심치 않게 식자들 사이에서 오가는 말이 '노마드(nomad)'다. 식자들만이 아니라 현실에서도 '잡노마드(jobnomad)'라는 말이 유행이다. 직업을 따라 이동하는 신인류를 지칭하는 그 말이 어딘지 모르게 불편하다. 돈을 더 주면 민족과 국가를 떠나서라도 이직을 하는 사람들에 대한 일종의 변명과 미화(美化)처럼 들리기 때문이다. 원칙과 소신이 없는 노마드는 자기변명에 불과하다.

중심이 없는 유목은 '방황' 내지는 생산성이 없는 '방랑'이 아닐까? 하여간, 그 문제에 대해 철학자들이나 학자들 사이에서 설왕설래하는 논쟁이 있다는 것을 듣고 읽어 알고는 있다. 그러나 그런 논쟁보다 우리의 삶에 어떻게 유목의 정신을 제대로 실천할 것인가를 생각하는 것이 무엇보다 중요하다. 실천이 없는 정신은 쓸모가 없는 무용지물이다. 나는 법조인으로서, 공직자로서 '헌법적 가치'를 수호하려는 원칙을 늘 고수해왔기에 '헌법등대지기'라는 말을 자주 들었다. 그래서 내 첫 번째 법률 수필집의 제목 역시 《헌법등대지기》였다. 내 삶의 소신과 원칙에 대해서는 따로 이야기를 하겠지만, 우선 여기에서는 독서와 노마드에 대한 소신을 말하고자 한다.

유목은 한곳에 매여 있지 않고 끊임없이 이동하는 삶의 형태다. 이에 반해 정착의 삶은 고정되어 있고 폐쇄되어 있다. 여기서 무엇이 더 나은 삶이냐 하는 비교는 무의미하다. 둘은 상호보완적이기 때문이다. 문제는 하나만 고집하는 완고함이다. '유목적 정착'이나 '정착적 유목'이 라는 통합적 삶도 충분히 가능하다. 그런 형태를 고민하는 것이 생산적이다.

많은 사람들이 의외로 독서는 '정착적'이라고 생각한다. 책을 읽으면 처음부터 끝까지 읽어야 한다는 강박이 그 대표적이다. 여러 권을 동시에 읽는 다는 것도 이상하게 생각한다. 이렇듯 사람들은 독서의 방법에 대해 상당히 보수적인 태도를 취한다. 나는 그런 방식이 독서의 흐름을 뻑뻑하게 만드는(재미없게 만드는) 요인이라고 생각한다. 한곳에 머무르지 않고 자유롭게 이동을 하는 것처럼 독서의 방법에도 유목의 정신이 필요하다.

중요하지 않은 내용은 건너뛰어라

모든 책을 처음부터 끝까지 완독(玩讀)을 할 필요는 없다. 완독의 여부는 읽는 사람의 필요에 의해 결정되는 선택의 문제이지 당연의 논리는 아니다. 서문과 목차 또는 책에 따라서는 저자 후기를 보고 이 책을 완독할 것인지 아니면 필요한 부분만 골라 읽어야 할지를 택하는 것은 독자의 권리다. 독서의 완급조절에 대해 다산 정약용은 이렇게 말했다.

> 책을 읽는 데는 방법이 있다. 세상에 도움이 되지 않는 책은 구름 가듯, 물 흐르듯 읽어도 되지만, 만일 백성이나 나라에 도움이 되는 책이라면 반드시 문단마다 이해하고 구절마다 탐구해 가면서 읽어야 하며, 한낮에 졸음이나 쫓는 태도로 읽어서는 안 된다.

독서의 경중(輕重)을 결정하는 다산의 기준은 '세상에 도움'이라는 가치다. 그러나 모든 사람이 그런 기준에 따를 필요는 없다. 각자 자신의 기준을 세워 결정하면 된다. 그리고 그 기준은 고정된 것이 아니라 상황에 의해 매번 바뀔 수 있다. 공부의 능률을 올리려는 학생이라면 '공부법'이라는 기준에 의거해 책을 선택한다. 기준이 세워졌다면 서점에 가서 관련 도서의 서문과 목차를 검토한 후 필요한 책을 구입해서 읽되, 그 내용 중에도 필요가 없다고 여겨지는 부분이 있으면 과감하게 건너뛰고 읽으면 된다. 필요한 부분은 정독하고, 불필요한 부분 혹은 이미 알고 있는 내용이라면 속독(速讀)으로 처리하라. 모든 책은 숭고하다는 믿음은 때론 독서의 걸림돌이 되기도 한다. 억지로 읽는 책은 괴로움만 준다. 정독하고, 건너뛰는 속도와 리듬은 독자 스스로가 판단해서 취해야 하는 권리다.

여러 권을 겹쳐 읽어라

나는 책상에 여러 권의 책을 쌓아놓고 이것저것 골라가며 읽는다. 남들은 그런 나를 보고 읽는데 혼란스럽지 않느냐고 물을 수도 있다. 그런 의문을 갖는 사람들은 대개 책과 독서에 대해 보수적인 생각을 갖고 있는 경우가 많다. 어떤 책이든 그 안에는 배울 게 하나라도 있으므로 손에 든 그 순간부터 완독하고 통독(通讀)해야 한다는 과중한 의무감은 독서의 효율성을 떨어지게 한다. 조선의 대(大)유학자 율곡 이이가 그런 생각을 갖고 있는 대표적인 경우라 하겠다.

> 책을 읽을 때는 반드시 한 가지 책을 습득하여 그 뜻을 모두 알아서 완전히 통달하고 의문이 없게 된 다음에야 다른 책을 읽을 것이요, 많은 책을 읽어서 많이 얻기를 탐내어 부산하게 이것저것 읽지 말아야 한다.

율곡 이이의 말은 그 자체의 뜻만 고려해본다면 지당하다. 그러나 지금의 현실에 그대로 적용하기에는 다소 문제가 있다. 조선시대는 책을 쓰고 읽는 일이 개인의 수양과 세태를 바로 잡는 교화의 역할을 해야 한다는 유교적 가치가 엄격하게 적용되던 시대다. 아울러 독서라는 것은 사대부의 특권으로 여겨지는 시대였다. 일반인들은 독서는 물론 글을 깨우치는 것조차 생각해볼 수 없었던 폐쇄적인 사회였다. 정조(正祖)가 박지원의 《열하일기(熱河日記)》의 문장을 사회를 어지럽히는 잡문(雜文)이라 규정하여 규제하였다는 것, 이른바 '문체반정(文體反正)'만 봐도 당시의 상황이 어떠했는가를 짐작해볼 수 있다. 그러나 지금은 상황이 다르다. 독서가 대중화되었고, 책을 쓰는 일도 널리 개방이 되어 있는 실정이다. 독서의 대중화는 상당히 고무적인 일이다. 그러나 내용이 빈곤한 책들이 베스트셀러라는 명목으로 활개를 치는 부정적인 현상도 초래했다.

읽어 도움이 되지 않는 책들을 베스트셀러라는 이유 때문에 억지로 읽을 필요는 없다. 내가 여러 권의 책을 책상에 쌓아놓고 이것저것 골라가며 읽는 이유는 내용이 빈곤한 책을 걸러내는 나름의 선별 작업이다. 제목이 그럴듯해서, 저자가 유명해서, 많은 사람들이 읽는 책이라는 이런저런 이유로 구입을 했지만 살펴보면 과장된 책들이 많다. 그런 책들을 솎아낸 후 나는 본격적인 독서를 시작한다.

선별 작업을 마치고 난 후 내 책상에는 대여섯 권의 책들이 남게 되는데, 그 책들은 순차와 상관없이 수시로 겹쳐 읽는 게 나만의 독서법이다. 율곡 이이의 말대로라면 '부산하게 이것저것' 읽는 셈이다. 개인의 수양을 위해 그리고 나라를 바로 다스리기 위해 오로지 독서에만 전념했던 사대부들의 안정적인 배경과는 사뭇 다른 게 현대인들의 처지다. 생업을 위해 바쁘게 움직여야 하는 사람들에게 율곡 이이의 독서법은 현실성이 없을 수밖에 없다. 여러 권의 책을 겹쳐 읽는 일은 유목의 정신과 맥이 닿아 있다. 사무실에서, 집에서, 화장실에서, 대중교통 속에서, 여행길에서 그때그때 적절한 방식으로 독서를 하는 것이 현대인들의 합리적인 독서방식이라는 것이 나의 생각이다.

병렬적으로 여러 권의 책을 동시에 읽는 것은 인식의 범위를 확산시키는 긍정적인 기능을 한다. 많이 읽어 부산한 것이 아니라 통찰의 힘이 확대되고 넓어지는 방편임은 물론 사고의 유연성이 강화되는 것이라는 점을 나는 경험을 통해 이미 확인했다. 그래서 내 책상에는 인문, 역사, 고전문학 등 다양한 방면의 책들이 쌓여 있고, 그것들 중 아무 거나 뽑아서 몇 장(章)을 한두 시간 집중적으로 읽는다. 그런 식으로 독서를 하면서 이 책은 어디까지 읽었으며, 핵심내용은 무엇이고, 앞으로 전개될 내용이 무엇일지 미리 추측해보는 나름의 노하우로 여러 권의 책을 섭렵하고 있다. 이런 독서법의 최대 장점은 일차적으로 책의 내용에 대한 습득도 습득이지만 그 과정에서 사고의 탄력성이 눈부시게 확대된다는 점이다. 특히 앞으로 전개될 내용이 무엇인지를 추측해보는 것은 상상력과 통찰력을 엄청나게 키워준다. 밥을 먹으면서 길을 가면서 혹은 화장실에서 앞으로 전개될 내용을 미리 생각해보는 방식을 독자들에게 강력하게 추천한다. 상상력과 통찰력을 키워준다는 내용의 책을 읽는 것보다 독서의 과정을 통해 상상력과 통찰력을 키우는 게 더 효과적이다.

여러 권의 책을 병렬적으로 읽는 유목적인 독서 방식에 익숙해진 사람은 자연스럽게 통독해야 할 책과 재독해야 할 책들을 스스로 발견하게 된다. 처음부터 한 권의 책에 매달려 끝까지 다 읽어야 한다는 막연한 의무감 때문에 전전긍긍하는 독서인에게 유목적인 독서 방식을 간곡하게 추천한다.

재독(再讀)의 묘를 살려라

배가 너무 고프면 음식의 맛을 모를 수밖에 없다. 적당한 공복(空腹)이 음식의 진정한 풍미를 알게 한다. 독서도 마찬가지다. 무조건 책을 읽어야겠다는 허기(虛飢)의 독서는 책이 전하는 진정한 뜻을 맛볼 수 없다. 독서에도 적당한 공복이 필요하다. 적당한 공복이란 앞에서 말한 병렬적 혹은 유목적 독서 방식에 견줄 수 있다. 여러 권의 책을 겹쳐 읽다 보면 자연스럽게 깊게 맛보고 싶은 책이 생기기 마련이다. 사골도 두 번째 우린 게 맛있다는 말처럼 진정한 독서의 풍미는 재독에 있다.

미국의 저명한 철학자이자 시인인 에머슨은 "나의 실재적인 독서 법칙은 세 가지다. 첫째, 1년이 지나지 않은 책은 읽지 않는다. 둘째, 유명한 책만 읽는다. 셋째, 좋아하는 책만 읽는다."라고 했다. 첫째 법칙은 시중에 잠시 떴다가 사라지는 베스트셀러에 대한 경계이고, 둘째는 자신이 선별한 양서(베스트셀러를 제외한)

에 대한 독서를, 셋째는 양서 중에서도 재독하며 아껴 읽는 책에 대한 독서 소신을 밝힌 것인데 그 원칙에 대해 나는 동의한다. 베스트셀러라도 검증을 받아야 하며, 검증으로 선별된 책은 다양한 방식으로 겹쳐 읽고, 그중에서 재독하고 싶은 책을 골라 항상 곁에 두고 아껴 읽는다는 것이 나의 독서법인데 그것은 에머슨의 생각과 일치하는 것이다.

재독은 음식의 맛을 보기 위해 천천히 그리고 골고루 씹어가며 음식을 넘기듯 신중한 태도로 해야 한다. 어떻게 씹고 삼키냐에 따라 음식의 맛은 다르게 느껴질 수 있다. 여기에 정도(正道)의 기술은 없다. 있다면 애정을 가지고 최대한 그 맛을 음미해보는 독서가 개인들의 '자세(attitude)'일 것이다. 텔레비전에 나오는 잇몸약 광고처럼 "씹고, 뜯고, 맛보고, 즐기는" 자기만의 방식으로 재독의 즐거움을 누려야 한다. "진정으로 훌륭한 책은 유년기에 읽고, 청년기에 다시 읽고, 노년기에 또 다시 읽어야 한다."라는 로버트슨 데이비스의 지적에 전적으로 공감한다.

나는 사마천의 《사기》를 청년 시절부터 지금까지 재독하고, 재독하며 읽고 있다. 어린아이가 맛있는 것을 숨겨놓고 아껴 먹는 것처럼 말이다. 《사기》는 언제 읽어도 그 뜻을 여러 가지로 헤아려 읽을 수 있다. 한마디로 씹으면 씹을수록 그 맛이 다양하고 그윽하다. 국가를 다스리는 통치자에게는 천 명의 "예", "예" 하는 사람보다 바른말 하는 한 사람의 선비가 필요하다는 《사

기》'열전 편'의 내용은 옛날의 일이 아니라 지금의 우리사회에
필요한 아주 절박한 명제이다.《사기》외에도《법구경》,《파우스
트》등 여러 권의 책을 나는 재독하며 아껴 읽는다. 학자나 독서
평론가라는 분들이 고전(古典)은 꼭 읽어야 할 필독서라 강조하
며 여러 권을 선정해 청소년들이나 일반인들에게 읽을 것을 권
하는데 사실 나는 그중에 절반도 다 못 읽었다. 고전은 교양인이
라는 소리를 듣기 위해 억지로 읽어야 할, 혹은 폼을 잡기 위해
읽어야 할 장식품이 아니다. 내가 다시 읽고 싶은 책이 바로 고
전이다.

재독하는 책이 많은 사람은 행복하다. 행복한 책 읽기는 유목
적인 독서에서 시작된다. 폐쇄적이고 보수적인 방식으로 책을
읽는 사람은 톤유쿠크의 비문에 나오는 '성을 쌓는 자'에 비교될
수 있다. 건너뛰고, 병렬적으로 겹쳐 여러 권을 읽고, 그중에서
재독할 책을 골라 아껴 읽는 유목의 독서가 필요하다. 별빛을 따
라 길을 찾아 가던 시대의 아름다움처럼 자신의 중심을 바라보
며 다양한 속도와 리듬으로 자신의 가야 할 길을 디자인하는 유
목의 독서가 필요한 시대다.

독서 공간의 유목화를 위한 조언

1 거실에 TV를 없애고 책장을 만들어라.

2 침대, 화장실, 자동차 안, 사무실 등 자신이 접하는 공간마다 그 공간에 적합한 책을 비치하라. 예를 들면 침대에는 격언집이나 명상집을 비치해두고 잠들기 전까지 읽어라.

3 읽지 않더라도 이동할 때마다 책을 들고 다녀라.

4 여행을 갈 때는 다른 무엇보다 책을 우선적으로 챙겨라. 그리고 어떤 책을 챙길 것인지 고민하라.

5 일주일에 한 번은 의무적으로 서점에 가라.

02

읽기와 쓰기는 하나
– 베껴 쓰고, 다시 쓰고, 고쳐 쓰고, 외우고

> 쓰기와 읽기는 네가 먼저 배우기 전에는
> 남을 가르칠 수 없다.
> **–마르쿠스 아우렐리우스**

내로라하는 유명 소설가들 중에는 습작 시절에 자기가 좋아하는 작가의 작품을 처음부터 끝까지 그대로 베껴 쓴 경우가 많다고 한다. 그 효과는 엄청난 것이어서 요즘에도 베껴 쓰기를 강조하는 사람들이 많다. 모방이 곧 창조라는 명제가 잘 적용된 사례가 바로 베껴 쓰기가 아닌가 한다. "책은 많이 읽는데 뭘 좀 쓰려면 막막해져 한두 문장 쓰고 나면 그걸로 끝입니다. 어떻게 하면 좋을까요?"라는 질문을 하는 사람들이 많은데 이는 읽기와 쓰기의 밀접한 관련성을 미처 파악하지 못한 데서 오는 고민이다.

읽기와 쓰기는 따로 떨어진 별개의 것이 아니라 동전의 양면과 같은 것이다. 잘 읽는 사람이 잘 쓰고, 잘 쓰는 사람이 잘 읽는다. 읽기만 하고 쓰지 않는 사람은 이해의 깊이가 얕고, 쓰기만 하고 읽지 않는 사람은 문장의 내실(內實)이 빈곤할 수밖에 없다.

나는 책을 읽다가 이해가 가지 않는 문장이나 단락이 있으면 그 자리에서 내용을 수첩에 천천히 옮겨 적는다. 그러면 신기하게도 미처 깨닫지 못한 문맥의 의미가 구체화되어 그 뜻을 체득하게 된다. 이런 경험은 말로 들어 인정하는 것보다 직접 시도해 보지 않으면 그 효과를 체감하기가 힘들다. 이해하기 힘든 문장은 물론 아주 좋은 문장들도 베껴 씀으로 인해 그 맛과 풍미가 더 깊어진다. 지금도 나는 좋은 문장들을 발견하면 내 독서노트에 그대로 옮겨 적는다. 또한 옮겨 적는 것에 그치지 않고 소리 내어 몇 번이고 되뇌어 읽어 그 문장을 통째로 외워버린다. 눈으로만 읽는 것보다 소리 내어 함께 읽으면 쉽게 외워지고 더 오래 기억된다. 이렇듯 읽고, 쓰고, 외우는 3단계의 과정을 거치면 어떤 내용이든 완벽하게 자신의 것이 되어 적재적소의 순간에 자유자재로 활용을 할 수 있게 된다.

쇠는 쓰지 않으면 녹이 슨다는 서양 속담이 있다. 구슬이 서 말이라도 꿰어야 보배라는 우리 속담도 같은 맥락이다. 읽고, 쓰고, 외워 마음의 양식으로 만들었다 해도 그것을 밖으로 표출해서 남들에게 알리지 않는다면 발전의 기회는 좁아진다. 아는 것을 남들 앞에서 자랑하지 않는 것을 겸손의 미덕으로 생각하는 사람들이 많은데 나는 꼭 그렇게 생각하지 않는다. 아는 것도 없이 자랑하는 게 문제이지 아는 것을 적극적으로 밝히는 게 문제가 되는 건 아니다. 자랑하면 자랑할수록 정교해지고 세련되어지는 게 지식이라고 나는 믿는다. 칭찬이 고래를 춤추게 하듯, 남들로부터 자신의 재능이나 지식을 인정받으면 받을수록 더 열심히 노력해서 예전보다 더 나은 모습을 보이려고 하는 것이 사람들의 보편적인 심리다. 지나친 겸손은 자기발전의 걸림돌이 될 수 있다.

대학에 다닐 때 친구들이 모여 술을 한잔하게 되면 나중에는 흥겨운 취기가 올라 서로 노래를 해보라고 권하는 일이 많았다. 노래를 못하는 나로서는 친구들의 권유가 부담스럽게 여겨졌지만 그 자리의 흥을 깨지 않으려고 노래 대신 내가 읽었던 책들의 명문장들을 음유시인처럼 술술 읊었다. 특히 괴테의 《파우스트》에 나오는 구절들을 많이 외웠다. '천상의 서곡'에 나오는 "반쯤 잊힌 옛이야기마냥 첫사랑과 우정의 기억이 새삼 새로워지는구나."라는 문장을 시발로 해서 괴테의 분신인 작가가 고뇌하며 독백한 "내게 청춘을 돌려다오! 그 억제되지 않던 충동들을, 고통에 가득 찬 절절한 행복을, 증오의 힘과 사랑의 위력을!"이라는 문장을 노래처럼 감정을 실어 외우면 친구들이 멋있다며 진심 어린 환호와 박수를 보냈다. 내가 읽으면서 감동을 받았던 문장이었기에, 그리고 그 문장을 읽고, 베껴 쓰고, 외웠던 과정을 통해 뼛속 깊이 음미하고 있었던 내용이기에 진실한 감정을 담을 수 있었고, 그 진심에 대해 친구들이 화답을 한 것이다. 만약 이해와 감동도 없이 겉멋만으로 그리했다면 저 자식 괜히 잘난 척 개폼 잡는다는 소리를 들었을 것이다.

어쨌든, 나는 베껴 쓰는 것을 독서의 중요한 미덕으로 꼽는다. 그러나 베껴 쓴다고 해서 다 좋은 거라고 여겨서는 안 된다. 일차로 원문에 있는 그대로를 베껴 쓰고, 이차로 원문을 보지 않고 그 내용을 머릿속에서 상기해 다시 써보는 과정을 거칠 것을 강조하고 싶다. 보지 않고 써봤을 때 원문과 어떤 차이가 있는지를 비교해보면 내 생각이 어디에 치우쳐 있는지, 무엇을 중요하게 생각하고 있는지를 살펴볼 수 있다. 이 과정은 상당히 중요하다. 모방이 모방에서 끝나지 않고 창조의 물꼬가 되려면 '다시 쓰기'의 과정이 필요하다. 다시 쓰는 과정에서 누락되거나 첨가되는 내용을 살펴 사고의 균형을 잡아가야만 원문에 대한 온전한 이해에 다다를 수 있다.

사람들은 자기가 보고 싶은 것을 다른 것보다 크게 보려는 심리를 갖고 있다. 같은 책을 읽어도 각자의 편차가 생기는 것은 여기에서 연유한다. 물론 사람은 주관을 떠나 존재할 수 없다. 주관이 없다면 세상은 참으로 밋밋해서 아무런 재미도 없을 것이다. 그러나 주관과 왜곡은 분명 다르다. 문장의 뜻을 정확히 이해한 후 그 문맥에 대해 나는 이렇게 생각한다는 주관을 갖는 것과 객관적인 이해도 없이 자신의 주관적 선호로 문장의 뜻을 변질시켜버리는 것은 왜곡이며 오독(誤讀)이다. 다시 쓰기는 왜곡의 가능성을 최소화시키는 적절한 방편이다. 베껴 쓰는 것과 다시 쓰는 것의 병행이 있어야만 행간의 의미를 제대로 파악할 수 있다.

번거롭게 여길지 모르지만 베껴 쓰고, 다시 쓰는 과정이 몸에 익었다면 '고쳐 쓰기'에 도전해보는 것도 좋다. 책 속의 한 문장에 매료되어 베껴 쓰기를 했다면 그것에 그치지 말고 자기 방식으로 고쳐 써보길 권한다. 내용을 자기 나름대로 요약하는 것도 물론 고쳐 쓰기의 한 형태다. 쉽게 예를 들자면, 책을 읽다가 밑줄을 긋고 그 옆에다 나는 이렇게 생각한다는 메모 같은 것이 고쳐 쓰기의 한 모범이 될 수 있을 것이다.

창조적 독서란 바로 저자의 생각에 자기의 생각을 덧붙여 새롭게 이해하는 것이다. 그런 면에서 모든 책들은 '고쳐 쓰기'의 산물이다. 한 사상가의 책을 읽고 그것에 영향을 받은 사람이 그 사상가의 생각에 자신의 견해를 덧붙여 체계화하는 것이 책의 탄생과 순환의 과정이다. 책들이 꼬리에 꼬리를 물고 이어지는 것의 근저에는 '고쳐 쓰기'의 동력이 작용하고 있는 것이다.

고쳐 쓴다는 것은 독자의 일방적인 견해를 마구 덧붙이는 것이 아니라 저자와의 대화, 즉 독서의 과정을 통해 상호적으로 이루어지는 것이다. 미국의 철학자이자 교육자인 모티어 애들러는 책을 자신의 것으로 만들기 위해 행간에 독자의 생각을 글로써 투영할 것을 강조했는데, 그것도 내가 말하는 고쳐 쓰기와 상통한다.

> 어느 책에서나 최대의 것을 얻기 위해서는 '행간에 숨은 뜻을 읽어야 한다'는 사실이다. 그러나 나는 여러분에게 행간에 글을 지어 넣도록 권하고 싶다. 이렇게 하면 아마 가장 효과적인 독서를 하게 된다. 책을 소유하는 데는 두 가지 방법이 있다. 첫째, 옷이나 가구처럼 책값을 지불하여 얻는 소유권이다. 그러나 완전한 소유는 책을 자신의 일부로 하였을 때만 성취된다. 그리고 당신 자신을 책의 일부로 하는 가장 좋은 방법은 책 속에 글을 적어 넣음으로써 이루어진다.

앞서 말한 것들이 어렵고 딱딱한 주문이라 생각하기 쉽겠지만 막상 실천을 해보면 그리 어려운 것이 아니다. 간단하게 말하자면 베껴 써보고, 다시 써보고, 고쳐 써보라는 것이다. 이쯤 되면 나는 창작을 하려는 게 아니라 독서를 하려고 하는데 왜 자꾸 쓰라고만 강조하느냐고 반문하는 사람이 있을 수도 있을 것이다. 이유는 앞서 설명한 것처럼 잘 읽는 사람이 잘 쓰고, 잘 쓰는 사람이 잘 읽을 수 있기 때문임을 다시 한 번 강조하고 싶다. 읽기와 쓰기는 하나의 과정이다.

마오쩌둥(毛澤東)은 평생 시간을 아끼고 쪼개 많은 책을 읽어서 풍성한 성과를 얻은 사람이다. 그가 임종 당일 〈용재수필〉을 7분 동안 읽었다는 사실은 이미 전설이 되었다. 마오쩌둥은 '세 번 반복해서 읽고, 네 번 익혀라.'라는 삼복사온(三復四溫)의 독서법과 '붓을 움직이지 않는 독서는 독서가 아니다.'라는 독서법을 개발해 적용했다. 특히 그는 읽은 것을 베껴 쓰고, 고쳐 쓰는 과정에서 책의 부정확한 관점이나 잘못된 부분을 바로 잡곤 했다. 심지어 틀린 글자나 부적절한 문장부호까지 일일이 고쳤다.

내가 가장 소중하게 여기는 물건이 하나 있다. 좋은 문장을 골라 옮겨 적어놓은 나의 수첩이다. 그 수첩에는 베껴 쓴 것도 있고, 내 생각을 첨부해서 메모한 내용도 있다. 읽고, 쓰고, 외운 나의 노력이 그 수첩 속에 고스란히 녹아 있기에 볼 때마다 가슴이 뿌듯해진다. 나는 우리 아이들에게 공부하라는 이야기를 안 한다. 대신 두 가지를 특별히 강조한다. 책을 많이 읽고, 글을 쓰라는 것이다. 그 당부와 더불어 읽는 것 따로, 쓰는 것 따로 하지 말고 읽으면서 쓰고, 쓰면서 읽으라고 조언을 한다.

"베껴 쓰고, 다시 쓰고, 고쳐 쓰고, 외우고"라는 '4GO'의 전략을 세워 독서를 한다면 그동안 독서를 하면서 겪었던 모든 어려움들을 일시에 다 해결할 수 있다.

책과 친해지는 방법

1 종이신문을 구독해서 아침마다 사설과 칼럼을 두세 개 꼼꼼히 읽어라.

2 관심분야의 정기간행물을 구독하라.

3 무조건 일주일에 책 한 권을 구입하라.

4 기념일 선물은 무조건 책으로 하라.

03

사유의 흔적과 체취

- 밑줄은 철학이다

비록 책을 읽을 수 없다 하더라도
서재에 들어가 책을 어루만지기만 해도 기분이 좋아진다.
-정조

신약성경 마태복음 25장 14절부터 29절의 내용은 '달란트의 비유'로 사람들에게 널리 알려져 있다. 한 주인이 멀리 떠나며 하인들에게 각각 그 재능대로 한 사람에게는 금 다섯 달란트를, 한 사람에게는 두 달란트를, 또 한 사람에게는 한 달란트를 주고 떠났다. 다섯 달란트 받은 자는 장사를 하여 다섯 달란트를 남기고, 두 달란트 받은 자도 마찬 가지로 두 달란트를 남겼으나 한 달란트 받은 자는 그 돈을 활용하지 않고 땅에 묻어두었다. 주인이 돌아와 두 사람은 칭찬을 하고, 땅에 묻은 자는 크게 꾸짖고 내쫓았다. 땅에 묻었던 자는 "당신은 굳은 사람이라 심지 않은 데서 거두고 헤치지 않은 데서 모으는 줄을 내가 알았으므로 두려워하여 나가서 당신의 달란트를 땅에 감추어 두었었나이다.” 라고 변명했다. 주인은 신성하고 두려운 존재라 내 감히 활용하지 못했다는 것인데, 그 말을 들은 주인은 너야말로 악하고 게으른 하인이라고 했다. “내가 심지 않은 데서 거두고 헤치지 않은 데서 모으는 줄” 알았다면 잘 써서 필요한 사람에게 주었다가 그에 합당한 몫을 나에게 돌려주어야 마땅하지 않느냐는 게 주인의 논리였다. 주인은 얼마를 남겼냐는 결과를 중요시한 것이 아니라 '태도'를 유심히 봤던 것이다.

세상의 모든 일은 결과도 소중하지만 무엇보다도 태도 또는 과정이 중요하다. 태도가 올바르면 결과도 좋다. 나는 오로지 결과만 중요시하거나, 혹은 결과야 어찌됐든 태도만 중요시하는 이분법적인 생각에 반대한다. 훌륭한 태도가 있어야 값진 결과가 나오기 마련이다. 모든 인생사가 다 그렇다. 독서도 그러한 이치에서 벗어날 수 없다.

내가 아는 사람들 중에는 책을 장식품처럼 생각하는 사람들이 있다. 사회의 저명인사들 중에는 읽지도 않는 책을, 그것도 장정이 화려한 양장본의 전집류를 책장에 꽂아두고 은근히 자신의 수집벽을 자랑하는 사람이 많은데 나는 그게 다 헛일이라고 여긴다. 읽지 않는 책을 모셔두는 행위는 주인에게 받은 한 달란트를 땅에 묻어둔 게으른 종과 별반 다름이 없다. 읽고, 밑줄 치고, 베껴 쓰고, 생각해서 자신의 피와 살로 만들지 않는다면 차라리 책이 필요한 다른 사람에게 주는 게 좋다. 조선 후기의 실학자 이덕무는 "책에 굶주린 사람에게 책을 빌려 주는 것만큼 큰 보시(布施)는 없다."라고 하지 않았던가. 책이 없는 방은 영혼이 없는 정신과 같다는 키케로의 말은 지당하다. 아무리 많은 책을 방에 쌓아놓았다 하더라도 읽지 않는다면 갑 속에 고이 모셔둬 녹이 슨 칼 과 다를 바 없다. 읽지 않는 책을 집에 쌓아두는 것은 죄악이다.

또한 책을 너무 소중히 여기다 보니 흠이 나거나 뭐가 묻으면 마치 아이가 다친 것처럼 전전긍긍하는 사람도 있다. 책이라는 물리적 형태에 너무 신경을 쓰다 보면 오히려 책의 진짜 쓰임새를 잊을 수도 있다. 책에 대한 지나친 결벽증은 목욕물을 버리려다 아이까지 버리는 것과 같다. 책을 마구 다뤄 더럽게 만드는 것은 잘못이지만 잘 활용하기 위해 밑줄을 긋고 포스트잇을 붙이는 등의 행동은 전혀 탓할 것이 아니다. 책을 진짜로 사랑하는 사람은 자신의 체취와 흔적을 남기는 사람이다. 영국의 명수필가인 조지 기싱은 《기싱의 고백》이라는 수필집에서 "나는 내가 가지고 있는 모든 책 위에 코를 대어 각각의 냄새를 맡아 가려낼 수 있다. 페이지와 페이지 사이에 코를 밀어 넣으면 모든 종류의 내용이 머리에 떠오르기 때문이다."라는 말을 했다. 참으로 인상적이다. 나도 문득 그런 정서를 느낄 때가 있다.

내가 애장(愛藏)하고 있는 칼릴 지브란의 《예언자》는 함석헌 선생이 번역한 것으로, 1960년대에 출간된 초판이다. 책을 펼쳐 보면 밑줄도 그어져 있고, 무슨 혈기에서 한 말인지는 모르지만 상당히 비장한 내용의 메모도 있고, 책에 맞아 죽은 모기의 빛바랜 핏자국도 있다. 그걸 보면 그때의 향수가 물밀 듯 밀려든다. 한밤중에 모기에 물려가며 읽었던 그 시절의 모든 추억이 낡은 책 냄새와 함께 떠오르는 것은 물론 그때 읽었던 문장이 선명하게 살아나 행복한 미소를 짓게 한다. 그런 면에서 나는 기싱의 말에 백퍼센트 공감한다.

> 내가 간절히 필요로 했던 책이 있고, 그런 책을 갖는 것은 육체적 영양분을 섭취하는 것보다 더 필요했다. 물론 그런 책을 대영박물관에 가서 읽을 수는 있다. 그러나 도서관 책을 읽는 것은 내가 사서 책꽂이에 꽂아두고 읽는 것과 다른 법이다. 이따금 나는 꼴사납게 누더기가 된 책을 사기도 했으며, 그 책에 누군가가 바보 같은 소리를 끼적여서 더럽혀놓았거나 책장이 찢어지고 얼룩지기도 했지만 그런 것을 상관하지 않았다. 빌려 온 책보다는 헐어빠진 것이나마 내 책을 읽는 편이 더 즐거웠다.

조지 기싱은 빌려 읽기보다는 헌 책이라도 자신이 사서 읽는다고 했다. 그 이전 사람이 여러 흔적을 남겨놓았어도 그것에 개의치 않고 '내 책'이라는 소유의 행복감을 누리고자 그랬을 것이다. 그런데 '내 책'이라는 것은 돈 주고 사는 것도 중요하지만 그 책에 자신만의 표식과 흔적을 남겼을 때 비로소 자신의 것이라는 애착을 가질 수 있다. 나는 책에 밑줄을 치거나 따옴표나 괄호 등 인용부호를 표시하면서 읽는데 그것은 내가 책과 연애를 하는 가장 중요한 방식 중 하나다. 물론 많은 사람들이 책에 밑줄을 친다. 중요한 내용이라서 혹은 멋진 표현이라서 밑줄을 긋는 게 일반적인 밑줄 긋기의 형태다. 나도 그런 틀에서 거의 벗어나지는 않지만 나만의 독특한 버릇을 가지고 있다. 핵심 내용, 멋진 표현, 인용에 쓸 내용 등 각각의 목적에 맞게 밑줄 긋기의 형태를 달리한다. 형태를 달리한다고 해서 색깔을 달리하거나 선의 종류를 달리하는 건 아니다. 그저 밑줄 옆에다 용도에 대한 아주 짧은 메모나 키워드를 남겨놓는다.

밑줄의 진정한 가치는 재독(再讀)을 할 때 발현된다. 어떤 책을 다시 읽을 때 이전에 어디에 초점을 두고 읽었는지를 확인시켜주는 주요한 단서가 바로 밑줄이다. 재독을 하다 보면 중요하지 않은 곳에도 밑줄이 그어진 것을 발견하기도 하고, 밑줄이 없는 내용 중에 중요한 것을 발견하기도 한다. 오히려 그런 경우가 더 많다. 이런 일은 지극히 정상적인 것이다. 사람의 생각은 수시로 변하고 바뀌며 교정되기 때문이다. 예전에 읽을 때 그었던 밑줄은 당시 나의 사고와 지적 수준을 반영하는 지표다. 그러므로 밑줄은 나의 생각이 어떻게 형성되고 바뀌어가는지를 알려주는 기능을 한다.

중요한 내용을 표시하기 위해 긋는 게 밑줄의 전부는 아니다. 밑줄은 사고의 흔적이다. 그래서 나는 가끔 아무 책이나 꺼내 내가 친 밑줄이나 인용부호 부분만 읽어본다. 그렇게 해보면 지금 나의 사유가 어떻게 변화되었는지를 파악할 수 있다. 그 변화는 긍정적일 수도 있고, 부정적일 수도 있다. 어쨌든 밑줄을 통해 과거와 현재의 나를 비교해볼 수 있다는 것이 밑줄의 '철학적 기능'이라고 나는 강조하여 말하고 싶다.

1884년 마르크스와 엥겔스가 쓴 《공산당선언》을 얼마 전 뒤적거려보니 "하나의 유령이 유럽을 거닐고 있다. 공산당이라는 유령이"라는 첫 문장과 "이제까지의 모든 사회의 역사는 계급투쟁의 역사이다."라는 곳에 밑줄이 그어져 있었다. 그것을 보고 나는 많은 생각을 했다. 그때 왜 나는 그 문장에 밑줄을 그었으며, 지금은 그 문장에 대해 어떻게 생각하는지를 곰곰이 헤아려보았다. 그런 헤아림의 시간이 바로 철학적인 물음의 순간이며, 밑줄을 통해 철학을 하는 실천의 요체라는 것을 강조하고 싶다. 철학이라는 게 뭐 그리 거창한 것은 아니다. 이렇게 밑줄을 통해서, 그 누구의 견해나 주장에 휩쓸리지 않고 진지하게 자신의 현재를 성찰할 수 있다면 그것이 바로 철학이라고 나는 확신한다.

한 권의 책이 온전히 자기 것이 되려면 '밑줄 긋기'가 필요하다. 얼마만큼 세심하고 주의 깊게 밑줄을 긋느냐에 따라 독서의 달란트는 다르게 나타난다. 모든 사람에게 공통적으로 적용되는 밑줄 긋기의 법칙은 없다. 밑줄 긋기는 기술이 아니기 때문이다. 다시 말하지만 밑줄은 그 사람의 사유다. 사유로서 밑줄을 긋는 사람만이 책과 진정한 연애를 할 수 있다. 독자의 밑줄이 있어야만 비로소 책은 완성된다.

TIP

밑줄 긋기 기술

1 책은 빌려 보지 말고 사서 보라.

2 깨끗한 책보다 메모와 밑줄이 많은 책이 더 값지다.

3 밑줄을 너무 많이 치지 마라. 밑줄의 유혹을 절제하는 것도 중요하다.

4 밑줄은 한 페이지를 혹은 한 장(章)을 다 읽고 난 후보다도 첫인상이 강렬할 때 그어라.

5 필요하다면 선의 종류, 부호, 색깔 등의 사용에 관한 자신만의 밑줄 긋기 원칙을 정하라.

종횡무진 독서일기
– 메모는 생각의 격전지다

일기는 사람의 훌륭한 인생 자습서다.
—이태준

일기는 날마다 그날그날 겪은 일이나 생각, 느낌 따위를 적는 개인의 기록이다. 사실 일기를 매일매일 빼먹지 않고 쓴다는 것은 매우 힘든 일이다. 초등학교 때 방학이 끝날 무렵 한 달치 일기를 한꺼번에 쓰느라 난리를 떨었던 기억들을 떠올려보면 일기 쓰기가 왜 힘든 것인지를 이해할 수 있을 것이다. 그러다 보니 대다수의 사람들이 초등학교 졸업과 동시에 일기 쓰는 것도 졸업해버린다. 일기 쓰는 것을 그만두는 주된 이유는 '매일매일' 써야 한다는 압박 때문일 것이다. 또한 특별한 일도 하지 않았는데 뭔가를 써야만 한다는 강박과 무조건 자신의 행동을 반성해야만 일기의 내용이 완성된다는 정체불명의 선입견도 크게 작용했을 것이다. 나는 초등학교 6학년 때의 일기를 지금도 보관하고 있다. 정훈장교로 전방에서 복무할 때도 나는 매일 생활의 단면과 책을 읽으면서 느꼈던 생각을 일기로 남겼다. 독서와 일기 쓰기는 내 삶의 자양분이자 자신감을 갖게 해주는 원천이 되었다.

매일 써야 한다는 압박과 자신의 행동을 반성하고 성찰해야 한다는 선입견을 버린다면 일기를 쓰는 일에 친숙해질 수 있다. 더불어 일상의 경험이라는 틀에서 벗어나 독서에서 얻은 생각들을 정리하고 생각해보는 내용을 일기에 포함시킨다면 '나는 오늘 무엇을 했다.'라는 식의 단순반복적인 틀에서 벗어날 수 있어 일기 쓰는 것에 점차 흥미를 가질 수 있다. 독서 경험이 아니더라도 신문에서 읽었던 사설이나 특정한 사건에 대한 자신의 단상을 그때그때 적는 것도 좋은 방법이다. 고시 공부나 취업 준비를 하고 있는 사람들은 그날 공부했던 중요한 내용을 골라서 정리하고 자평해보는 것도 일기의 한 형식이 될 수 있다. 나는 고시 공부를 할 적에 종종 일기에 그날 공부했던 내용을 요약해서 적곤 했다. 형식에 구애받지 말고 뭔가를 자주 기록해서 자신의 삶을 풍성하고 다채롭게 만들 수 있는 계기가 될 수 있는 모든 형태의 글쓰기가 바로 진정한 의미에서의 일기라고 나는 생각한다.

형식과 내용에 구애받지 않고 쓸 수 있는 자유로운 일기 형식 중에 내가 가장 권하고 싶은 것이 바로 '독서일기'다. 독서일기라고 해서 꼭 책에 관한 내용만 써야 하는 건 아니다. 만약 그렇게 생각한다면 한 달에 한 장 쓰기도 힘들 것이다. 옛날에 읽었던 책에 대한 새로운 생각, 앞으로 읽고 싶은 책에 대한 기록, 책에서 발견한 좋은 문장, 책과 얽힌 소소한 일화 등 독서일기의 소재는 생각해보면 실로 다양하다. 책에 대한 언급 없이 그날 있었던 내용들을 써도 좋다. 책을 읽으면서 느꼈던 생각의 단상과 그것이 나에게 어떤 변화를 주었는지에 대한 일상적인 성찰을 함께 써나가는 것이 독서일기라고 보면 된다.

나는 독서일기를 일기장이 아닌 내가 아끼는 평범한 수첩에다 쓴다. 책을 읽으면서 순간적으로 강렬한 인상을 받거나 기억하고 싶은 문장을 나의 단상과 함께 적는다. 어떤 페이지에는 책과 상관이 없는 나만의 생각이 오롯이 적힌 페이지도 있다. 심지어 거꾸로 쓴 페이지도 있다. 첫 장부터 시작해서 페이지마다 차례대로 써나가는 일반적인 형태의 메모가 아니라 아무 페이지나 펼쳐서 쓰기 때문에 남들이 보면 두서가 없어 보이지만 그점이 내 독서수첩의 장점이자 개성이다. 나는 그런 종횡무진의 기록이 마음에 든다. 차례대로 형식에 맞춰 써나가는 독서일기나 메모는 단조롭다. 나의 독서일기는 초원을 뛰어다니는 말들의 흔적처럼 예측할 수 없는 자유로운 행보를 보이기 때문에 아주 리듬감이 있다. 가끔 수첩을 들춰보면서 이것은 언제 어디서 무엇 때문에 썼지, 하며 기억의 조각을 짜 맞추기도 한다. 그런 과정이 생각의 유연성과 기민성을 길러준다는 것을 어느 순간 깨닫게 되면서 나는 더욱더 자유롭게 독서일기를 쓰게 되었다.

나의 독서일기는 일상의 기록이며, 책을 통해 내가 얻은 지적인 성과들과 치열한 고민의 흔적들을 기록하고 보관해놓는 보물창고이자 생각들의 격전지라 할 수 있다. 일기에는 붉은 펜으로 동그라미를 겹쳐 친 단어들도 있고, 구불구불한 밑줄도 있다. 저자의 생각에 대해 의문을 단 내용들도 있다. 강의할 때 인용할 수 있을 만한 내용은 박스를 쳐 표시하기도 하고, 아들들에게 말해주고 싶은 내용이 있으면 그것도 메모를 해놓는다. 신문기사를 오려 그대로 붙여 놓은 것도 있다. 그리고 여행지에서 본 좋은 표어, 여행 안내판의 문구, 유적에 새겨진 명구, 심지어 비문(碑文)의 내용까지 옮겨 적는다. 영화 대사에서도 기억할 만한 것을 메모했다. 뭔가 혼란스럽고 산만한 듯 보이는 내용들이지만 그것들이 빚어내는 묘한 조화가 있어 볼 때마다 가슴이 뿌듯해진다.

나는 그 메모로부터 강의나 짧은 연설, 글 혹은 일상의 대화에 필요한 아이디어를 얻어 적절히 활용한다. 그럴 때마다 주변의 호응과 호평이 상당했는데, 그러한 주변 반응은 자신감으로 쌓이게 된다. 나의 독서일기는 나만의 규칙으로 만들어진 것이다. 지금부터 독서일기를 써보겠다는 사람들이 있다면 자신의 방식으로 개성을 살려 써보기를 권한다. 그림을 그려 넣을 수도 있고, 수첩이 아닌 스케치북에 쓸 수도 있다. 그러나 독서일기란 자신의 생각을 단련하는 생각의 격전지라는 명제만큼은 꼭 유념해야 한다.

내가 아들들에게 물려주고 싶은 게 있다면 바로 나의 독서일기다. 내가 무엇으로 살아왔는지를 아들에게 보여줄 수 있는 최고의 유산이 바로 나의 독서일기다. 물질적 유산은 쉽게 없어지지만 정신적 유산은 나의 아들에서 아들로 이어지면서 영원히 기억될 것이다.

TIP

독서일기 작성법

1 날짜와 형식에 연연하지 말고 자유롭게 써라. 꼭 노트의 페이지 순서대로 쓸 필요가 없다.

2 자유롭게 쓰되 문장만은 문법에 맞게 정확히 구사해서 써라.

3 언제 어디서나 쓸 수 있게끔 간편하고 튼튼하고 휴대하기 좋은 형태의 일기장을 골라라.

05

독서의 윤활유
─ 사전을 사랑하라

선비는 사흘 동안 책을 읽지 않으면 스스로 깨달은 언어가 무의미하고
거울에 비친 자신의 얼굴을 바라보기가 가증스럽다.
─북송(北宋) 때 학자 황산곡

독서의 행로는 미로(迷路)와 같다. 훤히 트인 길을 가는 것처
럼 쉬워 보여도 어느 순간 모르는 개념이나 단어에 막혀 앞뒤
구분이 가지 않을 때가 있다. 이럴 경우 문맥의 흐름에 맞춰 대
강 이런 뜻이겠구나, 하는 미봉책의 방식으로 넘어가는 일이 빈
번하다. 그런 식으로 독서를 할 경우 절대 깊이 있는 이해에 도
달할 수 없다. 단어와 단어, 행간과 행간의 흐름을 명료하게 이
해하기 위해서는 말의 쓰임새와 연결을 정확하게 이해하고 있
어야 한다. 모호한 단어가 있다면 그 즉시에서 사전을 찾아 그
뜻을 바르게 알아 문맥을 파악한 후 다음 문장으로 넘어가야 한

다. 같은 책을 읽어도 이해의 폭이 다르게 나타나는 이유가 바로 여기에 있다. 개념에 대한 이해와 문맥의 배경에 대한 지식이 충분하지 못하면 심도 있는 독서를 할 수 없다. 어휘사전과 백과사전은 독서에 있어서 개념과 배경지식에 대한 정확한 이해를 제공하는 훌륭한 부교재라 할 수 있다.

방법이 허술하면 결과가 신통치 않은 게 세상의 이치다. 독서는 읽고자 하는 욕망도 중요하지만 어떻게 읽어야 할지에 대한 방법도 중요하다. 한 줄이라도 이해가 가지 않는 부분이 있다면 기필코 알고 넘어가야겠다는 태도가 필요하다. 자신을 일러 '책에 미친 바보(看書痴)'라 했던 조선 후기 실학자 이덕무는 독서를 함에 있어 문맥이 막힐 경우 다음과 같이 할 것을 당부했다.

의심나는 일이나 의심나는 글자가 있으면, 즉시 유서(類書)나 자서(字書)를 자세히 참고하라.

글을 읽을 때에는 명물(名物)이나 글 뜻이 어려운 본문은 그때그때 적어서 아는 사람을 만나면 반드시 물어라. 선배인 장학성(張學聖)과 나의 친척인 복초(復初) 이광석은 남을 만날 때마다 물었다.

－ 책을 보는 방법에 대하여

유서란 지금으로 치자면 백과사전으로 학문, 예술, 문화, 사회, 경제 따위의 과학과 자연 및 인간의 활동에 관련된 모든 지식을 압축하여 부문별 또는 자모순으로 배열하고 풀이한 책이다. 자서는 말의 뜻을 갈무리한 사전이다. 사물의 이치나 사건, 사상의 형성이나 배경에 대해 아는 게 미흡하다면 백과사전을 참조하여 명확히 밝히고, 말의 의미를 모른다면 사전을 찾아 문맥을 바로 세우는 것이 책을 읽는 올바른 방법이 라는 게 이덕무의 조언이다. 당연하고 지당한 말이지만 실제 독서에 있어서는 제대로 적용하지 못하는 게 대개의 현실이다. 사실 책을 읽다가 사전을 찾거나 하는 일이란 도통 귀찮은 게 아니다. 읽는다는 행위에 몰두하다 보면 독서의 속도를 멈추게 하는 제반의 일들이 번거롭게 여겨진다. 그러나 독서는 읽는다는 게 제일의 목적이 아니라 이해를 하여 자신을 변화시키는 게 주된 목적이다. 많이 읽는 것보다는 하나를 제대로 이해하는 과정이 그래서 중요하다.

나의 경우, 중학교를 졸업하고 6개월 만에 고졸 검정고시를 패스하고, 그해 대학입학 예비고사까지 통과한 후 김제의 금산사에 들어가 수백 권의 책을 읽었다. 허기에 찬 사람처럼 이것저것 닥치는 대로 동서양의 고전, 역사서, 문학작품을 읽었지만 내면의 허전함을 지울 수 없었다. 그러던 중《법구경》의 〈술천품1〉에 나오는 구절이 나의 독서방법에 질적인 변화를 주었다.

비록 천 글귀를 외더라도(誰誦千言)

그 글 뜻이 바르지 못하면(句義不正)

단 한마디 말을 듣더라도(不如一要)

편안함을 얻으면 그것이 낫다(聞可滅意).

수많은 경전을 읽어도 그 뜻을 바로 새기지 못하면 아무런 소용이 없으며, 단 한 권을 읽더라도 의미를 바로 세울 수 있다면 그것이 더 낫다는 지혜를 전하는 말이다. 당시 나는 젊은 혈기와 지적인 욕망이 앞서 무조건 많은 책을 읽으려고만 했다. 그런 나에게 《법구경》의 구절은 독서의 혜안을 열어주었다. '경전을 독송하는 사람이 자신의 마음으로 돌이켜 봄이 없다면 아무리 경전을 많이 읽더라도 도움이 되지 않는다(心不返照 看經無益).'라는 옛 스승의 가르침 그대로였다. 모르는 것이 나오면 사전을 찾았고, 사전으로 해결되지 않은 것은 그 분야 전문가에게 물었다. 그래도 해결되지 않는 것은 메모를 해두었다가 어떤 방식으로든 그 의문을 풀었다. 아는 것을 안다고 하고 모르는 것을 모른다고 하는 것이 배움의 기본이라고 했던 공자의 말씀을 나는 그대로 실천하려고 했다.

그때부터 나는 사전을 적극 참조하면서 독서를 했다. 사전을 참조해가며 읽는 독서는 더디다. 그러나 시간이 갈수록 사유의 두께가 두꺼워지면서 독서에 가속이 붙어 점점 수월히 읽을 수 있게 되었다. 이덕무가 책을 많이 읽을 수 있었던 것도 같은 맥락이었을 것이다. 지금도 금산사에서 읽었던 여러 책들의 내용이 생생하게 남아 내 삶의 자양분이 될 수 있었던 것은 양적(量的)인 것에 매몰되지 않고 질적(質的)인 것을 추구하며 읽었기 때문이라고 생각한다. 열 권의 책을 서투르게 읽는 것보다 한 권의 책을 정교하게 읽는 게 마음의 양식으로 남는다는 것은 절대 불변의 진리다.

내가 초등학교를 다닐 때는 교과서에 나오는 모르는 낱말을 찾아 공책에 적는 게 학교 숙제의 기초이자 대다수였다. 그런데 사전을 찾아도 뜻풀이에 나온 단어를 몰라 다시 사전을 찾아야 하는 일이 많았다. 하나의 낱말을 이해하기 위해서는 사전의 항목을 서너 개 정도 찾아야만 했다. 그게 귀찮기는 해도 알고 보면 약이 되는 일이었다. 사전을 통해 모르는 말을 익혀가는 과정은 배움의 견문이 넓어지는 것은 물론 기억력도 좋아져 일거양득의 효과를 볼 수 있었다. 내가 기억력이 좋아질 수 있었던 이유도 바로 사전을 찾아 그 뜻을 잊지 않으려 했던 노력 때문이었다.

지금은 예전 같지 않아 인터넷을 통해 쉽게 어휘사전은 물론 백과사전의 항목들을 검색할 수 있어 편하다. 나는 인터넷의 정보를 그리 신뢰하는 편은 아니지만 사전 검색 기능만은 훌륭하다고 생각한다. 엄청난 양의 백과사전 항목을 검색을 통해 쉽게 접근할 수 있다니! 놀라울 따름이다. 더군다나 스마트폰이 대세인 요즘 공간에 구애받지 않고 언제 어디서나 모르는 것을 즉시에서 찾아볼 수 있으니 격세지감을 절감한다. 특히 해외여행 중 외국어 사전의 활용 정도는 정말 대단하다.

문명의 이기(利器)를 잘 활용하는 것도 하나의 지혜다. 그러나 나는 아직도 종이로 된 사전을 선호한다. 물론 나도 스마트폰을 병용한다. 종이로 된 사전은 찾는 과정이나 시간이 인터넷 사전의 검색 속도와 편리함에 비할 바는 못 되지만 그런 과정을 거치는 게 기억에 오래 남는다는 것은 확신한다. 편리함을 너무 맹신하면 깊이 있는 생각에 도달할 수 없다. 우공이산(愚公移山)의 미련함이 큰일을 이루어낸다는 것을 명심할 필요가 있다. 가볍게 얻은 것은 가볍게 사라진다.

인터넷과 스마트폰에 익숙한 지금 세대의 젊은이들에게 수십 권짜리 백과사전을 구입해서 책을 읽을 때마다 참고하라는 조언은 구닥다리에 지나지 않는다는 것을 나는 잘 안다. 내가 말하고자 하는 취지는 독서를 많이 하라는 것이며, 그 과정에서 모르는 게 있으면 적극적으로 사전을 활용하라는 것이다. 인터넷 검색을 통해 즉시 궁금증을 해결하라. 이를테면, 책을 읽는데 '무오사화'란 단어가 나왔다 치자. 그게 대충 조선의 4대 사화라는 건 알겠는데 구체적인 배경과 전개 양상을 모르겠다면 그 즉시 검색을 통해 '무오사화'는 물론 관련된 나머지 사화에 대해서 이해를 하고 넘어가야 한다는 것이다. 그러다 보면 이것저것 여러 가지 관련 사항을 검색할 수밖에 없고, 원래 읽던 책에 잠시 등한하게 되는 일이 벌어지지만 교양과 지식의 습득이라는 면에서는 정도(正道)의 길을 걷는 것이라고 확신한다.

사전을 애인처럼 사랑하는 사람만이 많은 것을 얻고 배울 수 있다. 그것이 성공의 토대가 된다는 것을 나는 경험을 통해 확인했다. 내가 행정고시와 사법시험에 비교적 쉽게 합격할 수 있었던 힘은 바로 손때 묻어 반질해진 여러 분야의 사전들 때문이었다. 체의 망이 촘촘하고 세밀해야 걸러지는 게 많다. 체가 성기면 중요한 것까지 새나가기 마련이다. 사전을 자주 찾아보는 사람의 체는 촘촘하고 조밀해서 남들이 거두지 못한 것까지 거둘 수 있다. 성공이란 바로 남들에게 없는 것을 찾아가는 것이다.

기계와 기계 사이의 움직임을 원활하게 해주는 게 윤활유다. 사전은 앞서 비유한 바처럼 체이기도 하지만 독서의 윤활유이기도 하다. 기름을 치지 않은 자동차는 달리다가 고장이 나 멈춰 버린다. 독서에 의욕을 품었지만 결국 독서를 등한히 하게 되는 결정적인 요인은 윤활유가 없기 때문이다. 책을 읽기는 읽었지만 남는 게 없고 부대끼기만 한다면 곧 흥미를 잃게 되어 다른 책을 읽을 생각이 사라지게 된다. 잘 달리는 자동차처럼 지속적인 독서를 하려면 걸리는 단어나 문맥에 기름을 쳐야 한다.

지금 당장부터 사전을 옆에 놓고 혹은 인터넷을 켜 사전을 검색해가면서 독서를 하라. 그 결과를 직접 체험한다면 당신도 책벌레가 될 수 있을 것이다.

사전 활용법

1 인터넷 즐겨찾기 또는 스마트폰 앱에 '사전' 항목을 만들어 여러 종류의 사전을 링크해놓아라.

2 화장실이나 침대 옆에 사전을 비치해놓아라.

3 취미로 백과사전을 항목별로 읽어라. 신기한 것이나 중요한 것이 나오면 따로 메모를 해서 자신만의 사전을 만들어라.

4 동·식물도감, 특수사전, 속담사전, 어휘활용사전 등 세상에 나온 많은 사전들을 수집하는 취미를 길러라.

06

책 속의 책
- 참고문헌과 각주에 보물이 있다

우리로 하여금 모든 책을 넘어서게끔 해주지 못하는 책에
무슨 중요한 것이 들어 있겠는가?
-니체

"책 좀 추천해주세요."

강연을 하거나 사람들과 이야기할 때 종종 듣는 질문이다. 특히 인문·교양서를 추천해달라는 경우가 많다. 문학작품의 경우 자신들의 취향 그리고 주변사람들이 권하는 책들을 통해 자기 나름의 독서계획을 세울 수 있다. 그러나 인문·교양서는 취향으로 선택해서 읽기엔 그 범위와 내용이 남다르기에 배경지식이 없다면 좀처럼 쉽게 접근할 수 없다. 그럴 때면 나는 이 책의 7장에서 강조하는 것처럼 개론서를 읽으라고 권하면서, 추천에 대한 답변으로 "책 속에 책이 있다."라고 말해준다. 사람들은 그게

무슨 말이냐며 눈을 멀뚱거린다. 그 사람들에게 나는 다음과 같은 요지의 설명을 한다.

> 한 권의 책은 하나의 씨앗입니다. 씨앗 속에는 열매들의 미래가 담겨 있지요. 씨앗을 키워 열매로 만드는 과정은 독서에 비유될 수 있습니다. 씨앗들이 나무로 자라 더 많은 열매를 만들어 과수원을 풍요롭게 만드는 것처럼, 한 권의 독서가 풍부한 교양의 과수원을 만들어냅니다. 커다란 과수원도 따지고 보면 하나의 작은 씨앗에서 시작된 것이지요. 씨앗이 나무가 되고, 그 나무에서 열매가 주렁주렁 열리는 것처럼, 하나의 책 속에는 여러 다른 책들의 미래가 담겨 있습니다.

씨앗이 열매가 되는 것처럼 한 권의 독서가 여러 권의 독서로 자연스럽게 이어지기 마련이다. 여기서 말하는 독서란 특히 고전을 중심으로 한 인문·교양서의 경우다. 사실, 독서의 방법만 터득한다면 인문·교양서는 타인에게 굳이 추천을 받지 않아도 된다. 물론 추천이 필요한 특별한 경우들이 있다. 전문적인 내용이라든지, 고전이나 인문·교양서를 처음 읽는 청소년들이라면 경험자의 추천이 유용하다. 그러나 어느 정도의 독서를 해왔던 사람에게는 타인의 추천이 없어도 자기 나름대로의 독서 목록을 작성할 수 있다. 한 권의 책 속에는 다음에 읽어야 할 책들의 정보가 담겨 있기 때문이다.

서문에는 저자가 다루고 있는 주제와 그와 관련된 영향 관계 등이 총론적으로 기술되어 있다. 저자가 책에서 주장하고자 하는 바가 무엇이며 또 자신이 다루고 있는 것과 동일한 대상에 대해 다른 저자들로부터 어떻게 영향을 받았는지를 설명하기 마련이다. 그리고 본문에서는 저자에게 영향을 끼친 책과 저자들에 대한 정보가 상세히 들어 있는데, 그것들은 해당 책과 유사한 주장을 전개하거나, 그 반대의 주장을 담고 있는 경우가 대부분이다. 한편 '책의 서문과 후기(後記)는 저자에게 있어 양날의 칼이다.'라는 인식에 따라 최근에는 서문 없이 바로 본론으로 들어가는 책들도 간혹 눈에 띈다. 그러나 대부분의 책은 서문에서 저자의 집필동기와 과정을 밝힌다.

이와는 별도로 저자가 거론한 참고문헌에는 해당 분야에서 꼭 읽어야 할 중요도서나 최근의 경향을 보여주는 도서들이 명시되어 있다. 내용이 조금 어렵거나 전문적인 도서의 경우는 참고문헌을 따로 정리해서 보여주지만, 가볍게 읽을 수 있도록 풀어 쓴 책의 경우에는 저자가 본문에서 중요도서에 대한 설명과 언급을 비교적 상세하게 하는 경우가 많다. 그럴 경우에는 독서를 하면서 저자가 언급한 관련 책이나 저자를 메모해두면 나중에 어떤 책을 읽어야 할지에 대한 도움은 물론 책에서 언급하고 있는 주제와 관련된 훌륭한 정보리스트를 만들 수 있다. 한 권의 책을 읽을 때마다 그러한 리스트를 정리해서 잘 보관해둔다면 그것만 한 재산도 없을 것이다. 자신이 글을 쓰거나 원고를 청탁받게 된다면 아주 유용하게 쓰일 수 있기 때문이다.

각주도 눈여겨보아야 한다. 어떤 개념이나 사건에 대한 핵심 설명과 그와 관련된 다양한 정보를 얻을 수 있기 때문이다. 20세기 가장 독창적이고 창조적인 사유를 전개한 사상가로 평가받고 있는 발터 벤야민이 쓴 《일방통행로》에는 〈13번〉이라는 산문이 있는데 책과 매춘부의 공통점에 대해 쓴 재미있는 글이다. 산문은 "책과 매춘부는 침대로 끌어들일 수 있다."라는 첫 번째 공통점으로 시작해서 "책과 매춘부―전자의 각주가 후자에게는 양말 속의 돈."이라는 열세 번째까지 책과 매춘부의 공통점을 재미있게 서술하고 있다. 책의 각주가 매춘부에게 있어서는 양말 속에 숨겨둔 돈이라는 맨 마지막 내용이 참 신선하다.

한 권의 책에서 각주가 지니고 있는 각별한 의미를 이처럼 적확하게 비유하다니 새삼 놀랍기만 하다. 양말 속에 돈을 숨기는 매춘부의 심정에 대해 내가 명백하게 이해할 도리는 없다. 그러나 그 비유에서 '내밀함과 소유의 욕망, 애착의 진지함' 같은 정서를 느낄 수 있었다. 책의 밑에 짤막하게 처리된 각주는 본문의 화려함에 비한다면 어딘지 모르게 초라해 보인다. 그러나 주장과 설명의 배경이 되는 출처를 밝혀주는 각주는 저자들이 책 속에 숨겨놓은 보물이다. 중요하지 않게 여겨 그냥 지나간다면 읽는 자의 손해다.

참고문헌과 각주의 중요성을 강조한다고 해서 한 권의 책에 있는 모든 참고문헌과 각주를 읽어야 한다는 것은 아니다. 본문에서 저자가 언급하는 책을 앞뒤 문맥에서 판단해보고 각별히 중요하다고 여기는 책들을 선별해서 목록을 만들어놓으면 아주 훌륭한 자신만의 독서 리스트가 완성된다.

내 서재에 꽂혀 있는 책 중에 아무 거나 골라서 리스트 작성법을 설명해보고자 한다. 제레미 리프킨의 《엔트로피》(범우사)를 예로 들어보겠다. '엔트로피(Entropy)'는 '변화(tropy)'라는 그리스어와 '에너지(Energy)'라는 말의 합성에서 유래된 것으로, 공간을 구성하는 '계(System)'의 무질서한 정도를 나타내는 물리적 개념이다. 엔트로피의 개념은 물리학만이 아니라 현대사회, 특히 환경문제와 산업화에 대한 문제를 고찰하는 데 있어 중요한 개념이다. 자연계의 에너지는 사용 가능한 에너지와 사용 불가능한 에너지로 나뉘어 있어 질서와 균형을 유지하고 있는데 사용 불가능한 에너지의 증가로 인해 지구는 점차 쓰레기로 넘쳐나게 된다는 게 엔트로피의 입장에서 본 산업사회의 문제점이다.

제레미 리프킨의 《엔트로피》는 산업혁명을 가능케 한 기계적 세계관을 비판하면서 균일화의 과잉이 결국에는 인류의 재앙을 초래할 것이라 경고하며 '저(低) 엔트로피 사회'로의 이행을 촉구하는 메시지를 담고 있다. 서문에서 리프킨은 라셀, 뉴턴, 데

카르트, 애덤 스미스 등 다양한 사상가들의 주요 저작을 언급한다. 이어 그들의 논거를 요약·설명해가면서 자신의 논지를 전개한다. 일례로, 2장 '기계적 세계관의 구축자들'의 내용 중에는 경제에서 도덕을 떼어놓은 학자로 애덤 스미스를 지목한다. 다시 말해서 뉴턴의 과학이론을 경제이론에 적용해서 자연법칙에 따라 운동을 전개하는 천체와 마찬가지로 경제도 같은 맥락으로 움직인다는 게 애덤 스미스의 견해이고, 그 내용을 설명하고 있는 게《국부론》이라는 내용이 서술되어 있다. 이 내용을 리스트로 만들어놓아야 한다. 리스트에는 제레미 리프킨이 설명한 핵심개요(키워드)를 적고, 리스트와 관련된 개론서도 1~2권 검색해서 메모해두면 좋다.

다음 표처럼 책 속에서 저자가 주요하게 거론하는 책들을 목록으로 만들어놓으면 그것 자체가 독서목록이 되는 것은 물론이고, 하나의 책과 관련된 다양한 분야의 관련도서를 체계적으로 파악할 수 있어 폭넓고 수준 있는 독서를 할 수 있음은 물론 안목이 넓어진다는 말이 무엇인지를 실감할 수 있을 것이다. 또한 관련 리스트를 작성해놓으면 굳이 타인들의 추천에 의존하지 않고도 자신만의 고유한 독서 계획을 세울 수 있다. 참고문헌 리스트 작성은 간단해 보이는 작업이지만 막상 실천하기가 그리 쉽지는 않다. 그렇지만 한 번 실천을 하면 다음부터는 목록을 작성하는 재미가 쏠쏠해서 독서의 효율이 저절로 배가(倍加)

《엔트로피》 참고문헌 리스트

제목	국부론
저자	애덤 스미스
개요(키워드)	뉴턴의 기계론적 세계관을 경제에 적용한 책. 경제에서 도덕을 떼어놓음.
관련개론서	1. 지금 애덤 스미스를 다시 읽는다: 〈도덕감정론〉과 〈국부론〉의 세계 / 도메 다쿠오 저 / 우경봉 역 / 동아시아 2. 애덤 스미스가 들려주는 국부론 이야기 / 박주헌 저 / 자음과모음

된다. 책 속에서 또 다른 책을 발견해가면서 꼬리에 꼬리를 무는 식으로 독서를 하라.

TIP

번역서 공략법

1 저자 서문이나 역자 후기를 꼼꼼하게 읽어보라. 내게 정말로 필요한 책인 지를 판단하는 데 도움이 된다.

2 인터넷 서점의 독자 서평을 참조하라. 번역 상태에 대한 다양한 정보를 얻 을 수 있다.

3 번역자의 필력이 번역서의 내용을 좌우한다. 번역자의 경력과 전공, 기존 의 번역서를 살펴보라.

4 번역자의 주석이 상세하게 달린 책을 고르라.

5 이왕이면 전문 감수자가 있는 번역서를 선택하라.

07

개론서의 힘
– 인문·교양서 쉽게 읽자

책을 두 권 읽는 사람이 책을 한 권 읽는 사람을 지배한다.
–에이브러햄 링컨

　우리 사회는 성과로 모든 걸 평가하는 경향이 지배적이다. 그래서 모든 사람들이 최소한의 시간과 노력으로 원하는 것을 얻으려 고군분투한다. '빨리빨리'라는 슬로건이 생존과 경쟁의 토대가 되다 보니 성수대교와 삼풍백화점의 붕괴와 같은 참혹한 결과를 낳기도 했다. 성과의 질(質)보다는 양(量)에 집착하다 보니 지금도 사회 곳곳에서 문제가 속출하고 있는 실정이다. 뜸이 들기도 전에 밥숟가락을 들이댄다면 우리는 결코 맛있고 기름진 밥의 진미를 맛볼 수 없을 것이다. 설익은 밥이라도 먹어 배부르면 그만 아니냐는 식의 부박(浮薄)한 논리로 무장한 얼치기

'실용주의'는 인간의 품격을 형편없게 만드는 주범이다. 대한민국이 경제적으로는 전 세계가 주목할 만한 성장을 이루어냈지만 문화적·사상적으로는 이렇다 할 만한 업적을 이루지 못한 것은 바로 그 때문이다.

그러나 '빨리빨리'가 꼭 부정적인 것은 아니다. 좋은 성과를 단시간 안에 이루어낸다면 그보다 좋은 일이 어디 있겠는가. 똑같은 품질의 제품을 한쪽에서는 하루 만에 만들어내고, 다른 쪽에서는 이틀 만에 만들어낸다면 경쟁의 측면에서 전자가 확연한 우위를 차지하는 것은 당연하다. 문제는 '질'의 동등성인데, 우리는 그것을 부차적으로 생각하는 경향이 농후했다. 모양만 비슷하면 그만이다, 내가 쓸 것도 아닌데 대충 만들어서 돈이나 받으면 그만이지, 라는 식의 태도가 만연했다는 것을 지금 이 순간 절실히 돌아볼 필요가 있다.

앞에서 거론한 문제는 독서문화에 있어서도 가감 없이 적용되고 있다. 먹어 배부르면 그만이라는 식으로 무조건 이 책 저책을 계통 없이 읽어대거나, 본의(本意)를 파악하기보다는 필요한 부분만 발췌해서 자기 방식으로 왜곡해버리는 일들을 주변에서 자주 목도한다. 자칭 독서가라며 교양을 운운하는 사람들 중 입만 열면 착오가 시작되는 '개구즉착(開口即錯)'의 사달을 벌이는 사람이 한둘이 아니라 안타깝다. 그 문제에 대해 니체는 다음과 같이 말했는데, 우리 모두가 새겨들을 필요가 있다.

책을 읽은 뒤 최악의 독자가 되지 않도록 하라. 최악의 독자라는 것은 약탈을 일삼는 도적과 같다. 결국 그들은 무엇인가 값나가는 것은 없는지 혈안이 되어 책의 이곳저곳을 적당히 훑다가 이윽고 책 속에서 자기 상황에 맞는 것, 지금 자신이 써먹을수 있는 것, 도움이 될 법한 도구를 끄집어내어 훔친다. 그리고그들이 훔친 것만을(어렴풋이 이해한 것만을) 마치 그 책의 모든 내용인 양 큰소리로 떠드는 것을 삼가지 않는다. 결국 그 책을 완전히 다른 것으로 만들어버리는 것은 물론, 그 책 전체와 저자를 더럽힌다. –《니체의 말》, 221쪽

교양을 얻기 위한 독서가 교양을 내팽개치게 만들고, 최악의독자까지 양산해내는 일은 아무래도 독서의 방법과 원칙에 대한 몰이해에서 비롯된 것이 아닌가, 하는 것이 나의 진단이다.그렇다면 독서의 원칙은 무엇일까? 독서는 지식을 쌓는 수단이기보다는 세계를 이해하는 방편을 제공해주는 거대한 교량(橋梁)이다. 물론 독서를 많이 하면 지식이 넓어지는 것은 사실이다. 그러나 그 지식들이 어디로 수렴되는가에 따라 독서의 의미는 상당히 다르게 나타난다.

이 지점에서 '교양'이라는 문제가 거론될 수밖에 없다. 정보처리 기술에 관한 책을 수십 권 읽은 사람과 역사와 철학에 관한책을 수십 권 읽은 사람의 차이는 무엇일까? 전자는 실용적 기

술에 대해 많은 것을 알았겠지만 후자는 인간과 역사에 대해 상당한 교양적 식견을 습득했을 것이다. 이 둘을 굳이 구분해보자면 실용적 독서와 교양적 독서로 분류할 수 있다. 내가 말하고 싶은 것은 바로 '교양을 쌓기 위한 독서'에 관한 것이다. 스펙을 쌓기 위해 읽는 독서가 아니라 나와 세계의 관계를 이해하기 위해 읽는 독서가 바로 진정한 책 읽기의 출발이다.

세계적인 지성으로 꼽히고 있는 서경식, 노마 필드, 카토 슈이치가 공저한 《교양, 모든 것의 시작》에 서경식과 카토 슈이치가 대담한 내용 중 사르트르의 말을 인용한 부분이 있는데, 그 내용이 내가 독서의 원칙에 관해 말하고 싶은 것을 정확히 표현하고 있어 우선 인용을 해본다.

> "역사, 사회, 인간의 현실을 이해하기 위해서는 두 가지 원칙이 필요하다. 하나는 헤겔(Hegel)로 상징되듯이 전체를 크게 조망한 객관적인 틀이다. 그리고 다른 하나는 각 개인은 역사의 단계나 사회의 부분이 아니라 개인 그 자체가 목적이며 하나의 완결된 세계를 구축하고 있다는 사고이다. 바로 그 점에 깊은 의미가 있고 숭고함이 있다. 그러나 사회적, 역사적 확장은 없다."

다소 거창해 보이는 인용이지만 '전체를 조망하는 틀'과 '완결된 세계의 구축'이라는 키워드에 중점을 두고 나름의 견해를 첨

가해보고자 한다. 독서란 인간과 역사와 사회를 이해하기 위한 인간만의 고유한 행위다. 그래서 사람들은 다독(多讀)에 대한 근원적인 욕망을 버릴 수 없다. 책을 많이 읽으면 뭔가 뿌듯한 느낌이 드는 이유는 책을 읽는 행위를 통해 세계 속에 내가 건강하게 편입되고 있다는 위안을 얻을 수 있기 때문이다. 그러나 무엇을 어디서부터 읽어야 할지 도통 감이 잡히지 않아 이것저것 읽다가 종국에는 포기하는 경우가 많다. 전문가들이 추천한 고전(古典)들을 줄곧 읽어보지만 영 이해도 되지 않고 따분하기만 해서 완독은커녕 삼 분의 일도 읽지 못하고 책을 집어던지는 일이 비일비재하다.

구구단도 모르는 사람이 이차방정식이나 미·적분을 이해할 수는 없다. 그런데 사람들은 책을 집어 들면 구구단 수준의 책들은 무시를 한다. 영어 공부를 하겠다며 고급의 문법책을 뒤적거린다면 그 사람은 영어를 정복할 수 없다. 영어를 잘하려면 중학교 영어책을 완벽하게 이해해야 한다. 그런 연후에 고급의 문법책을 본다면 그게 더 나은 실력으로 쌓이게 되는 것이다. 단계를 무시하면 아무 것도 이룰 수 없다. 사르트르가 말한 '전체를 조망하는 틀'이란 바로 해당 분야의 기초가 될 수 있는 '개론서'와 같다. 개론에 충실해야 완결된 체계를 구축할 수 있다. 대학원에 들어가서 공부를 할 경우 석사 때는 해당 분야의 총론적인 체계를 연구하고, 박사 때는 자신이 원하는 하나의 분야를 세밀하게 파고들어 가는 게 학문 탐구의 정도다.

독서도 마찬가지다. 자신이 읽고 싶은 분야의 개론서를 찾아 먼저 읽는 게 중요하다. 니체에 대해 알고 싶다면 니체가 쓴 원전보다 니체에 관해 국내외 연구자들이 알기 쉽게 풀어 쓴 개론서를 먼저 읽어야 한다. 나의 경우도 사마천의 《사기》를 개론서부터 읽고 번역서를 원본과 대조하면서 읽었었다. 해당 분야의 전문가가 아닌 이상 원전(학자들이 고전이라고 추천한)을 무난히 읽어내기란 쉽지 않다. 설령 억지로 참아가며 읽었다 해도 물어보면 무슨 내용인지 제대로 설명하지 못하는 경우가 빈번하다.

'전체를 크게 조망하는 객관적인 틀'이 있어야 자기만의 '완결된 세계를 구축'할 수 있다. 나는 고전 위주의 문학, 역사, 철학에 대한 책을 청년기에 많이 읽었다. 많이 읽을 수 있었던 요령은 '개론서'에 충실했기 때문이다. 그 요령은 간단하다. 일반적인 것에서 시작해서 구체적이고 개별적인 분야로 영역을 넓혀갔다. 철학을 예로 들어보겠다. 우선 나는 '철학이란 무엇인가?'라는 철학일반에 관련된 쉽게 풀어 쓴 개론서를 먼저 읽었다. '존재, 본질, 현상, 의식' 등 철학 책에서 빈번하게 쓰이는 어려운 개념들을 쉽게 이해할 수 있기 때문에 도움이 많이 된다. 앞서 비유한 바로 치자면 구구단을 습득하는 단계라 할 수 있겠다. 그런 다음 '철학사'에 관한 책을 읽었다. 어떤 철학자들이 어떤 주장을 했는지를 일목요연하게 체계적으로 이해할 수 있어 전체를 조망할 수 있는 안목이 생기게 된다. 이쯤 되면 이차방정식을 풀 실력이 되었다고 볼 수 있다. 교양으로서의 책읽기는 이 정도면 충분하고 훌륭하다. 똑똑한 개론서 두 권이 어설픈 책 열 권보다 낫다. 사람들은 철학이 어렵다고 말한다. 그러나 철학이 어려운 게 아니라 철학으로 진입하는 길목을 찾지 못했기 때문에 어렵다고 푸념하는 것이 아닌가 한다.

개론서를 완독하면 누가 강요하지 않아도 자연스럽게 '개인 그 자체가 목적이며 하나의 완결된 세계를 구축'하는 심층적 독서로 넘어가게 된다. 이때부터는 자기 마음에 드는 철학자나 사조에 대한 전문적인 독서를 통해 자신의 삶을 한층 숭고하게 만들 수 있게 된다. 이쯤 되어야 독서가 영혼을 살찌운다는 말을 실감할 수 있을 것이며, '행복한 책 읽기'가 무엇인지를 새삼 느낄 수 있다. 세계와 역사를 이해하고 자신 의 영혼을 내밀하게 만드는 독서는 '개론서'에 충실한 사람에게 찾아오는 지복(至福)이다.

내가 철학을 예로 들어 설명한 것처럼 고전, 역사, 문학, 법학, 과학, 종교 등의 분야도 같은 방식을 따라 독서를 한다면 교양인으로서의 조건을 완벽하게 구비할 수 있을 것이다. 알고 싶은 분야가 있다면 개론서부터 독파하라. 땅을 갈고, 씨를 뿌리고, 온전히 돌봐야만 열매를 얻을 수 있는 것처럼 단계와 절차가 필요한 게 인생의 이치다. 독서도 마찬가지다. 땅을 갈고 씨앗을 돌보는 것에는 충실하지 않고 달랑 씨만 뿌려놓고 좋은 결과가 나오기를 바라는 것은 나무에 올라가 물고기를 구하는 것과 같이 무익하다.

무엇보다 개론서는 읽기 쉽고 이해가 수월하다. 그래서 빨리 읽을 수 있다. 개론서를 한 권 정독하고 나면 성취감과 자신감이 생긴다. 그 자신감이 독서의 속도를 계속 높여주게 되고, 결국에는 책에 대한 애착으로 귀결된다. 어려운 인문·교양서 부여잡고 오랜 시간 씨름하는 것은 이리저리 살펴봐도 낭비다. 쉽게 풀어 쓴 개론서 한 권을 빠른 시간 안에 읽어라. 그러면 당신도 모르는 사이에 신바람 들린 책벌레가 되어 있을 것이며, 당신의 삶도 어느새 숭고해질 것이다. 행복한 글 읽기는 신바람 나는 독서여야 한다.

TIP

개론서 공략법

1 '쉽게 풀어 쓴〜'이라는 제목의 책을 무시하지 마라.

2 개론서라도 쉽게 믿지 마라. 저자 소개와 서문을 꼼꼼히 읽어봐라.

3 일간지의 서평에서 거론됐거나 전문가가 추천한 개론서를 우선적으로 살펴봐라.

4 해당 분야의 전문가에게 메일을 보내 책을 추천 받아라.

5 구입 즉시 미루지 말고 일주일 안에 읽어라.

6 한 달에 적어도 네 개의 개론서를 완독하라. 독서에 자신감이 생기고 성취

감도 높아진다.

08

독서의 고고학
– 나만의 독서지도를 만들어라

세계는 한 권의 책이다.
여행하지 않는 자는 단지 그 책의 한 페이지만 읽을 뿐이다.
–성 아우구스티누스

마르셀 프루스트는 "인생은 산다는 것보다 차라리 꿈꾸는 것이다."라고 했다. 나는 법조인이 안 되었다면 고고인류학자가 되었을 것이다. 고고학은 모험과 낭만이 가득한 아주 매력적인 학문이다. 땅속 깊이 파묻혀 있는 과거의 흔적을 찾아가는 고고학자의 아득한 열정은 낭만을 동경하던 젊은 시절의 나를 매료시키기에 충분했다. 과거의 꿈을 캐는 고고학의 매력은 C. W. 체람(본명은 쿠르트 마렉)이 쓴 《낭만적인 고고학 산책》을 통해 누차 확인을 했다. 원제는 《신, 무덤, 학자들》이라는 다소 딱딱한 것이었는데 국내에서 출간하면서 제목을 보다 멋지게 달아놓은 것 같다. 체람은 고고학에 대해 다음과 같이 정의했다.

> 고고학은 모험과 낭만을 찾아 떠나는 결단력과 정신적인 만족
> 을 위해 책과 씨름하는 성실성이 한데 어우러진 학문이다. 동시
> 에 모든 시대에 걸쳐 지구 전역을 활보하며 측량하는 학문이다.

고고학과 독서는 한 곳을 향해서 가는 동일한 여행이다. 체람이 말한 고고학의 정의에서 '고고학'이라는 단어를 '독서'라는 말로 대체해서 다시 읽어보면 독서에 대한 아주 훌륭한 정의가 된다. 독서는 모험과 낭만이라는 꿈을 향해 성실성과 결단력으로 인간 정신의 전역을 활보하고 측량하는 영혼의 고고학이자, 남들이 가지 않은 길을 찾아 떠나는 내면의 여행이다. 프루스트는 말했다. "진정한 여행의 발견은 새로운 풍경을 보는 것이 아니라 새로운 시야를 찾아가는 것이다."라고. 나는 평소에 등산을 가더라도 남들이 가지 않는 길로 가는 것을 좋아한다. 남들과 다르다는 것을 보이기 위해 일부러 유별나게 행동하는 것이 아니다. 남이 가지 않은 곳에 가는 이유는 프루스트의 말처럼 '새로운 풍경'을 보려는 것이 아니라 '새로운 시야'를 찾기 위해서다.

여행에 지도가 필요하듯 독서에도 지도가 필요하다. 그런데 그 지도는 남들이 다 가는 유명한 곳을 알려주는 관광지도와는 다르다. 큰 길 보다는 샛길로, 가본 길보다는 가보지 않은 길로

새롭게 자신만의 지도를 만드는 것이 중요하다. 나는 가족과 해외여행을 갈 때도 패키지여행이 아니라 항상 자유여행을 한다. 미리 짜인 일정과 틀에 맞춰 가이드를 따라 다니는 패키지여행에서는 새로운 풍경은 볼 수 있을지언정 새로운 시야는 얻을 수 없다.

독서에도 패키지여행과 유사한 것이 있다. 소위 명사들이 추천하는 독서리스트가 그것이다. '꼭 읽어야 할'이라는 전제를 달고 고전들을 소개하는데 그게 너무도 천편일률적이다. 고전은 추천을 해주지 않아도 다들 알고 있다. 또한 고전의 기준도 참으로 애매하다. 인류의 보편적 가치를 담고 있는 것이 고전이다, 라고 말들 하는데 보편적 가치라는 게 시대마다 변하기 마련인데 그것을 딱 고정시켜 목록으로 규정하는 것은 참으로 무리한 일이다. 앞에서도 언급했지만 나는 고전을 '다시 읽고 싶은 마음이 드는 책'이라고 정의하고 싶다. 남들의 기준으로 만들어진 목록을 억지로 읽는 독서는 고역(苦役)이다.

그렇다면 자신만의 독서지도를 어떻게 만들 것인가? 고고학자들은 자신이 발굴하고 싶은 유적을 찾아 자유로이 떠난다. 지구 전역을 활보하고 측량하는 것이 고고학의 큰 걸음이라면 그것을 이루기 위해 한 발을 내딛는 게 중요하다. 고고학자가 발굴하고 싶은 유적지를 찾아 떠나는 것처럼 자신이 지금 간절히 알고 싶은 분야를 선정해서 그 분야의 전체를 조망할 수 있는 지도를 그린다면 그것이 바로 자신만의 고유한 독서지도이자 목록이 되는 것이다.

트로이 유적지를 발굴한 하인리히 슐리만은 7살 때 아버지가 선물해준《어린이를 위한 세계사》를 읽으면서 트로이 전쟁 이야기가 신화가 아니라 사실일 것이라 확신을 하고, 돈을 많이 벌어 그 유적을 꼭 발굴하겠다는 결심을 한다. 14살부터 가게 점원, 선원, 경리사원 등으로 일을 하다가 자기 사업을 벌여 돈을 모은 후 46살 때 트로이를 찾아 터키로 떠났다. 그는 발굴을 위해 그리스어를 비롯해 중동 각국의 언어를 배워 15개 언어를 배울 정도로 꿈과 열정이 대단한 인물이었다. 결국 그는 트로이 유적지를 발굴했고, 그로 인해 세계적인 인물이 되었다. 슐리만이 트로이 유적지를 발굴하기 위해 준비했던 것을 유형화시켜 목록으로 만들고, 그것을 독서지도 작성법에 적용해도 좋을 것이다.

슐리만이 트로이 발굴을 목표로 했던 것처럼 자신이 읽고 싶은 주제를 선정해서 단계별로 항목을 정하고 그에 합당한 도서

슐리만의 유적 발굴 과정		독서지도 작성 과정	
절실한 목표(꿈)	트로이 유적 발굴	읽고 싶은 주제	서양의 신화
1단계	재력 확보	1단계	서양 신화에 대한 개론서
2단계	외국어 습득	2단계	그리스 로마 신화 목록
3단계	발굴 작업	3단계	북유럽 신화 목록
결과	성공과 명성	결과	독서 일기 작성

를 1~2권 정해 목록으로 만들면 간단하게 자신만의 독서지도가 만들어진다. '서양의 신화'라는 주제를 정했어도 단계별 목록은 각자의 개성에 따라 달리 작성될 수 있다. 여행을 하는 방법이 각자마다 다른 것처럼 주제가 같더라도 그 주제에 접근하는 방식은 사뭇 다르기 마련이다. 중요한 것은 내가 무엇을 보고, 무엇을 발견할 것인지에 대한 분명한 목적이다. 독서지도는 패키지여행의 여정이 아니라 자유여행의 여정이다. 문학의 경우에는 주제보다는 한 작가를 선정하고 그 작가의 전 작품을 읽는 방향으로 목록을 정하는 것이 좋다. 각 단계는 꼭 3단계가 아니라도 좋다. 선정한 주제에 따라 적절하게 조정하면 된다. 각 단계별 목록은 신문기사, 독자서평 등 다양한 정보를 통해 자신에게 적합한 것을 선정한다. 이런 방식으로 주제를 확장해나가면서 여러 개의 독서지도를 만들어가다 보면 결국에는 '지구 전역을 활보하고 측량'하는 거대한 틀이 완성되는 것이다.

강조하고 싶은 것은 마지막에 독서일기를 작성하라는 것이다. 나는 해외여행을 가면 돌아와서 대부분 여행기를 쓴다. 무엇을 보고 느꼈는지를 세밀히 감상과 함께 적다 보면 여행지의 인상이 또렷하게 오래 남는다. 독서지도를 작성하고, 그 여정에 맞게 독서여행을 했다면 감상이나 일기를 적는 것이 무엇보다 중요하다.

실제로 외국에 여행을 갈 때도 위와 같은 방식으로 여행 일정에 맞춰 목록을 정하고 독서와 여행을 병행하면 아주 알찬 여행이 될 것이다. 만약 스페인을 간다면, 스페인 문화와 역사를 이해할 수 있는 책과 그 나라를 대표하는 문인의 문학작품 그리고 그 나라의 언어에 익숙하지 않다면 간단한 회화 책을 준비해서 간다면 아주 격조 있는 여행을 할 수 있다.

머릿속으로 목록을 정해 그에 맞게 독서를 하면 되지 번거롭게 지도까지 만들어야 하냐고 할 수도 있을 것이다. 굳이 틀렸다고 할 수는 없지만 내 경험으로 볼 때 목록을 만드는 것과 만들지 않는 것은 결단력과 성실성이라는 측면에서 엄청난 차이가 있다. 새해가 되면 많은 사람들이 담배를 끊어야겠다고 굳은 다짐들을 한다. 그러나 한 달도 못 가 그 결심이 흐지부지되는 것은 바로 결심만 있고 구체적인 실행 프로그램이 없기 때문이다. 물론 독서지도를 작성해도 중간에 계획이 무산되는 경우도 있다. 그러나 지도를 만들면 결단력이 생겨 무산의 가능성이 상당히 줄어든다는 것은 명백하다.

낭만과 열정의 저변에는 결단력이 있어야 한다. 여행이나 독서도 마찬가지다. 추진력이 없다면 영원히 이루어지지 않을 공소한 꿈으로 남게 된다. "우리 모두 리얼리스트가 되자. 그러나 가슴속에 불가능한 꿈을 가지자!"라고 말한 체 게바라의 열정과 꿈 뒤에는 누구도 흉내 낼 수 없는 결단력과 추진력이 있었다.

1979년에 나는 그해 안에 석사논문, 행정고시, 다음 해 초에 있을 사법시험까지 마무리한다는 결의를 가지고 삭발을 하며 나에게 주어진 현실을 극복하고자 분투했다. 그 당시에 썼던 일기를 지금도 가끔씩 읽어보며 흐트러진 마음을 추스르는 동력으로 삼고 있다. 그 일기를 인용하며 독서는 여가(餘暇)로 하는 것이 아니라 결단과 추진력으로 밀고 가는 중대한 계획이라는 것을, 장래의 자신을 형성하는 힘이라는 것을 다시 한 번 강조해 보고자 한다.

좀 더 적극적으로 계획을 밀고 나가게끔 해다오. 좀 더 대범한 심정을 지니고 살게끔 해다오. 좀 더 너그러운 마음가짐으로 타인을 포용하게끔 해다오. 좀 더 강인한 의지로 일관하게끔 해다오. 초인적인 힘과 능력은 원치 않습니다. 부귀영화의 공명심과 주지육림의 호화판은 저의 관심밖에 있습니다. 오직 성실하고 알찬 순간순간으로 내 일과가 충만되기를 바랄 뿐입니다. 자신의 위치를 알고 자신의 역량을 믿고 꾸준히 일하는 자의 앞길에 저의 응심이 함께하기를 빕니다. ······
평범한 진리를 믿고 살면서도 비범한 이상을 소유하게끔 해다오. 상대적인 진리와 지식의 파편들을 절대적 당위성에 접근시키는 과감한 추진력을 발휘하게끔 해다오. 이제 저의 최선의 순간순간이 다가오고 있습니다. 이 순간의 내가 장래의 나를 형성할 것입니다. -1979년 8월 26일 일기 중에서

시간을 절약해서 독서 시간을 늘리는 법

1 어디를 가든 긴 줄 뒤에 서서 차례를 기다리지 마라.

2 혼잡한 장소는 가지 마라.

3 자가용보다는 대중교통을 이용하라.

4 약속시간보다 30분 먼저 도착하라.

5 1시간 먼저 일어나라.

6 가끔 혼자 점심 식사를 하고, 여행, 출장길에서는 동료와 떨어져 앉아라.

09

독서모임의 힘
– 습관화로 독서의 고정관념을 깨라

習관이란 인간으로 하여금 어떤 일이든지 하게 만든다.
–도스토예프스키

건강을 위해 운동을 해야겠다고 결심하는 사람들이 많아졌다. 그런데 열에 여덟은 중도에 포기를 하는 경우가 많은데, 바빠서 도저히 시간이 나지 않는다는 것이 그들의 옹색한 설명이다. 그렇지만 주변사람들은 그들의 의지박약을 탓하기 마련이다. 그러나 나는 그것이 꼭 의지의 문제만은 아니라고 생각한다. 의지를 실천하는 '방식'이 관건이지 의지 그 자체가 문제가 되는 것은 아니다. 성공한 사람들은 의지가 강한 사람이고, 실패한 사람들은 의지가 약한 사람이라는 이분법적인 생각은 논지의 핵심을 잘못 파악한 것이다. '의지를 습관화'하는 '방법의 합리성'

이 결심의 실행력을 좌우한다. 아울러 자신이 처한 현실적인 상황을 고려해서 적절한 수준의 방법을 취하는 것이 중요하다. 무조건 실천하고 보자며 막무가내 식으로 밀고 나간다면 낭패를 보기 십상이다.

성공한 사람들과 실패한 사람들의 차이는 '의지의 정도'에 있는 것이 아니라 '습관'에 있다. 공부를 잘해 성공해야겠다는 의지는 모든 사람들이 갖고 있는 보편의 욕망이다. 의지가 결정적이라면 모든 사람이 공부를 잘하고 성공했을 것이지만, 현실은 그렇지 않다. 파스칼은 "습관은 곧 우리의 본성이다."라고 했다. 습관이 모든 행동을 결정한다는 것이다. 그 말에 대해 몽테뉴는 습관을 따르는 것은 그것이 습관이기에 따르는 것이지 합리적이거나 정당한 것이어서 따르는 것은 아니라고 토를 달았다. 습관의 힘은 어느 정도 인정을 하지만 그것이 합리적인 행동에 근거한 것이 아니라는 점에서 못마땅하다는 게 몽테뉴의 생각이다. 여기서 둘 중 누가 더 옳은가를 따지는 것은 비생산적이다. 습관은 전략이 아니라 전술이다. 의지를 습관화하는 것이 중요하다.

독서는 매일 섭취해야 하는 음식물과 같다. 따라서 독서의 습관화를 강조하는 것 자체가 이미 식상한 것이 되었는지도 모른다. 그렇기에 이제는 '어떻게'라는 실천의 문제를 다양하게 생각해야 한다. 세상일은 혼자 해야 할 것이 있고, 여럿이 같이 해야 할 일이 있다. 이 둘의 경계를 잘 헤아려 현명한 선택을 하는 것이 성공의 비결이다. 모든 것을 혼자 하려고 한다면 쉽게 좌절할 수밖에 없는 게 현대사회의 구조적 특징이다. 나의 인생 좌우명은 '남이 가지 않는 길을 간다.'라는 것이다. 이 말은 늘 독단이나 돌출적으로 행동하겠다는 뜻이 아니다. 같이 가되 그 속에서 남들이 가지 않는 길을 찾아보겠다는 것이다. 의지가 없는 습관이나, 습관화되지 않은 의지는 무력하다. 여기서 내가 강조하고자 하는 것은 고정관념에 사로잡힌 습관의 덫은 위험하다는 점이다. 타성에 젖은 습관의 덫을 벗어 던져야 한다. 독서 습관화도 마찬가지다.

밑줄을 긋고, 메모를 하고, 자투리 시간을 활용하자는 등 앞서 내가 말한 제안들은 한마디로 고정관념을 벗어난 독서의 습관화를 강조한 것으로, 개인적인 차원에서 충분히 소화할 수 있는 것들이다. 그렇지만 막상 실천하려면 힘든 경우가 많다. 이런저런 사정이 생겨 미루게 되고, 미루다 보니 아예 그만두는 경우가 생기게 된다. 이럴 때 외부적인 강압이나 규제가 있다면 억지로라도 주어진 것을 실행하게 된다.

독서모임을 만들면 독서를 지속적으로 수행할 수 있는 계기를 쉽게 조성할 수 있다. 혼자서는 실천하기 힘든 것을 여럿이 함께, 적절한 규칙과 통제를 통해 실천의 지속성을, 다양한 사람들의 의견을 통해 이해의 폭을 넓힐 수 있다는 것이 독서모임의 장점이다. 습관이 운명을 좌우한다는 나폴레옹의 다음과 같은 말을 참조한다면 독서모임이 얼마나 중요한지를 실감할 수 있을 것이다.

> 행동의 씨앗을 뿌리면 습관의 열매가 열리고, 습관의 씨앗을 뿌리면 성격의 열매가 열리고, 성격의 씨앗을 뿌리면 운명의 열매가 열린다.

독서모임을 만들기는 쉽다. 그러나 그것을 오래 지속하기는 힘들다. 고등학교나 대학교 때 독서모임을 만들어 운영을 해보거나, 모임에 회원으로 참가했던 경험들이 한두 번 있을 것이다. 아마도 시작은 창대했지만 그 끝은 미미한 경우가 많았을 것이다. 그 이유는 간단하다. 모임의 목적과 운영원칙이 정교하지 못했기 때문이다. 그렇다면 어떻게 독서모임을 만드는 것이 좋을까?

첫째, 비판을 해도 이해할 수 있는 친한 사람과 결성하되, 인원수는 5~7명을 넘지 마라.

독서모임을 만든다고 하면 주변의 여러 사람이 참가하겠다고 나서기 마련이다. 책을 읽는 모임이라는 취지를 이상하게 볼 사람은 없기 때문이다. 책 읽는 것이 좋아서, 라는 막연하고 느슨한 취지로 모이게 되면 결국엔 유야무야되기 마련이다. 이 책을 읽고 나니 이런 점이 좋았다, 라는 개인의 단순한 감상만을 교환

하는 독서모임은 오래 가기 힘들다. 치열한 토론과 비판의 과정이 있어야 한다. 그러기 위해서는 비판을 비난으로 받아들이지 않을 만큼 서로를 잘 이해할 수 있는 사람끼리 모이는 게 좋다. 그리고 인원은 5~7명 정도가 좋다. 그 이상 넘어가면 중구난방이 되어 통제하기 힘들고, 토론 시간도 오래 걸려 모임의 효율성이 떨어진다.

둘째, 혼자서 읽기 힘든 책이나 스케일이 큰 책을 목록으로 선정하라.

독서모임에서 읽을 책들은 고전이나 대하소설 등 스케일이 큰 책들을 선정하는 것이 좋다. 명성은 익히 들어 알고 있지만 분량이 많거나, 내용 독해가 만만치 않은 동서양의 고전들을 채택해서 읽고 서로 의견을 교환한다면 이해의 폭이 넓어질 것이다. 아울러 모임에 나가야 한다는 강제성이 독서의 속도를 빠르게 해준다.

셋째, 내부규칙을 분명히 세우고, 규칙을 지키지 않는 사람은 탈퇴시켜라.

권위가 없는 모임은 흩어지기 마련이다. 모임의 권위를 세우기 위해서는 내부규칙이 분명해야 한다. 책을 읽어 오지 않거나 지각을 한다면 벌금을 부과하고, 자주 결석을 해서 모임의 원활한 진행을 가로막는다면 탈퇴시킨다는 등의 내부 규칙을 만들어 적절한 긴장을 부여해야만 모임이 지속될 수 있다.

하루라도 책을 읽지 않으면 입에 가시가 돋는다는 말은 독서가 습관화된 사람들에게 적용되는 말이다. 독서에 대한 의지와 열정은 습관이라는 실천을 통해 발현되지 않으면 연기처럼 사라지게 되고, 결국에는 나는 의지가 약한 사람이라는 자책과 회의를 불러오게 된다. 물론 자신의 의지를 관철해서 혼자 독서를 꾸준히 해나가는 사람도 많다. 그러나 생각은 많은데 시간이 없다고 탓하거나, 실천력이 부족하다고 느끼는 사람들에게 독서모임을 만들거나, 참가해볼 것을 권한다.

TIP

독서모임 운영

1 사회자와 발췌자를 정해서 토론을 하라. 사회자와 발췌자는 돌아가면서 하라.

2 발췌자는 책의 내용을 요약하고, 토론 사항을 적은 페이퍼를 준비해야 한다.

3 토론 모임은 1주일에 한 번이 적당하고, 시간은 2~3시간이 적당하다.

4 장소는 세미나실 같은 곳을 빌려라. 카페같이 산만한 곳은 피하라.

10

독서와 저작의 변증법
– 이제 저자가 되자

집을 짓고, 나무를 심고, 아들을 낳아라. 그리고 책을 써라.
–쿠르트 마렉

　"말 타면 경마 잡히고 싶어 한다."라는 속담이 있다. 하나를 이루고 나면 더 많은 것을 성취하고 싶은 욕심이 생겨난다는 뜻으로, 사람의 욕심이란 끝이 없다는 것을 알려주는 속담이다. 욕심이란 무엇을 이루려는가에 따라 부정적일 수도 있고 긍정적일 수도 있다. 그렇기 때문에 욕심이 없다는 것이 꼭 미덕(美德)이 될 수는 없다. 욕심은 성취와 관련이 있기 때문이다. 책에 대한 욕심이 없다면 독서의 매력을 알 수 없고, 독서에 대한 욕심이 없다면 지혜의 도리를 알 수 없다. 그러므로 긍정적인 의미의 욕심은 부리면 부릴수록 좋다.

독서에 대한 욕심은 결국 한 권의 책을 쓰고 싶다는 욕망으로 귀결되기 마련이다. 읽기만 하고 쓰지 않는다면 연필을 깎아놓고 필통 속에 고이 모셔두는 것과 매한가지다. 깎았으면 쓰는 게 정석이다. 연필심이 다 닳으면 또 깎아서 쓰면 된다. 그렇듯 독서의 귀결은 읽는 것에 그치는 것이 아니라 저작으로 마침표를 찍어야 한다. 내가 무슨 책을 쓸 수 있겠어, 라는 생각은 필통 속에 담긴 연필의 처지와 다를 바 없다. 읽은 만큼 쓸 수 있다는 생각을 가져야 한다. 그런 생각은 독서를 많이 한 사람에게만 적용될 수 있을 것이다.

소설가 조정래는 500권의 책을 읽지 않고는 소설을 쓰려고 펜을 들지 말라고 했다. 그가 우리 문학사에 길이 남을《태백산맥》,《아리랑》,《한강》이라는 대하소설을 쓸 수 있었던 저력은 바로 독서에 있었다. 알량하게 몇 권 읽어놓고 나도 책을 써야겠다고 생각하는 것은 쌀도 없이 밥을 짓겠다는 것처럼 맹랑하고 터무니없는 욕심에 불과하다.

영국의 시인 알렉산더 포프는 "글을 정말 쉽게 쓴다는 것은 우연(偶然)이 아니라 기술이다. 춤을 배워본 사람이 가장 잘 움직이는 것처럼 말이다."라고 했다. 포프는 12살 때 앓은 병으로 불구가 되었고, 정규 교육도 제대로 받지 못했다. 그러나 그는 독학으로 고전을 탐독해서 16세 때 시집《목가집》을 발표해 문단의 주목을 받았으며, 21세 때는《비평론》을 발표해 확고한 명성을 얻었다. 우리나라에도 《포프 시선》이 출간되어 있어 그의 작품 면모를 확인해볼 수 있다. 내가 포프를 소개한 이유는 과문한 식견으로 포프의 작품에 대해 평을 하려는 것이 아니라 그의 행적을 통해 책을 쓴다는 것의 의미가 무엇인지 말해보고자 함에 있다.

글을 쓴다는 것은 우연의 소산이 아니라 기술이며, 그것은 "춤을 배워본 사람이 가장 잘 움직이는 것"과 같은 이치라는 포프의 견해는 독서와 저작의 관계를 아주 잘 설명해주고 있다. 구구한 설명을 걷어내고 단도직입적으로 말한다면 "많이 읽어본 사람이 잘 쓸 수 있다."라는 것이 포프로부터 내가 받은 영감이다. 그가 시집과 비평집을 쓸 수 있었던 것은 바로 많이 읽었기 때문이다. 독서 경험이 곧 저작의 모태가 된 것이다.

앞에서 내가 한 말들에 대해 많은 사람들이 많은 부분 수긍을 하면서도 '책'이라는 형태와 그 속에 담길 내용에 대한 압박 때문에 "그래도"라며 어려움을 토로할 것이다. 그러한 반응은 일견은 당연하다. 글을 쓴다는 것이 돈만 주면 물건을 살 수 있는 것처럼 마음만 먹으면 바로 할 수 있는 성질의 것은 아니기 때문이다. 배우고 연습하는 것이 당연히 필요하다. 문제는 앞에서도 말했듯이 자격이다. 독서를 많이 한 사람만이 쓸 수 있다.

그렇다면 무엇을 쓸 것인가? 답은 간단하다. 쓰고 싶은 것을 쓰면 된다. 독서의 감상이든, 처세에 관한 것이든, 전공에 관한 것이든 자기가 많이 알고 있고, 잘할 수 있는 주제를 잡아서 쓰면 된다. 프랑스의 시인 말라르메는 "세상의 모든 것은 한 권의 책으로 만들어지기 위하여 존재한다."라고 말했다. 세상의 모든 것들이 책이 될 수 있다. 유명하고 똑똑한 사람만 책을 쓰는 것이라고 생각하는 고정관념을 버리면 된다. 유명해서 책을 쓰는 것이 아니라 책을 쓰고 나서 유명해지는 것이다.《아웃사이더》를 쓴 콜린 윌슨이 "어느 날 자고 일어나니 유명해졌다."라고 회고한 것처럼 쓰고 나면 유명해질 수 있다.

이제 남은 것은 어떻게 쓸 것인가라는 문제다. 그러한 문제의 첫째 난관은 문장일 것이다. 짧은 글에서 그것을 상세히 설명할 수는 없지만 앞에서 내가 독서의 기술로 설명한 내용처럼 "읽고, 베끼고, 외우는" 것을 충실히 하면 문장은 저절로 이루어지기 마련이다. 독서메모, 독서일기의 저력은 자신의 문장이 완숙해진다는 점으로 표출된다. 간서치(看書癡, 책만 읽는 바보) 이덕무는 무수한 책을 읽고, 엄청난 양의 책을 베끼고, 늘 책과 가까이 하며 생활했다. 그러한 생활의 결과로 이덕무는《영처고(嬰處稿)》라는 첫 문집을 발간했다. '영처고'란 자신의 책이 어린아이의 장난이며, 처녀의 수줍음과 같은 것이라는 뜻으로 겸손의 마음을 표현한 것이다. 아울러 그는 책과 함께하는 생활을 아이들의 순수한 '장난'처럼 기꺼이 즐거움의 방편으로 삼을 수 있었기에 첫 문집 이후 수많은 책들을 지속적으로 발간할 수 있었다. 독서와 글쓰기는 유희정신(遊戲精神)에 바탕을 두어야 지속될 수 있다. 잘 놀 수 있는 사람만이 창의적인 결과를 얻을 수 있다.

쓰는 것도 중요하지만 쓴 것을 남에게 보여주는 것도 필요하다. 요즘은 인터넷 블로그나 카페를 통해 누구나 손쉽게 자기가 쓴 글을 남에게 보일 수 있는 환경이 되었다. 그러한 환경을 잘 이용한다면 책을 쓰는 일에 많은 도움이 된다고 본다. 한 단락의 글을 쓰면 한 장(章)의 글을 쓸 수 있고, 한 장(章)의 글을 쓰면 한 권의 책을 쓸 수 있다. 한 권의 책에 담길 내용은 각자의 몫이며, 욕심의 영역에 의해 구체화되는 것이다. 그 욕심을 이루기 위해서는 "읽고, 베끼고, 외우는" 과정이 필요하다. 그와 함께 시중에 나와 있는 글쓰기에 관련된 책들을 사서 읽어볼 것을 권한다. 한 권의 책은 저자의 생각과 그 생각의 세포라 할 수 있는 문장들과, 세포의 소임을 다한 각각의 문장들이 모여 단락과 체제를 이루는 유기적인 과정이기에 전문가들이 쓴 글쓰기 책을 참고할 필요가 있다.

읽는 것과 쓰는 일은 동전의 양면이다. 읽는 만큼 쓸 수 있으며, 쓰는 만큼 변화할 수 있다. 변화한 만큼 행동으로 나타나며 사람이 달라지게 된다. 진정한 독서는 한 권의 책을 쓰는 것으로 완성된다. 저자가 되어라!

첫 책 쓰기

1 잘할 수 있는 것을 주제로 정하라.

2 주제에 대한 정보를 취합해서 남들이 말하지 않은 내용을 구상하라.

3 출발이 중요하다. 쓰기 전에 목차를 구성하라.

4 주제가 정해졌다면 매일 한 단락 이상을 써라.

5 새로운 것을 쓰려고 하지 말고 자기 경험에 대한 것을 위주로 써라.

6 독서 경험을 활용해서 다양한 사례를 인용하라.

7 남들에게 쓴 글을 보여주고 조언을 구하라. 블로그나 카페를 활용하라.

8 출간의 기술적인 측면보다는 쓰는 일에 집중하라.

9 공식적인 출판이 힘들다면 직접 책을 만들어 주변 사람에게 나눠줘라.

11

깊이의 독서,
니체와 독서

풍파가 없는 항해, 얼마나 단조로운가!
고난이 심할수록 내가슴이 뛴다.
-프리드리히 니체

깊이의 부재

많으면 많을수록 좋다는 '다다익선(多多益善)'의 의도는 자칫
하면 아무것도 얻지 못하고 화(禍)를 당할 수 있다. 그 위험을 지
적한 말이 지나침은 미치지 못함과 같다는 뜻의 '과유불급(過猶
不及)'이다. 다다익선은 《사기》의 〈회음후열전〉에 나오는 고사
다. 한고조 유방(劉邦)이 한신(韓信)에게 "나 같은 사람은 얼마나
되는 군사를 이끌 수 있겠소?"라고 묻자 한신이 "그저 십만 명을
이끌 수 있을 뿐입니다."라고 답한다. 이에 유방이 그대는 어느
정도인가를 묻자 한신은 "저는 많으면 많을수록 좋습니다."라 말

한다. 유방이 언짢은 미소를 지으며 다다익선을 강조하는 자네가 어찌 자신에게 사로잡혔냐고 반문하자 "폐하께서는 군대를 이끌 수 없습니다만 장수는 거느릴 수 있습니다."라고 받아친다. 한신의 설명은 명민했지만 그의 운명은 험난했다. 역모 혐의로 체포된 한신이 유방을 향해 "날랜 토끼가 죽으면 훌륭한 사냥개를 삶아 죽이고 높이 나는 새가 모두 없어지면 좋은 활을 치워버린다."라며 '토사구팽(兔死狗烹)'의 화에 처한 자신의 심정을 절박하게 표현한다. 한신이 그런 운명에 처한 것은 그동안의 삶이 다다익선의 실용에 의해 운영된 결과의 한 측면이기도 하다.

많은 것을 취하는 것이 꼭 나쁜 것이라 할 수는 없지만 타인과의 관계에서는 의도와는 다른 맥락이 되기도 한다. 많은 것이 좋은 것이 되기 위해서는 '깊이'가 있어야 한다. 깊이란 통찰력에서 나온다. 공자는 《논어》의 〈선진편〉에서 자장(子張)과 자하(子夏) 두 인물 중 누가 더 어진가를 묻는 자공(子貢)의 질문에 자장은 지나치고 자하는 미치지 못한다고 평한다. 이에 자공이, 그 말씀은 자장이 더 어질다는 것을 뜻하는 것이냐고 되묻자 공자는 지나친 것은 미치지 못하는 것과 같다는 과유불급의 도리를 전한다. 자공의 반문은 성급하고 가벼워 보인다. 이것이냐 저것이냐에 급급한 양자택일의 문턱을 넘어서지 못하는 질문이기 때문이다. 공자의 과유불급은 삶의 지극함이란 극단의 선택에 있는 것이 아니라 '중용(中庸)'에 있다는 통찰을 보여준다. 중용은 중간의 선택이 아니다. 많으면 덜어내고 적으면 보태는 '조절'과 '조화'의 행동이다.

대체로 우리사회는 과유불급보다 다다익선에 경도된 듯하다. 독서풍토도 그렇다. 많이 읽는 것을 최상급으로 여긴다. 비유하자면, 많이 먹는 것이 곧 건강의 지름길이라 생각하는 것과 같다. 많이 먹는 것이 건강의 모든 것은 아니다. 도리어 탈이 될 수 있음을 일상에서 자주 본다. 박학(博學)하고 깊이가 없으면 넓은 접시에 담긴 물처럼 위태롭다. 깊이는 있는데 넓지 못하면 두레박 없는 우물처럼 쓰임이 없다. 우리의 독서풍토는 찰랑거리는 접시의 물처럼 넓기만 하고 깊이가 없어 보인다는 것이 나의 우려다. 많은 이들이 우려의 목소리로 장황하게 설명하는 '인문학의 위기'란 현상의 원인을 명료하게 밝혀보자면 바로 '깊이의 부재'다. 그렇기 때문에 우리의 독서풍토에 필요한 것은 넓이에 깊이를 더하는 것이어야 한다. 독서를 통해 얻어야 할 깊이에의 지향에 많은 시사점을 던져주는 사상가로 니체(Friedrich Wilhelm Nietzsche, 1844~1900)를 꼽을 수 있다. 그 이유는 책과 독서에 대한 그의 견해가 남다르기 때문이다.

소수의 책, 깊이의 독서

망치를 든 철학자로 비유되는 니체의 사상을 두 단어로 압축하자면 '깊이'와 '높이'일 것이다. 니체를 연구하는 전문가들은 니체 사상의 핵심을 '해체'와 '창조'로 설명한다. 그래서 낡은 가치를 두드려 부수려는 그의 의지를 '망치'로 비유한다. 니체의 망치는 그냥 얻어진 것이 아니다. 끊임없는 자기통찰의 독서에서 생겨난 것이다. 독일의 작센주 작은 마을 레켄에서 목사의 아들로 태어난 니체는 다섯 살에 아버지를 여의고 어머니, 누이동생과 함께 외할머니 집에서 자랐다. 어렸을 때부터 성경을 비롯해 많은 책을 읽었던 니체는 열네 살 때 자서전을 쓸 준비를 했다고 하니, 그에게 독서란 곧 삶의 전부였다 해도 과언이 아닐 듯하다. 어렸을 때부터 책을 읽고, 그 자양분으로 자신의 정신을 스스로 가다듬어왔기에 후세 사람들이 그를 '망치를 든 철학자'라 칭송할 수 있게 된 것이다. 즉 '다독(多讀)'이라는 양적 과정을 거쳐 왔기에 사유의 깊이라는 질적 결과를 얻을 수 있었던 것이다. 그러한 과정을 밟아온 니체가 어느 순간 '다독'이란 자신의 독서법이 못된다고 단호하게 말한다. 그 이유는 무엇일까?

> 나는 항상 똑같은 책에서 마음의 안식을 구하는데 그것은 소수의 책이다.─그 책들은 '나에게 가장 어울리는 책으로 증명이 된' 책이다. 잡다하게 이 책 저 책을 다독하는 것은 나의 독서법이 못된다. 새 책에 대한 경계심, 심지어 적대감을 가지는 것이 다른 '인내', '아량' 또 '이웃사랑'보다 나의 본능에 더 잘 어울리는 것 같다. -《이 사람을 보라》, 청하, 1998, 218쪽

니체의 대부분의 저술은 짧고 단편적인 단락과 간결한 문장 하나의 논평 형식을 취하고 있다. 그중에는 반어적인 것도 있고 진지한 것도 있지만 대부분은 오만하고 도발적이다.

니체의 마지막 저작인 《이 사람을 보라》라는 일종의 자서전에서도 이러한 도발적이고 반어적인 표현이 잘 나타나고 있다. '나는 왜 이렇게 현명한가?', '나는 왜 이렇게 영리한가?', '나는 왜 이렇게 좋은 책을 쓰는가?'라는 몇 개의 제목만 보면 자기자랑이 심해 보여 뭔지 모를 거부감이 생기기도 한다. 그러나 자신의 사상이 어떻게 형성되었는지를 자신의 저작에 대한 설명을 통해 당당히 설명하고 있어 니체 사상의 전모를 이해하려는 사람들에게 많은 단초를 제공한다. 니체는 《이 사람을 보라》를 쓰고 나서 두 달 만인 1900년 8월 25일 바이마르에서 생을 마감했다. 위에 인용한 글은 그가 생의 말년 죽음을 앞두고 쓴 내용이기 때문에 "이 책 저 책을 다독하는 것은 나의 독서법이 못된다."라는 표현도 그러한 전후 사정의 맥락에서 이해되어야 한다.

니체가 처음부터 다독을 못마땅하게 생각한 것은 아니다. 인생은 유한하기 때문에 모든 책을 다 읽을 수 없다. 그러하기에 진정으로 내 인생에 필요한 책이 무엇인지를 아는 것이 중요하다. 니체는 그 책을 '마음의 안식'을 주는 책, 즉 '소수의 책'이라고 말한다. 그가 새 책을 경계한 것은 그 책들의 내용이 아직은 검증을 받지 못한 상태라는 점을 강조한 것이지 무조건적으로 새 책을 적대시한 것은 아니라고 본다. 니체가 격앙된 어조로 "심지어 적대감을 가지는 것"이 자신의 '본능'에 더 어울린다고 말한 것은 새 책들에 대한 경계심의 연장일 뿐이다. 중요한 것은 새 책의 좋고 나쁨이 아니라 '소수의 책'으로 표현된 것을 갖고 있느냐 아니냐의 문제다.

소수의 책을 통해 마음의 안식을 얻고, 사유의 깊이를 얻었기 때문에 그는 자신이 말한 것처럼 '좋은 책'을 쓸 수 있었다. 늘 자신의 곁에 두고서 읽고 또 읽을 수 있는 '인생의 책', 그것이 바로 '소수의 책'이다. 계통 없이 이 책 저 책을 마구 읽는 다독의 낭비보다 인생의 책을 여러 번 심독(深讀)하는 것이 바로 '깊이의 독서'다. 수천 권이 꽂혀 있는 화려한 서가보다 소수의 책이 갖춰진 초라한 골방에서 '사상(思想)'의 높이가 생겨난다.

저항의 독서

책은 위대하다. 그러나 모든 책이 위대한 것은 아니다. 그렇기 때문에 독서는 일종의 '가려내기'라 할 수 있다. 니체가 새 책들에 대해 '적대심'의 감정을 드러낸 것은 일종의 가려내기로 이해할 수 있다. 쓸모없는 내용이라고 판단되는 책에 대한 부정적 생각이 극에 달하면 충분히 적대심을 가질 수 있다. 적대심을 갖는다는 것은 능동적으로 책을 읽었다는 것으로 이해할 수 있다. 또한 책의 내용에 휘둘리지 않고 자신의 생각을 전개할 수 있다는 자신감의 표출이기도 하다. 물론 이런 자신감은 처음부터 얻어지는 것은 아니다. 다독하고, 정독(精讀)하면서 얻어진다. 젊은 날의 독서는 단연 다독과 정독의 길을 걸어야 한다. 책의 내용을 속속들이 감식(甘食)하면서 자신에게 필요한 양분을 얻어내야 한다. 그러기 위해서는 반항적인 독서를 해야 한다. 저자의 메시지에 짓눌려 헤어 나오지 못하면 독서는 혼돈의 지경이 된다. 저자로부터 자신을 지켜내는 '자기방어능력'을 키워가는 것이 청춘의 독서여야 한다.

> 근본적으로 책을 더듬어 찾을 뿐 아무것도 하지 못하는 학자들
> ―그것은 문헌학자로서 보통 하루에 2백 권 정도인데―그들은 결국 스스로 생각하는 능력을 전혀 상실하고 만다. 그들은 책을 찾아보지 않을 때는 思考하지도 않는다. 그들은 사고할 때는 단순히 자극에 '반응'하는 것이다. 결국 그들은 반응하는 것 이외에는 아무 것도 하지 않는다. …… 자기방어 본능은 학자에게 있어서 다 낡아버렸다. 그렇지 않다면 그들은 책에 대하여 저항할 터인데. 학자―그들은 하나의 데카당이다. 나는 이것을 내 눈으로 똑똑히 보았다. 무엇인가 하면, 관대하고 자유로운 선천적인 재능을 부여받은 자가 이미 30대에 '독서로 황폐하게 되어버린' 경우이다.―마치 思想이라는 불꽃을 내기 위해 누가 그어주어야만 하는 성냥개비와 같이. - 《이 사람을 보라》, 청하,

1998, 228~229쪽

니체는 위의 글에서 생각하는 능력을 상실한 학자들의 수동적 독서를 "더듬어 찾을 뿐 아무것도 하지 못하는" 것이라고 비판한다. 심지어 책을 보지 않을 때는 생각조차 하지 않고, 생각을 하더라도 단순한 반응에 지나지 않는다고 혹평한다. 이는 유명한 사람의 책이나 격언을 인용하면서 마치 그것이 자신의 생각인 듯 말하는 학자나 전문가들의 수동적 태도를 꼬집는 것이라 할 수 있다. 자기방어능력은 자신의 고유한 목소리를 지켜내기 위한 노력이다. 따라서 독서에 있어 자기방어능력을 갖추는 것은 매우 중요한 과제다. 니체가 "30대에 '독서로 황폐하게 되어버린' 경우"라고 지적한 바는 자기방어능력, 즉 저항의 독서를 하지 못할 경우 일어나게 될 폐해를 설명한 것이다. 저항이 없는 독서는 혼돈과 쇠락의 '데카당(décadent)'이며, 불꽃을 내기 위해 누군가 그어주어야만 하는 '성냥개비'와 같은 존재가 된다는 그의 주장은 주입식 교육과 입시를 위한 다독만을 강조하는 우리의 사회풍토를 돌아보게 만든다.

다르게 생각하는 사람보다 똑같이 생각하는 사람을 더 존중하도록 가르치는 것은 젊은이들을 망치는 가장 확실한 길이다.

오늘의 교육계에 던지는 니체의 경고다. 선천적인 재능을 부여받은 젊은이들이 독서로 황폐화가 되지 않도록 하기 위해서는 '가려내기'의 능력을 키워줘야 한다. 비단 젊은이들만이 아니라 독서를 하는 모든 사람이라면 가려내기를 통해 자기방어능력을 키워야 한다.

책으로부터의 해방

법조계에 몸담고 있는 나는 늘 법의 정의가 무엇인지를 고민했다. 그러한 고민을 바탕으로 지금껏 책을 읽어왔고, 아직도 읽고 있다. 그러던 중 나는 법의 완성은 법의 상실이라는 생각을 불현듯 하게 됐다. 진리는 아이러니에 있다는 깨달음이랄까. 이런 생각에 모종의 확신을 심어준 것이 니체이기도하다. 자신의 생각을 타인의 책에서 확인하게 되는 것이 독서의 묘미 중 하나다. 니체는 지독한 독서를 하고, 수많은 책을 쓰면서 궁극에는 책에서 해방되는 것이 최고의 기쁨이며 은혜라고 말한다. 독서의 완성은 독서의 상실이며, 저술의 완성은 책으로부터의 해방이라는 그의 주장은 참으로 귀담을 만하다.

나는 수년간 '책'이라는 것에서 해방되었고 아무것도 읽지 않았다.—그것은 내가 나 자신에게 부여한 최고의 은혜였다. 다른 자신이 하는 말을 들어야 한다는 이것은 사실 또 하나의 독서를

의미했다. 끊임없는 중압감 속에서 파묻히고 침묵하여 있던 맨
밑바닥의 자아는 서서히 수줍어하며, 미심쩍어하면서 깨어났
다. …… '나 자신에게로의 회귀'가 무엇을 의미하는가를 읽어
볼 필요가 있다. 나 자신에게로의 회귀란 일종의 최고의 행복이
며 다른 어떤 종류의 회복도 이에 따르지 못한다. -《이 사람을
보라》, 청하, 1998, 261쪽

책으로부터의 해방이란 독서를 안 한다는 것이 아니다. 독서
의 방향과 형태가 달라졌다는 것을 뜻한다. 외부를 지향하거나
타인을 지향했던 외향적 독서에서 '다른 자신이 하는 말'을 듣는
독서, '맨 밑바닥의 자아'를 일깨우는 독서로 이행하는 것이 니
체가 말하는 해방의 의미다. 즉 '나 자신에게로의 회귀'를 하는
것이다. 이러한 이행은 상당한 독서 경험이 있어야 가능하다. 말
년의 니체가 책에서 해방되어 자신에게로 회귀할 수 있었던 것
은 엄청난 독서의 결과였다. 다독의 과정도 없이 책으로부터의
해방을 말하는 것은 경박의 소치다. 주변에서 심심치 않게 책에
대한 불신을 표하는 젊은이들을 본다. "쟤는 책에서 요리를 배웠
대요."라는 말로 둘러 자신의 요리 경험을 자랑하는 것이 그런
예다. 물론 경험과 실천은 중요하다. 그러나 한 개인이 경험할
수 있는 영역은 비좁다. 유명한 요리사의 책이나, 요리와 관련된
역사서를 읽는 이유는 자신의 요리 세계를 넓히기 위해서다. 책

을 읽지 않는 요리사와 책을 읽는 요리사의 차이는 설명하지 않아도 명백하다. 책에 대한 불신은 처음엔 그럴듯해 보이기는 하겠지만 궁극에는 책을 읽는 사람의 능력에 못 미치기 마련이다.

자기 자신에게로 회귀하는 과정은 다독에서 시작해 소수의 책으로 깊어지는 일련의 과정이라 할 수 있다. 다독에서 다독으로 끝나는 독서는 자칫하면 "책을 더듬는 것"으로 끝날 수 있다. 다독에서 소수의 책으로 깊어지는 것, 그것이 바로 니체가 말한 '자신에게로의 회귀'에 담긴 메시지일 것이며, 책 읽기의 내밀한 행복일 것이다. 다독에서 소수의 책으로 이어지는 니체의 독서법은 '깊이'에의 성찰이 늘 바탕이 된다. '다다익선'의 다독은 왜 깊이의 부재일 수밖에 없는가는 자신에게 회귀되지 않기 때문이다. 명민했던 한신이 토사구팽을 당하게 된 것은 그때그때의 상황에 맞게 처신했기 때문이다. 그러한 처세에는 자신에 대한 성찰과 회귀의 계기가 없다. 이익과 명성에 대한 추구만 있을 뿐이다. 그래서 불신을 산다. 처세와 실용의 독서에는 '자신(自身)'이 없다. 그러한 독서는 그저 세속의 이치만을 더듬을 뿐이다. 니체 사상의 요람이라 할 수 있는 《차라투스트라는 이렇게 말했다》의 부제가 "만인을 위한 그러나 그 누구를 위한 것도 아닌 책"이라는 것은 참으로 의미심장하다. 그 누구도 아닌 바로 자신을 위한 '회귀', 그것이 모든 책과 독서의 운명일 것이다.

12

다르게 읽어야 성공한다
-창조적 오독(誤讀)의 필요성

비슷하게 보고 비슷하게 행동하는 것은 나약한 자들의 시각이다.
-프리드리히 니체

합리적 의혹

'오독(誤讀)'은 '잘못 읽거나 틀리게 읽음'을 뜻한다. 오독의 흔한 경우는 한자어를 접할 때 발생한다. 글자를 '틀리게' 읽는 것은 문제가 되지만 의도적으로 '다르게' 읽는 것은 일견 권장할만하다. 한자어 '오(誤)'는 '그르치다'는 뜻 말고도 '의혹하다'는 의미도 지닌다. 의심하고 수상히 여긴다는 것이 꼭 부정적인 것은 아니다. 의혹은 옳지 않은 것을 밝혀내는 능동적 힘이 되기도 한다. 태양이 지구 주위를 돈다는 맹신에 합리적 의혹을 가졌기 때문에 코페르니쿠스(Nicolaus Copernicus)는 '지동설'을 주창할 수 있었다. 그의 지동설은 중세적 세계관을 무너뜨리고 근대적 세계관을 여는 전환의 계기가 되었다. 칸트(Immanuel Kant)는 자신이 쓴 《순수이성비판》의 내용이 철학의 '코페르니쿠스적 전환(Kopernikanische Wendung)'이라고 자평했다. 이는 자신의 주장이 중세의 질서를 붕괴시킨 코페르니쿠스의 지동설처럼 혁명적인 내용을 담고 있다는 것을 강조한 것이다.

인식의 대변환을 뜻하는 '코페르니쿠스적 전환'은 '합리적' 의혹의 결과라 할 수 있다. 근거를 가지고 의심하는 것이 과학과 철학을 발전시킨 원동력이라는 것은 새삼스레 부연하지 않아도 역사가 충분히 증명한다. 합리적 의혹은 다르게 이해하는 것이다. '독(讀)'은 읽음과 이해라는 두 의미가 결합된 한자어다. 이해한다는 것은 자신의 가치관을 바탕으로 대상과 현상이 지닌 뜻을 헤아리는 것이다. 가치관은 객관적 사실을 받아들이는 것이 아니다. 주관적 의미를 세워 판단하고 주장하는 것이다. 해가 동쪽에서 뜬다는 사실을 인정하는 것은 가치관이 아니다. 그것은 자연과학적 판단이다. 인간은 선하다는 것과 같은 신념의 체계를 갖는 것이 가치관이다. 한 권의 책에는 그 책을 쓴 사람의 가치관이 오롯이 담겨 있다. 따라서 독서란 저자의 가치관을 읽어 내는 행위이며, 그 결과로 자신의 가치관을 두텁게 하는 것이다.

차이의 독서

모든 사람을 만족시키는 절대적 가치는 없다. 그렇기 때문에 인간에 대한 이해를 함에 있어 성선설과 성악설이라는 두 흐름이 생겨난다. 성선설과 성악설은 인간에 대한 이해의 방식, 즉 대상을 바라보는 관점의 '차이'를 뜻하는 것이지 '시비(是非)'를 거론하는 것이 아니다. 차이를 인정하지 않을 때 '도그마(dogma)'가 발생한다. 내 주장만 옳고 타인의 생각은 틀렸다는 독단은 차이를 인정하지 않는 데서 온다. 도그마는 절대적인 복종만 요구한다. 그러한 태도가 얼마나 위험한지는 모두 잘 안다. 절대적 가치가 없듯이 절대적으로 옳은 내용을 담은 책도 없다. 책이란 그 책을 쓴 이의 가치관을 반영한 것이다.

독자는 저자의 가치관에 동조할 수도 있고 그렇지 않을 수도 있다. 이 두 가지 경향은 독자의 가치관에 따른 결과라 할 수 있다. 내가 좋아하는 작가, 내가 좋아하는 책이라고 여겨지는 것들은 저자의 가치관이 자신에게 무리 없이 수용되었다는 것을 말해준다. 그러나 저자와 독자의 가치관이 완벽하게 합치할 수는 없다. 어떤 두 사람이 장미꽃을 좋아한다고 해도 디테일에 있어서는 차이를 갖는다. 한 사람은 장미의 향기를 좋아할 수도 있고, 다른 한 사람은 장미의 붉은색을 좋아할 수도 있다. 이 차이는 어떤 면에서 장미꽃을 싫어하는 사람과의 차이보다 더 결정적일 수 있다. 꽃의 본질이 향기에 있다고 생각하는 태도와 색깔에 있다고 여기는 태도는 장미꽃을 좋아하다는 면에서는 동일하지만 세부에 있어서는 본질적인 차이를 드러낸다. 그렇듯이 저자와 독자의 가치관이 완벽하게 같을 수는 없다. 저자와 독자의 가치관이 다른 경우는 군이 설명할 필요가 없을 것이다. 그러므로 모든 독서는 '차이'의 독서일 수밖에 없다. 즉 '같은' 것을 '다르게' 읽는 것이 독서의 본질이라 정의할 수 있다.

정독(正讀)에서 오독으로

'모든 독서는 차이의 독서'라는 명제는 정독(正讀)을 전제로 한다. 정독이란 글의 참뜻을 바르게 파악하는 것을 뜻한다. 이는 '틀리게' 읽지 말고 '바르게' 읽어야 한다는 것이다. 저자가 표현하는 어휘와 문맥에 대한 바른 이해를 바탕으로 저자가 전하려는 메시지를 객관적으로 이해하는 것이 정독(正讀)이다. 상대의 주장을 이해하지 못한 상태에서 나는 당신의 주장과 다르다고 말하는 것은 독단이다. 독단은 자신의 '옳음'을 앞세워 상대방과의 차이를 무시하는 맹목적 태도다. 예를 들면, 창조론을 믿는 사람이 진화론에 대한 책을 읽어보지도 않고 무조건 배척하는 경우가 그렇다. 창조론의 당위를 잘 설명하기 위해서는 진화론의 핵심이 무엇인지 바르게 알아야 한다. 그 과정이 정독이다. 즉 차이를 분명히 인식하는 것이다. 차이를 분명히 한다는 것은 자신과 다른 주장을 펼치는 사람은 물론 같은 주장을 하는 사람에게도 공히 적용되어야 한다.

정독(正讀)은 정독(精讀)과 병행되어야 한다. 정독(正讀)의 핵심이 어휘와 문맥에 대한 '바름(正)'에 있다면 정독(精讀)은 문맥적 이해를 마음에 '새겨(精)' 그 뜻을 자기 것으로 만드는 것에 있다. 자기 것으로 만든다는 것은 가치관을 세운다는 것이다. 어린아이들의 정독(正讀)은 가치관보다는 의미를 바르게(正) 하는 것에 집중된다. 반면 어른들의 정독(精讀)은 뜻을 마음에 새기는 (精) 가치관에 방점이 있다. 가치관과 연결된 정독(精讀)은 '다르게 읽기', 즉 오독(誤讀)을 통해 완성된다. 글쓴이의 생각에 물음표를 찍으며 '왜?'라는 합리적 의문을 던지는 오독의 역사가 없었다면 코페르니쿠스의 지동설도 없었을 것이다. 정독(正讀)과 정독(精讀)의 병행을 통해 '왜?'의 물음으로 나가는 오독의 독서는 모든 독서법의 근본이다.

풍요의 오독

모든 사람들이 옳다고 믿는 신념과 가치에 동조하는 것은 편하다. 자신이 생각하는 것과 같은 것만 추구하고, 보고 싶은 것만 보는 삶도 그렇다. '다르게' 산다는 것, '다르게' 읽는다는 것은 불편하기도 하다. 그러나 풍요롭다. 스물넷의 나이에 아쿠타가와 상을 수상하며 일본 현대문학의 기수로 떠오른 히라노 게이치로(平野 啓一郎)의 《책을 읽는 방법》은 오독의 풍요가 무엇인지 잘 보여준다. 히라노 게이치로의 독서법은 "단 한 권을 읽더라도 뼛속까지 완전하게 빨아들여라!"라는 한 문장으로 요약된다. 뼛속까지 읽어내기 위해서는 '슬로 리딩(Slow Reading)'이 필요하며, 그 과정에서 작가가 의도한 것 이상의 내용을 뽑아내는 압착기술로서의 '창조적 오독'을 해나가야 한다는 것이 히라노 게이치로의 주장이다. 문맥적 의미를 몰라서 하게 되는 '빈곤한 오독'에서 벗어나기 위해서 사전을 참조하고, 문법적 요소를 파악하고, 밑줄을 긋는 등의 기술이 필요하며, 그러한 슬로 리딩의 과정을 통해 창조적 오독을 해내는 것이 중요하다는 그의 주장은 앞서 내가 말한 정독(正讀)과 정독(精讀)의 병행을 통해 '왜?'의 물음으로 나가는 오독의 독서법과 같은 맥락이라 할 수 있다.

창조적 오독을 위해서는 기술적 측면도 필요하겠지만 무엇보다 '왜?'라는 문제의식이 중요하다. 오독은 '차이'를 발견하려는 의식적 독서다. 차이를 발견하기 위해서는 안목이 필요하다. 안목은 교양에서 온다. 모든 독서가 차이의 독서라면, 그러한 것을 가능하게 만드는 원점이 교양이다. 교양을 쌓는 독서는 선택이 아니라 필수다. 교양의 독서는 어린아이들의 독서처럼 '많이(多)', '바르게(正)'에 집중해야 한다. 많이 읽고, 그 책에 담긴 의미를 바르게 이해하는 과정이 지속적으로 쌓이게 되면 자연스럽게 '가치관'이 형성된다. 어느 날 불쑥 생기는 것이 가치관이 아니다. 쉽게 말하자면, 어릴 때부터 책을 읽어온 사람과 그렇지 않은 사람은 교양의 격차는 물론 가치관의 차이를 노정할 수밖에 없다. 창조적 오독은 교양이 바탕이 되었을 때 가능하다. 차이를 알아보고 그 차이를 창조적인 것으로 만들어내는 능력이 삶을 풍요롭게 만드는 동력이다. 다르게 살고 싶다면 다르게 읽어야 한다. 독서가 인생의 흐름을 바꿀 수 있는 계기가 된다면 그것은 '다르게 읽기'를 통해서만 가능하다. '왜?'라는 의혹이 없는 독서는 뿌리 없는 나무와 같다.

제2부

젊은
시절부터
내 곁을
떠나지
않았던 책

청춘의 독서는 허기(虛飢)의 독서다. 부모님의 보살핌 속에서 '세계'보다는 '나'라는 생존의 영역에 안주하며 지내다가 어느 날 문득 인생은 무엇이고, 나는 누구이며, 세상은 왜 불평등한가라는 낯선 물음을 던지기 시작하는 순간 비로소 질풍노도의 뜨거운 시절이 시작된다. 청춘의 열정은 아름답지만 세계의 질서는 냉정하고 차갑다. 그 온도 차이에서 오는 방황과 갈등이 바로 청춘의 빛나는 특권이기도 하지만 이제 막 부모의 품에서 벗어난 그들의 정신은 미숙하고 허약해서 늘 허기지기 마련이다. '왜'라는 물음을 던지지만 그에 대한 답은 신통치가 않다. 그래서 책을 읽고 또 읽으며 그 답을 찾기 위해 고군분투하는 게 청춘의 또 다른 아름다움일 것이다. 나도 그러한 과정을 고스란히 겪었다. 쉼 없이 이것저것 읽어대며 정신의 허기를 달래기 위해 좌충우돌했다.

어떤 면에서 책은 음식과도 같다. 음식이 사람의 몸을 만들 듯이 책은 사람의 정신을 살찌운다. 배가 고프면 모든 음식이 다 맛있는 것처럼 나의 청춘 시절의 독서도 그러했다. 그러나 배고픈 사람은 음식의 맛을 제대로 알 수 없다. 허기가 근본적으로 음식의 맛일 수는 없기 때문이다. 그렇다고 허기의 독서가 지닌 나름의 미덕을 완전히 부정하는 건 아니다. 허기를 채우고 난 다음에야 맛에 대한 물음을 던질 수 있기 때문이다.

'젊은 시절부터 내 곁을 떠나지 않았던 책'이라는 제목으로 소개하는 10권의 책은 정신의 '허기'에서 벗어나 나의 존재와 인생의 '맛'을 결정해준 책들이다. 제3부에서 소개하는 특별 추천의 책들도 마찬가지다. 그리고 지금도 나는 이 책들에서 정신적 영양분을 섭취하고 있다. 그리하여 그 책들은 비단 나만의 삶에만 국한되는 것이 아니라, 인간의 보편적인 삶에 의미 있는 방향을 제시해주는 등대와 같은 역할을 하는 것이라고 믿어 소개를 한다.

01

인간의 길, 지혜의 길

- 《사기》, 사마천

우리의 역사는 시민 스스로의 힘으로 자유와 민주의 가치를 완벽히 실현하지 못했다. 갑오농민전쟁, 4·19혁명, 광주민주화항쟁, 6월 민주항쟁의 면면한 투쟁의 역사가 이어져왔지만 그 모두가 미완(未完)의 혁명에 머물렀다. 반쪽의 승리였고, 반쪽의 실패였다. 나는 그러한 과정을 돌아보며 지식인의 역할에 대해 많은 고뇌와 더불어 자문을 했으며, 그때마다 사마천을 떠올렸다. 개인의 치욕과 고통을 감내하며 역사와 인간의 도리를 탐구하려 했던 그의 치열성이 나의 나태함을 늘 돌아보게 했다.

"사마천이 쓴 사기 열전의 〈육가〉 편에 보면 '말(馬) 위에서 나라를 얻었다고 해서 계속 말 위에서 통치할 수는 없다'고 했습니다. 마찬가지로 한나라당 이름으로 집권했지만 한나라당의 논리만으로 국정을 운영할 수는 없다고 봅니다."

지난 2008년 3월 나는 법제처장 취임 후 가진 첫 기자간담회에서 당시 정부 산하 공공기관장의 임기 만료 전 사임을 강요하고 있는 몇몇 사태에 관한 질문을 받고 이럴 때(정권 출범 초기)일수록 법치에 입각한 통합의 리더십이 요구된다면서 한(漢)나라 유방의 천하평정 후 통치 방향에 관한 육가의 이와 같은 답변을 예로 들면서 당시 정부, 여당의 태도를 우회적으로 비판한 바 있다. 언론은 정권 출범 초기의 경직된 분위기에서 모처럼 나온 쓴소리 내지 참신한 발언이라면서 크게 다루었으며 일부 언론의 칼럼에서는 사기 〈육가〉(陸賈, 육고라고도 읽음) 열전의 설명에 지면을 할애하기도 하였다.

이처럼 사마천의 《사기》 130편에는 우리가 언제 어떤 상황에서도 활용할 수 있는 인생의 지혜가 무궁무진하다. 몇 해 전 OBS 경인방송에 방영된 '명불허전'이라는 프로그램에 출연하여 나에게 가장 영향을 준 인물의 하나로서 나는 과감히 역사인물 사마천을 꼽은 적이 있다. 사마천이라는 역사인물과의 만남은 나에게 소신의 일관성을 유지하고 사회적 약자와 소외된 인간에 대한 관심과 안목을 기르도록 함으로써 그 후 공직자로서, 시민운동가로서, 법조인으로서의 삶의 자세를 형성하는 데 깊은 영향을 준 소중한 인연이었다. 내가 사마천의 인생역정과 《사기》의 세계에 매료된 이유는 역경에 굴하지 않는 고매한 정신 때문이다.

> 이 치욕과 수모를 생각할 때마다 하루에도 창자가 아홉 번이나 뒤틀리고 등골에 흐르는 땀이 옷을 적시지 않은 적이 없었습니다. 집에 있으면 망연자실 넋을 놓고 무엇을 잃은 듯하며 밖을 나가도 갈 곳이 막연했습니다. 그러면서도 살아남았던 것은 오직 하나, 하늘과 인간의 도리를 탐구하여 고금의 변화를 관통하는 한편의 학술을 완성하겠다는 한 줄기 집념 때문이었습니다.

대학 시절 고시공부에 매달리며 방황할 때, 《사기》의 집필과정을 밝힌 사마천의 이 글을 접하고 눈이 번쩍 뜨이면서 온몸에 전율이 일었다. 동시에 내가 겪고 있는 고민과 방황이 사치스럽고 부끄러웠다. 그 후 2000년의 시공을 뛰어넘은 사마천의 인생역정과 《사기》에 그려진 인간과 세태에 매료되었다. 지금까지 《사기》는 내 서재에서 항상 내 손 가까이에 있는 필휴서(必携書)가 되었다. 사마천의 매력은 인류 역사상 가장 위대한 역사서이자 문학서인 《사기》를 저술했다는 데만 있는 것은 아니다. 무엇보다 그가 정의를 삶의 올바른 가치로 여기고 이를 몸소 실천한 지식인의 전형을 보여주었다는 것이다.《사기》전편을 관통하는 집필 원칙은 '거짓의 아름다움을 추구하지 않고 악을 숨기지 않는다(不虛美, 不隱惡).'라는 것이다. 그러한 정신은 오늘을 사는 지식인의 글과 행동에서도 소중히 견지되어야 할 가치이다.

고(故) 박경리 선생은 "온 생의 무게를 펜 하나에 지탱한 채 사마천을 생각하며 살았다."라고 고백한 바 있다. 나 역시 같은 말을 하고 싶다. 자신의 안위를 위해 말과 행동을 수시로 달리하는 지식인의 위선적인 행동에 대해 사마천은 늘 경계를 했다.

사마천은 중국 전한(前漢)시대 흉노 정벌에 나섰다가 중과부적으로 투항한 이릉(李陵)을 옹호했다는 이유로 무제의 노여움을 사 궁형(宮刑, 거세형)이라는 형벌에 처해졌다. 이때 사마천이 분노했던 것은 조정대신들의 이중성 때문이었다. 얼마 전까지 이릉의 승전보에 찬사를 아끼지 않던 조정 대신들이 그의 투항 소식에 돌변하여 무제의 비위를 맞추려고 입을 모아 이릉을 비난했다. 사실 사마천은 이릉과는 잘 아는 사이가 아니었다. 다만 이릉이 평소 선비의 절도를 귀히 여기고 청렴결백한 국사의 풍모를 지녔다고 보았다. 말과 행동 사이에 괴리가 없고, 소신의 일관성을 지킨 것이 화근이 되어 결국 궁형의 치욕을 받게 된 사마천, 그는 이렇게 절규한다.

하늘의 뜻(天道)은 늘 착한 이만 돕는다고 했다. 그런데 도척(盜跖) 같은 자는 천수를 누리고 백이, 숙제는 굶어 죽었다. …… 근자에도 나쁜 짓만 하면서도 대를 이어 호의호식하는 이들이 있는데 과연 천도란 있는 것인가, 없는 것인가(天道是耶非耶)!

지난 2011년 6월 나는 오랫동안 벼른 중에 사마천 연구가인 김영수 교수와 함께 사마천의 고향인 섬서성 한성시를 찾아갔다. 한성시 남쪽 10킬로미터 지점에 있는 사마천의 사당과 무덤을 둘러보고 그의 후손들이 살고 있는 서촌을 방문하여 궁형의 비극을 함축하고 있는 법왕행궁(法王行宮)의 패방(牌坊)을 비롯한 관련 유적지를 그의 후손들의 안내를 받아 꼼꼼히 살펴보았다. 그의 삶의 흔적이 곳곳에 배어 있는 역사현장에 서니 감회가 남달랐다. 이어 그해 10월에는 중국 한성시 '사마천학회'의 정회원으로, 외국인으로는 김영수 교수에 이어 내가 두 번째로 임명받았다. 또한 2016년 6월에는 한국사마천학회 초대 이사장으로서 중국 섬서성 한성시와 한국 뉴서울오페라단이 공동제작한 〈오페라 사마천〉을 한중 유관기관의 후원으로 국회의원회관과 국립극장에서 공연하는 데 앞장 선 바 있다.

사마천은 역사는 언제나 정의가 승리한 것이 아니라는 사실을 자신의 기구한 처지에 빗대어 갈파하고 있다. 《사기》 전편에 사마천의 인간에 대한 고뇌가 묻어 있다. 내가 삶의 역경과 선택의 순간에 사마천을 생각하고 그에게 배우려고 하는 이유가 여기에 있다. 사마천에 의해 복원된 3000년에 이르는 인류사에는 인간으로서 경험 가능한 것, 생각하고 상상할 수 있는 것의 대부분이 담겨 있다. 《사기》는 〈본기〉 12편, 〈표〉 10편, 〈서〉 8편, 〈세가〉 30편, 〈열전〉 70편으로 이루어져 있다. 그중에서도 〈열전〉은 《사기》의 백미라 할 수 있다. 사마천은 〈열전〉에서 성공자나 권력자보다도 실패자, 사회에서 소외된 자, 소수자, 이단아 등에 대해 무한한 신뢰와 애정을 가지고 기술하고 있다. 모사, 은둔자, 장수, 반역자, 점술가, 의사 등 〈열전〉에 나오는 인물들의 성공과 실패를 진술하면서 사마천은 자신의 감정을 덧붙여 토로했다. 이는 역사가로서 지켜야 할 객관성을 거부한 것이다. 그러나 그것이 〈열전〉의 매력이 되어 많은 사람들에게 읽히고 있다.

인간의 삶은 문제의 연속이다. 역사란 그런 문제들이 누적되어 만들어진 지층과 같다. 해결의 전범을 보인 사례도 있고, 실패로 끝난 일도 많다. 사마천은 그런 과정을 객관과 주관의 칼로 해부하고 수술해서 '인간이란 이런 존재다.'라는 것을 드라마틱하게 보여준다. 대립과 갈등, 배반과 충정, 이득과 손해를 오가는 인간의 삶, 그것이 내가 《사기》에서 길을 찾는 또 하나의 까닭이기도 하다.

나는 추사 김정희의 '세한도(歲寒圖)'를 무척 좋아한다. 특히 세한도를 그리게 된 동기를 밝힌 추사의 친필 글씨 부분[제사(題

辭) 내지 서문]을 즐겨 읽고 그 뜻을 음미하곤 한다. 당시 죽음의 형벌을 겨우 면하고 제주도에 유배되어 있던 추사는 그 글에서 "권세나 이권 때문에 어울리게 된 사람들은 권세나 이권이 멀어지면 만나지 않게 된다."라는 《사기》의 〈정세가(鄭世家)〉의 구절을 인용하면서 "급암과 정당시 같은 어진 사람들도 세력이 있을 때는 찾아오는 손님이 문전성시를 이루었지만 세력이 없어지면 문 밖에 새 그물을 칠 정도로 찾는 사람이 적었다는데 하물며 보통사람들이야 어떻겠는가."라고 탄식하고 있다.

조선 중종 때의 남명 조식(曹植) 선생은 선비의 절개는 오직 출처(出處, 벼슬을 시작할 때와 그만둘 때) 하나에 달려 있다고 했거니와 '이 정도에서 만족하고 그만둘 때를 아는 것(知止)'은 참으로 어려운 일이다. 이 시대를 사는 모든 지식인들이 깊이 고민하고 성찰해야 할 과제다. 갑자기, 그만둘 때를 앎으로써 천수를 누린 한고조의 핵심 참모였던 장량(張良) 묘(섬서성 유패)의 바위벽에 새겨진 '지지(知止)'와 '성공불거(成功不居, 공을 이루면 그곳에 머물지 말라)'라는 바위글씨가 사기 〈세가〉 '장량편'의 도도한 문장과 오버랩된다.

동시에 "천 마리의 양의 가죽은 한 마리의 여우 가죽만 못하고, 천 사람의 예 예 하는 아첨꾼보다 바른 말하는 한사람의 선비가 귀하다."(〈열전〉 '상앙편')라는 사마천 직필의 여운이 가슴 속에서 울려온다.

《사기》에 나오는 인물들은 대개 비극적인 인물들이다. 신의를 지켰으나 버림을 받았고, 직언을 하였으나 받아들여지지 않아 곤궁한 처지에 놓인 인물들의 삶을 보면서 안일을 위해 소신을 헌신처럼 내팽개치는 지금의 세태를 돌아보지 않을 수 없다. 사마천은 〈굴원·가생열전〉에서 "사람은 곤궁해지면 근본을 돌아본다."라고 말했다. 지금이 바로 근본을 돌아봐야 할 때다.

아울러 여러분이 지금 외롭고 힘든 상황에 처해 있다면 사마천의 삶을 이해하고, 사마천이 특별히 자신의 감정과 이상을 가탁했던 '공자, 오자서, 범려, 인상여, 형가, 굴원, 한신, 악의, 계포' 등에 관한 기록을 접해보시기 바란다.

* 《사기》 전편을 체계적이고 흥미진진하게 다룬 책으로 김영수의 《사마천, 인간의 길을 묻다》를 추천하고 싶다. 번역서로는 관련 사실과 해설을 풍부하게 겸하고 있는 김영수의 《완역 사기 본기 1,2》, 이인호의 《사기 열전 上》을 권한다. 김원중의 《사기 열전 1,2》, 《사기 세가》, 《사기 본기》, 《사기 표》, 《사기 서》는 전체 번역이 충실한 책이다. 아울러 소준섭의 《사기 1,2》 역시 추천할 만하다. 또 졸저 《사마천 한국견문록》, 《사마천 사기산책》도 일독을 권하고 싶다.

02

인간은 노력하는 한 방황한다!

- 《파우스트》, 괴테

앞서 밝힌 것처럼 나는 중학교를 졸업하던 해 고졸학력 검정고시와 대학입학 예비고사를 모두 통과한 후 바로 대학에 가지 않고 김제 금산사에 들어가 세계문학, 동서양의 고전, 철학, 역사서 등 300여 권이 넘는 책을 읽었다. 시험이라는 강박에서 벗어난 탓도 있었겠지만 지식과 교양에 대한 갈망이 유난해서 밥 먹는 시간을 제외하고는 책에서 손을 놓은 일이 거의 없었다. 그때 읽은 책들은 이해하기가 어려운 것들도 많았지만 개의치 않고 끝까지 독파했다. 그중에서 가장 기억에 남는 책 중의 하나가 괴테의 《파우스트》다. 인류의 지성사에 지대한 영향을 끼친 명작이지만 '가장 읽히지 않는 고전'으로 알려진《파우스트》를 십대 후반의 소년이 혼자 힘으로 읽어내겠다고 다짐을 한 것 자체가 무리일 수도 있었을 것이다. 그러나 나는 읽고 또 읽으며 그 뜻을 알아내려고 했다. 그런 나를 보고 주지스님이 그 어려운 것을 그 나이에 어떻게 읽느냐며, 나중에 삶에 대한 식견이 넓어지면 다시 읽어보라고 하셨다. 그러나 나는 스님의 말씀에 아랑곳하지 않고 두세 번을 읽었다. 그렇게 열심히 읽었지만 뭔가 아쉬움이 마음에 짐처럼 남아 있었다. 그래서 절에서 내려온 후에도 괴테의 책을 계속 읽었다. 아마 지금까지 대여섯 번은 읽었을 것이다.

젊은 시절에 집중해서 읽었던《파우스트》는 명구(名句)의 보물 창고였다. 읽다가 멋있는 문장이 나오면 소리 내어 읽었다. "내게 청춘을 돌려다오! 그 억제되지 않던 충동들을, 고통에 가득 찬 절절한 행복을, 증오의 힘과 사랑의 위력을!"이라든지 "영원히 여성적인 것이 우리를 구원한다."라는 문장들을 반복해서 읽고 머릿속에 암기했다. 하도 내가《파우스트》를 읽어대자 어머니가 그게 뭔 책이냐고 물으셨다. 내가 '파우스트'라고 말하자 어머니는 "그게 먹는 거냐?"라고 하셔서 한참을 웃었었다. 웃고 나서 생각해보니 그 말이 예사롭지 않게 여겨졌다. 그렇다, 괴테의《파우스트》는 내가 평생 먹어야 할 음식과도 같은 것이다, 라는 생각이 머릿속을 스치면서 마치 선가의 스님이 어느 날 갑자기 화두를 풀어내듯 나는 괴테의《파우스트》를 어떻게 읽어야 할지를 깨닫게 되었다. 그래서 한 번에 다 이해하려는 고집에서 벗어나서 자유롭게 괴테의 글을 읽을 수 있게 되었다.

《파우스트》는 괴테가 60여 년간에 걸쳐 쓴 대작이기도 하거니와 작품 속에 담긴 심오한 사상의 편린들이 단번에 이해될 것은 아니기에 독자들의 세심한 독법이 필요하다. 지금도 나는 수시로 《파우스트》를 꺼내 아무 페이지나 펼쳐 무심히 읽는다. 마당에 핀 꽃이라도 아침에 보는 것과 저녁에 보는 느낌이 다르듯 《파우스트》도 젊은 시절에 읽을 때와 나이 들어 읽을 때의 감상이 다르다는 것을 요즘 확연히 느낀다. 젊은 시절에는 '방황'의 매력으로 읽었지만, 나이 들어서는 고귀한 것을 성취해내려는 '인간의 의지와 노력'에 매료되어 정독을 한다.

《파우스트》의 주제와 결론은 '천상의 서곡'이라는 장에 압축되어 있다. 세상을 창조한 신과 맞선 악마 메피스토펠레스는 인간이란 여치와 같아서 풀숲에 처박혀 케케묵은 옛 노래나 불러대고 쓰레기 더미를 보기만 하면 코를 쑤셔 박는 가련한 존재이기에 마음만 먹으면 언제든지 유혹할 수 있다고 장담한다. 이에 신은 메피스토펠레스에게 파우스트를 아는가, 라고 물으며 그가 지금 혼미한 가운데 나를 섬기지만 머지않아 그를 명료한 곳으로 인도할 것이라며 인간에 대한 믿음을 표현하자 메피스토펠레스는 당신이 믿는 그 자를 악마의 길로 끌고 가겠다며 신과 내기를 한다.

이때 신은 "인간은 노력하는 한 방황하는 법이라."며 내기를 수락한다. 그리고 "넌 언젠가 부끄러이 다시 나타나 고백하게 되리라. 선(善)한 인간이란 어두운 충동 속에서도 올바른 길을 잘 알고 있다고 말이다."라는 말로 메피스토펠레스의 유혹이 실패할 것을 예언한다. 나는 인간은 노력하는 한 방황을 하는 존재라는 신의 말이 너무도 멋있어서 젊은 시절 그 말을 늘 가슴속에 담고 살았다. 그때는 '방황'이라는 말이 너무나 마음에 와닿았는데, 아마도 주체할 수 없었던 젊음의 열정이 선택한 최고의 문장이었을 것이다. 그러나 요즘은 그 말보다 선한 인간이란 어두운 충동 속에서도 바른 길을 가기 마련이라는 말이 더 끌린다. 인간의 모든 방황은 결국 악이 아닌 선의 길로 인도된다. 악은 우리의 내면에 존재하는 유혹의 힘이다. 파우스트가 메피스토펠레스에게 너는 누구냐, 라고 묻자 메피스토펠레스는 "언제나 악을 원하면서도 언제나 선을 창조하는 힘의 일부분"이라고 말한다. 결국 메피스토펠레스는 우리 내면에 존재하는 또 다른 자아이며, 그 자아로 인해 인간은 방황하고 갈등하는 것이다. 방황하지 않는 영혼은 메피스토펠레스의 말처럼 풀숲과 쓰레기 더미에 코를 박는 여치와 다름없는 존재여서 내기의 대상도 될 수 없을 것이다. 방황하는 자만이 올바른 지혜의 길을 찾아갈 수 있다. 그러나 방황한다고 모두가 지혜의 길로 가는 것은 아니다. 파우스트의 방황은 부모의 간섭이 싫어 막무가내로 가출을 하거나,

현실이 부조리하다며 대안도 없이 불평만 늘어놓으면서 자신을
방기하는 무책임한 방황과는 질적으로 다르다.

> 아아! 나는 이제 철학도, 법학도, 의학도, 유감스럽게 신학까지
> 도, 온갖 노력을 기울여 속속들이 연구하였도다. 그러나 여기
> 서 있는 난 가련한 바보에 지나지 않으며, 옛날보다 나아진 것
> 하나도 없도다!

파우스트의 방황은 모든 것을 알고자 온갖 노력을 기울였지
만 옛날보다 나아진 게 없다는 회의에서 시작된다. 노력(욕망)도
없고, 회의도 없었다면 메피스토펠레스는 파우스트를 유혹하지
않았을 것이다. 메피스토펠레스는 파우스트에게 젊음과 지상의
모든 쾌락을 맛보게 해줄 테니 당신의 영혼을 넘겨달라는 계약
을 체결하자고 제시한다. 이에 파우스트는 "나를 환락으로 기만
할 수 있다면 그것은 내게 최후의 날이 될 것이다."라는 자신감
으로 "내가 순간을 향하여, 멈추어라! 너 정말 아름답구나! 하고
말한다면, 그 순간 너는 나를 사슬로 묶어가도 좋다!"라며 내기
에 응한다. 그 계약과 동시에 파우스트의 비극과 방황의 파노라
마가 펼쳐진다. 〈비극 제1부〉에서는 '학자의 비극'과 '그레첸의
비극'이, 〈비극 제2부〉에서는 '황제의 비극', '헬레나의 비극', '지
배자의 비극'이 전개되면서 겪게 되는 파우스트의 인생행로는

"인간은 노력하는 한 방황한다."라는 신의 말을 그대로 보여준다.

파우스트는 내기에 졌다. 그러나 천사들이 파우스트의 영혼을 하늘나라로 끌고 간다. 악마의 유혹에 빠져 향락과 물질적 탐욕에 휩싸였던 파우스트가 구원을 받은 이유는 최후의 순간까지 시련에 맞서 노력하는 숭고한 모습을 보였기 때문이다. '지배자의 비극'에서 파우스트는 해안지대에 수로가 건설되는 소리(실은 무덤을 파는 소리였다)를 듣고 땅에 오곡이 익어가고 수많은 사람들이 행복하게 살아가는 지상낙원을 상상하며 독백을 한다.

인간 지혜의 마지막 결론이란 이렇다. 자유도 생명도 날마다 싸워서 얻는 자만이, 그것을 누릴 자격이 있는 것이다. 그래서 위험에 에워싸여 있으면서도 여기에서는, 아이고 어른이고 노인이고 값진 세월을 보내게 되리라. 나는 이런 인간의 무리를 바라보며, 자유로운 땅에서 자유로운 백성과 더불어 살고 싶다. 그러면 순간에다 대고 나 이렇게 말해도 좋으리라. 멈추어라, 너는 너무나 아름답도다.

《파우스트》를 처음 접했을 때 "멈추어라, 너는 너무나 아름답도다."라는 구절을 읽으면서 온몸에 전율을 느꼈었다. 물론 여기서 너는 순간을 의미한다. 그 말은 곧 자신의 파멸을 불러오는 것인데, 라는 생각과 함께 과연 나라면 어떻게 했을까, 하는 반문이 동시에 들다보니 그러했었다. 지금은 "자유도 생명도 날마다 싸워서 얻는 자만이 그것을 누릴 만한 자격이 있다."라는 말에 눈이 더 간다. 훗날 이 말은 독일의 저명한 법학자로서 목적법학의 창시자인 예링(Rudolf von Jhering)의 명저인《권리를 위한 투쟁》의 마지막을 장식하는 구절이 되기도 했다. 한편 변호사이기도 했던 괴테가《파우스트》에서 법학을 "영원한 질병처럼 계속 유전되어 이성을 불합리로, 선행을 고난으로" 만드는 학문으로 사정없이 매도하는 것을 보고 나는 대학시절 법학도로서 상당한 충격을 받기도 했었다.

　싸워보지도 않고 좌절하는 자에게는 아름다운 순간이 찾아올 수 없다. 악이 무엇인지를 알아야 선이 무엇인지도 알 수 있으며, 어둠이 있어야 빛의 찬란함을 알 수 있다. 어둠과 빛은 인간 내면에 존재하는 두 가지 감정이다. 그 감정의 대립에서 생겨난 갈등과 싸움의 순간들을 끊임없이 감내하면서 "멈추어라, 너 정말 아름답구나."라고 말할 수 있을 때까지 끊임없이 노력하며 자신의 삶을 스스로 개척해나가야 하는 것이 인간의 길이다. 그 길은 신의 자비가 예비한 것이 아니라 인간의 용기가 만들어가는 길이다.

인간의 용기는 신의 권위에도 굴복하지 않는다. 인간의 용기는

환상 속에 고통을 만들어 자신을 저주하는 저 어두운 동굴 앞에
서도 떨지 않는다.

용기는 열망하고 노력하는 자만이 발휘할 수 있다. 이상을 염
원하는 인간의 낭만주의적인 동경은 그 결과가 대체로 비극적
이다. 이상향에 도달할 수 없다는 것을 알면서도 이상을 꿈꾸는
인간 존재의 한계와 모순을 우리는 파우스트를 통해 확인할 수
있다. 불가능하다는 것을 알면서도 불가능을 꿈꾸는 사람들의
용기와 노력은 아름답고 숭고하다. 냉소하고, 불평하고, 방황하
며 세상의 모든 가치를 회의했던 파우스트의 몰락은 인간의 파
멸이 아니라 새로운 구원을 만들어내는 용기이자 도전이다.《파
우스트》는 나에게 몰락과 실패, 방황을 두려워하는 자는 아무
것도 꿈꿀 수 없다는 최고의 교훈을 알려주었다. 지금 우리에게
필요한 인간은 새로운 파우스트다.

* 괴테의 《파우스트》는 오래전부터 많은 번역판이 나와 있다. 내가 최근 읽
고 있는 책은 정서웅이 옮긴 《파우스트1,2》(민음사)다.

03

아마추어와 아웃사이더들의 위대한 열정

– 《낭만적인 고고학 산책》, C. W. 체람

삶은 선택의 연속이다. 어느 누구도 두 개의 길을 한꺼번에 갈 수 없다. 미국의 국민시인으로 알려진 로버트 프로스트의 〈가지 않은 길〉이라는 시는 바로 그 심정을 절절하게 대변하고 있어 많은 사람들이 애송을 하고 있다. 나는 "단풍 든 숲속에 두 갈래 길이 있었습니다. / 몸이 하나니 두 길을 가지 못하는 것을 / 안타까워하며, 한참을 서서 / 낮은 수풀로 꺾여 내려가는 한쪽 길을 / 멀리 끝까지 바라다보았습니다."라는 첫 연을 읽을 때마다 두 갈래 길 중 내가 가지 않았던 길에 대한 짙은 그리움으로 가슴이 먹먹해진다. '몸이 하나'이기에 두 길을 갈 수 없는 인간의 실존적 운명 때문에 선택의 순간은 늘 떨리기 마련이다.

　나는 법조인이 되지 않았더라면 고고학을 했을 것이다. 그리하여 고고학자에 대한 나의 꿈은 "아, 나는 한쪽 길은 훗날을 위해 남겨 놓았습니다! / 길이란 이어져 있어 계속 가야만 한다는 것을 알기에 / 다시 돌아올 수 없을 거라 여기면서요."라고 읊었던 프로스트의 심정처럼 훗날을 기약하며 남겨놓은 미완의 길로 아직도 마음속에 펼쳐져 있다.

　그런 나의 심정에 또 다시 모험과 낭만과 도전의 꿈을 생각해보게 만든 책이 체람이 쓴 《낭만적인 고고학 산책》이다. 베를린 출신의 체람(본명은 쿠르트 W. 마렉)은 열여덟 살에 출판사에 취직을 해 일과 학업을 병행하며 문학과 영화에 대한 평론도 발표하고, 라디오 극도 쓰고, 신문과 잡지에 수많은 기고를 하는 등 아주 왕성한 활동을 벌인 열정적인 인물이다. 지식에 대한 욕구도 엄청나서 하루에 한 권의 책을 읽기로 결심하고, 그 어려운 결심을 성실하게 꾸준히 지켜낸 인물이기도하다. 당시 독일의 상황은 제1차 세계대전을 치르고 있었으며 패전의 기운이 짙었다. 그러한 이유로 검열이 강화되고, 사상의 자유가 옥죄어진 상태였다. 체람은 어떤 조직으로도 편향되지 않기 위해 과거로 눈을 돌렸다. 과거의 '사실'들을 수집하면서 그는 고고학사라는 아주 매력적인 학문을 발견하고 그 분야에 온 관심을 쏟아붓는다. 그 열정의 산물이 바로 《낭만적인 고고학 산책》이다.

《낭만적인 고고학 산책》은 아무도 손대지 않은 과거를 캐내는 고고학자들의 열정과 그들이 발굴해낸 유물들에 대한 소설 같은 이야기다. 원제는 '신, 무덤, 학자들'이고 부제가 '고고학 장편소설'인데, 부제가 의미하는 것처럼 이 책은 학문적인 야망을 가지고 쓴 책이 아니라 고고학자들의 노고를 그들의 내면의 긴장과 극적인 동기, 인간적인 한계에 초점을 두고 쓴 고고학사 이야기다. 그렇지만 픽션을 가미한 소설은 아니다. '사실'에 입각하되 그것들을 일반인들이 재미있게 읽을 수 있도록 극적인 구성을 취한 '논픽션소설'이다. 저자의 그런 의도는 이 책을 읽어보면 충분히 이해할 수 있다. 정말 소설처럼 흥미진진하고 재미있다. 고고학자들의 발굴 과정을 읽다 보면 그 장소에 내가 직접 서 있는 것처럼 발굴의 전 과정과 벅찬 감동이 아주 생생하게 피부로 전달된다.

전 세계적으로 500만 부가 넘게 팔렸고, 고고학이라는 학문의 매력을 대중들에게 널리 알린 《낭만적인 고고학 산책》은 그리스와 로마 문명, 이집트 문명, 바빌로니아 문명, 아즈텍 문명의 유물과 유적에 대한 이야기보다는 그것을 발굴해낸 고고학자들의 열정과 고뇌가 더 감동적으로 다가온다. 한 가지 아쉬운 점은 동양 문명, 특히 중국 고대 문명의 발굴기가 빠져 있다는 것이다. 내가 이 책을 두고두고 꺼내 읽는 이유는 원대한 꿈과 열정으로 전 생애를 바쳐 자기를 헌신하는 고고학자들의 고결하고 숭고한 삶의 태도 때문이다.

트로이를 발굴한 슐리만, 상형문자를 해독한 샹폴리옹, 투탕카멘을 발굴한 하워드 카터, 설형문자를 해독한 그로테펜트 등은 모두 아웃사이더들이었다. 이 책을 쓴 체람도 아마추어이자 아웃사이더였다. 고고학과는 인연이 없던 체람이 오로지 자신의 열정만으로 전문가들이 해내지 못했던 일을 감히 이루어냈을 때 세계는 비로소 그에게 아낌없는 찬사를 보냈던 것이다. 이 책에 거론되고 있는 고고학자들도 마찬가지였다. 체람은 아마추어로서 트로이를 발굴한 하인리히 슐리만을 옹호하면서 쇼펜하우어의 말을 인용하여 자신이 닮고자 하는 고고학자들이 어떤 인물이어야 하는지를 밝힌다.

학문이나 예술을 가장 진지한 열정으로 추구하는 사람은 그 일 자체에서 중요한 의미를 찾는 사람, 그래서 순수한 애정으로 그 일에 매진하는 사람이다. 최고로 위대한 업적을 이룬 사람은 언제나 이런 아마추어들이었다. 돈 받고 일하는 사람들이 아니었다.

성공한 아웃사이더에 대한 전문가의 불신은 일반인이 천재에게 보내는 불신과 같다. 안정된 인생행로를 걷는 사람들은 자신이 속한 분야에 얽매이지 않고 영역을 넘나드는 사람들을 멸시

한다. …… 한 가지 생각에 사로잡힌 아웃사이더는 정식교육이 거는 브레이크에 아랑곳하지 않고 학문의 전통이 설치한 장애물을 뛰어넘었다. 이런 아웃사이더 가운데는 독학을 한 사람들도 있었다.

《낭만적인 고고학 산책》은 고고학에 대한 막연한 동경보다는 순순한 애정으로 자신의 일에 매진하는 아마추어, 전문가랍시고 자신의 권위만 내세우는 보수 학자들의 구태의연한 비난에도 굴하지 않았던 아웃사이더들에 대한 헌사다. 트로이를 발굴한 슐리만은 장사치였으며, 더 이상 발굴할 것이 없다고 여겼던 룩소르 계곡에서 투탕카멘의 무덤을 발굴한 하워드 카터는 무덤의 벽화를 모사하던 화가였다. 상형문자를 해독한 샹폴리옹은 남들로부터 인정을 받지 못한 고립된 천재였다. 그들은 꿈과 열정으로, 상상력과 직관으로 세상 사람들이 전혀 눈길을 주지 않았던 곳에서 위대한 것들을 발굴해낸 사람들이었다. 아울러 그들의 위대성은 지고한 노력의 결과였다는 점에 주목을 해야 한다.

열세 살에 아랍어, 시리아어, 칼데아어, 콥트어를 배우기 시작하여 열일곱 살에 파라오 통치하의 이집트 제국에 대한 최초의 지도를 그렸던 천재 샹폴리옹은 그의 모든 생애를 로제타돌의 '상형문자 해독'이라는 꿈에 집중시켰다. 그는 외골수였으며, 비

타협적인 인물이었다. 르누아르라는 인물이 상형문자를 해석했다는 이야기를 들은 샹폴리옹은 하늘이 무너지는 것과 같은 좌절을 맛보았다. 체람은 그때 샹폴리옹이 겪었을 좌절을, 남극을 정복하기 위해 수십 년에 걸쳐 연구하고 노력했지만 아문센에게 뒤진 스콧에 비유하면서 설명을 한다. 그러나 샹폴리옹은 르누아르의 발견이 허위임을 직감하고 자신의 연구에 박차를 가해 결국에는 위대한 승리를 거두게 된다. 아무리 천재적인 인물이라도 '노력의 역사'를 동반하지 않는다면 위대한 고지에 올라설 수 없다. 그것에 대해 체람은 다음과 같이 말한다.

> 위대한 정신적 발견은 한 가지 문제에 대해 끝없이 사고하고 오랜 세월에 걸쳐 정신을 훈련한 끝에 얻는 결과다. 따라서 그 발견의 시간이 정확히 언제인지 확인하기는 쉽지 않다. 그 순간은 의식과 무의식, 뚜렷한 집중력과 흐릿한 몽상이 교차하는 지점이다. 따라서 번개처럼 스치는 착상으로 문제가 해결되는 경우는 매우 드물다.

쉽게 결과를 얻으려는 요즘의 세태나 '힐링'이라는 말로 사람들의 여린 감성을 토닥거리는 가볍고 부박한 이 시대의 풍조를 바라보며 나는 왜 고고학자가 되려고 했었는지에 대한 생각을 다시 해본다. 《낭만적인 고고학 산책》은 우리가 배워야 할 인간의 위대한 정신이 무엇인지를 아주 드라마틱하게 알려주고 있다. 세계는 돈에 연연하지 않는 아웃사이더들과 아마추어들의 열정이 있기에 살아갈 만하다. 그런 면에서 고고학은 유물 발굴의 역사라기보다는 인간의 꿈에 대한 역사인 것이다.

> 이제 고고학에서는 발굴의 역사는 끝났다고들 한다. 그러나 낭만과 모험이 현실과 동떨어지지 않았다고 생각하는 사람에 한해서는 고고학에서 낭만과 모험의 시대는 아직 끝나지 않았다. 예민한 감수성과 상상력을 통해서만 이해할 수 있다는 점에서 역사는 늘 낭만적이다. 상상력이야말로 발견의 불을 지피는 원동력이다. 상상력은 시의 어머니이기도 하지만 역사의 어머니이기도 하다.

체람은 이 책의 5부 마지막 구절에서 "발굴은 전 세계에서 계속 될 것이다. 미래의 100년을 차분하게 보내기 위해서는 과거의 5000년이 필요하기 때문이다."라고 말했다. 꿈과 낭만과 상상력으로 작동하는 낭만적인 고고학의 정신으로 우리가 잃어버린 영혼의 유물들을 발굴해야 할 시대가 왔다고 나는 직감한다. 《낭만적인 고고학 산책》은 그러한 시대의 도래를 역설하고 있는 예언서다. 꿈을 잃고 방황하는 이 시대의 사람들에게 이 책을 권한다.

* 나는 1987년 안경숙 번역으로 평단문화사에서 상·하권으로 출판된 《낭만적인 고고학 산책》을 즐겨 읽곤 한다. 그러나 지금은 절판되었으며, 2009년 김해생 번역으로 21세기북스에서 다시 출판되었다.

04

실천이 따르는 사람의 향기
- 《진리의 말씀: 법구경》, 법정 옮김

아침에 일어나 신문을 보면 마음이 심란하다. 맑고 상쾌하고 아름다운 소식보다 아프고 화나고 추한 소식들이 눈앞에 수북하다. 우리는 듣지 않고, 보지 않고, 알지 않아도 될 일들에 얼마나 신경을 곤두세우면서 전전긍긍하며 살고 있는가. 그럴 때마다 나는 법정스님이 번역한 《진리의 말씀: 법구경》을 손에 들고 아무 페이지나 펴 읽는다. 법구경은 불교 경전 중에서 가장 많이 애송되는 법문으로, 불교 초기에 여러 가지 형태로 전해 내려온 시를 모아 엮은 일종의 불교 잠언 시집이다. 그러나 법구경은 이미 불교의 영역을 넘어 인류의 지향점을 밝히는 경전이 되었다.

법구경은 원래 팔리어로 쓰인 경전으로 원제는 '담마파다 (Dhammapada)'이다. '담마'는 법 또는 진리를 뜻하고, '파다'는 말씀을 뜻한다. 법정스님은 원제목을 그대로 살려 '진리의 말씀'이란 제목을 붙였다. 19세기 중엽 법구경을 라틴어로 번역해서 유럽에 최초로 소개한 덴마크의 석학 파우스벨은 법구경을 '동방의 성서'라 불렀으며, 지금도 성경 다음으로 가장 많이 읽히고 있다.

법구경에는 모두 423편의 시가 실려 있고, 그 시들은 주제에 따라 26장으로 나뉘어 있다. 국내에 출간된 한역 법구경은 북인도 건타라국(乾陀羅國) 출신의 승려 법구(法救)가 편집한 것을 한자와 함께 한글 번역을 실은 것이 대다수인데, 법정스님의 법구경은 한자 없이 깔끔하고 군더더기 없는 한글 번역만 싣고 있어 일반인들이 쉽게 지혜의 말씀에 다가갈 수 있다. 그러한 저간의 사정에 대해 법정스님은 "진리를 담은 경전이기 때문에 번역에서는 먼저 뜻을 바르게 전달하는 데 중점을 주었다."라고 밝히고 있다. 내가 굳이 법정스님이 번역한 책을 고집하는 이유는 번역의 문제도 있지만 오랜 시간 곁에 두고 읽다 보니 손때가 묻어 있기 때문일 것이다. 책과 친구는 오래될수록 애정이 깊어지기 마련이다.

살다 보면 화나는 일이 한둘이 아님은 모두 경험해서 알 것이다. 그렇다고 자신도 화를 내어 대응하다 보면 화를 돋우게 만든 사람과 다름이 없어진다. 지혜로운 사람은 자기수양으로 그런 어려움을 스스로 극복한다.

《진리의 말씀: 법구경》은 삶의 목표를 어디에 두어야 할지를 알려주는 최고의 지침서이자, 마음을 올곧게 다스리는 법을 알려주는 지혜의 말씀들로 가득해서 읽을 때마다 귀와 눈과 마음이 밝아지고 평화로워진다. 세상의 모든 고통은 마음에서 비롯된다.《진리의 말씀: 법구경》의 첫 구절은 아주 단순한 내용이지만 내가 늘 마음에 새겨 행동의 지침으로 삼고 있는 제일의 규율이다.

> 모든 일은 마음이 근본이다
> 마음에서 나와 마음으로 이루어진다.
> 나쁜 마음을 가지고 말하거나 행동하면
> 괴로움이 그를 따른다.
> 수레바퀴가 소의 발자국을 따르듯이

'수레바퀴가 소의 발자국을 따르듯이' 마음먹은 바가 그대로 자신의 흔적으로 남게 된다는 말에 더 이상의 설명은 필요 없을 것이다. 모든 인간관계의 시작은 바로 마음가짐에 있다. 인간관계는 인생관의 반영이다. 옳고 바른 인생관을 가진 사람이 좋은 인연을 맺을 수 있다. 나는 "삶에는 즐거움이 따라야 한다. 즐거움은 밖에서 누가 가져다주는 것이 아니라 긍정적인 인생관을 가지고 스스로 만들어가야 한다. 일상적인 사소한 일을 거치면서 고마움과 기쁨을 맛볼 줄 알아야 한다."라는 법정스님의 말씀을 수첩에 적어놓고 그 뜻을 늘 음미한다. 그렇다면 어떤 방법과 원칙으로 스스로의 즐거움을 만들어가야 할까? 그 의문에 답을 주는 것이 바로 《진리의 말씀: 법구경》이다. 원한으로 괴로워하는 사람들에게 "이 세상에서 원한은 원한에 의해 결코 사라지지 않는다. 원한을 버릴 때만 사라지나니 이것은 변치 않을 영원한 진리다."라는 단순하고 명쾌한 답을 주는 것이 법구경이 우리에게 전하는 지혜의 세계다.

법구경이 우리에게 전하는 말들은 너무도 당연해서 뭔가 큰 기대를 가졌던 사람들에게는 간혹 실망감을 주기도 한다. 그런 이유로 어떤 이들은 뭐 이런 정도의 이야기는 나도 할 수 있겠다면서 책을 덮어버리기도 한다. 그것은 지극히 교만한 행동이며, 법구경의 무궁한 세계를 이해하지 못한 우부(愚夫)의 자만(自慢)이다. 법구경은 사람들에게 물고기를 잡아서 먹여주는 실용적인 책이 아니라 낚시하는 법을 가르쳐 주는 지혜의 경전이다.

사랑스럽고 빛이 아름다우면서

은은한 향기를 내뿜는 꽃이 있듯이

실천이 따르는 사람의 말은

그 메아리가 크게 울린다.

아름답고 고운 자태를 가졌어도 향기가 없는 꽃이 있는가 하면, 그와 반대로 사랑스럽고 아름다우면서도 은은한 향기를 가진 꽃이 있다는 비유를 통해 실천의 중요성을 강조하는 위의 내용은 법구경 전반을 관통하는 핵심이 아닐까 한다. 실천이 없다면 아무도, 아니 자신 스스로도 감화시킬 수 없다. 법구경은 '명상'의 무미한 세계를 알려준다기보다 '실천'의 그윽한 세계를 강조하는 경전이라는 점을 유념하면서 독서를 하는 것이 현명한 태도다.

법구경이 우리에게 가르치고 있는 실천의 요체는 소유와 집착의 태도를 버리라는 것이다. 소유와 집착의 욕망을 버리라는 것은 감각적 쾌락을 멀리하라는 것이지 즐거움 그 자체를 단절하라는 절대명령은 아닐 것이다.

사람들이 없는 숲속은 즐겁다.
집착을 버린 이들은
세상 사람들이 즐거워하지 않는 곳에서
즐거워한다.
그들은 감각적인 쾌락을
추구하지 않기 때문에

부모의 잘못된 집착으로 자식의 미래가 망가지는 일들을 주변에서 흔히 볼 수 있다. 연인들의 사랑도 마찬가지다. 대상을 자신의 것으로 소유하려는 모든 욕망은 결국 불행의 씨앗이 되고 만다. 내 자식을 위해서, 내가 사랑하는 사람을 위해서라는 명분 아래 벌어지는 인간사의 일들이 바로 불행의 시작인 것이다.

> '내 자식이다' '내 재산이다' 하면서
> 어리석은 사람은 괴로워한다.
> 제 몸도 자기 것이 아닌데
> 어찌 자식과 재산이 제 것일까.
>
> 사랑하는 사람과 만나지 말라.
> 미운 사람도 만나지 말라.
> 사랑하는 사람은 못 만나 괴롭고,
> 미운 사람은 만나서 괴롭다.

나는 속세를 버리고 출가해 도를 닦는 불가의 수행자는 아니다. 그래서 내 자식과 내 재산을 모두 버리라거나, 사랑하는 사람을 만나지 말라는 말에는 모종의 어려움을 느낀다. 나는 현실에서 삶을 살아가는 생활인이다. 생활인으로서 법구경을 읽는다는 것은 보람 있고 의리 있게 살아가는 방편이 무엇인지를 깨닫기 위한 것이지 모호한 말에 취해 현실을 도피하려는 것은 아니다. "나그네 길에서 자기보다 뛰어나거나 비슷한 사람을 만나지 못했거든 차라리 혼자서 갈 것이지 어리석은 자와는 길벗이 되지 마라."라는 법구경의 잠언을 어떻게 하면 알차게 생활화할 것인가를 음미하면서 나는 법구경을 읽고 또 읽는다. 때로는 또 다른 불교 초기경전으로 영혼의 울림을 불어넣어 주는《숫타니파타》의 "홀로 행하고 게으르지 말라. 칭찬과 비난에 흔들리지 말라. 소리에 놀라지 않는 사자처럼, 그물에 걸리지 않는 바람처럼, 진흙에 더럽히지 않는 연꽃처럼, 무소의 뿔처럼 혼자서 가라."라는 구절과 대비하며 법구경을 음미했다.

아울러 내가 법구경을 받아들이는 토대는 "여기 두 길이 있으니 하나는 이익을 추구하는 길이요 하나는 대(大) 자유에 이르는 길이다. 부처의 제자인 수행자들은 이 이치를 깨달아 남의 존경을 기뻐하지 말라, 오직 외로운 길 가기에 전념하라."라는 말에서처럼 이익보다는 자유를 얻기 위함이고, 존경의 화려함보다는 나의 정의를 실현하며 외롭게 내 길을 가는 것에 있다. 그것은 모두 의롭고 선한 실천의 길을 가기 위한 조언들이다.

이익과 명예만을 쫓는 잘못된 집착을 과감히 내려놓았을 때 비로소 마음의 평화와 즐거움이 찾아온다. 그래서 나는 '집착을 버리면 사람들이 즐거워하지 않는 곳에서 즐거워한다.'라는 말을 법구경이 전하는 최대의 지혜로 받아들여 마음속 깊이 담아 둔다. 법구경은 현실을 도피하기 위한 수단을 제공하는 피안(彼岸)의 허망한 잠언들이 아니다. 내가 두 발을 딛고 있는 이 현실을 보다 향기롭게 만들어가기 위한 실천의 향기를 제공해주는 지혜의 경전이다.

정도(正道)를 가면서 최선을 다하는 법

— 《손자병법》, 손자, 이종학 편역

한국 근대불교의 대선사로 꼽히는 경허스님의 수제자인 혜월스님의 '활인검(活人劍)과 사인검(死人劍)'에 대한 일화는 아주 유명해서 지금도 많은 사람들이 즐겨 인용한다. 혜월스님은 평소 설법을 할 때마다 "나는 사람을 살리기도 하고, 죽이기도 하는 두 자루의 명검이 있다."라고 했으나 아무도 그것을 본 적이 없다고 했다. 그 신비한 검에 대한 소문은 세상에 두루 퍼져 당시 경상도 지역을 다스리던 일본 헌병대장의 귀에도 들어가게 되었다. 헌병대장은 혜월스님을 만나 그 검을 보여달라고 했다. 이에 혜월스님은 그를 돌계단 위로 올라오라 한 후 한 손으로 냅다 뺨을 후려쳤다고 한다. 얼떨결에 헌병대장은 계단에서 굴러 떨어졌다. 그러자 스님이 계단에서 내려와 손을 내밀어 그를 일으켜 세우며 "당신의 뺨을 친 손은 사인검이고, 지금 내민 손은 활인검일세."라고 하셨다고 한다. 이에 헌병대장은 큰 깨달음을 얻었다는 것이 혜월스님의 '활인검과 사인검'에 대한 이야기다.

중국 전국시대 제나라 사람인 손무(孫武)가 오나라의 합려왕에게 써서 바친 《손자병법》의 활용에 대해서도 혜월스님의 '활인검과 사인검'의 설법에 견주어 파악할 수 있다. 《손자병법》은 나폴레옹의 애독서였으며, 독일의 황제 빌헬름 2세가 1차 세계대전에서 패하고 난 후 "20년 전에 읽었어야 할 책"이라 했다고 한다. 또한 2차 세계대전에서 패한 일본의 한 장군은 "《손자병법》을 바르게 알았다면 이렇게 비참하게 패전을 당하진 않았을 것"이라고 했다. 그 외에도 세계의 수많은 군사전문가들이 6,600자 남짓으로 쓰인 손무의 병법을 최고의 전략, 전술서로 평가했다. 《손자병법》이 활인검이 될지, 사인검이 될지는 '누가, 어떻게'라는 주체와 수단의 정당성, 그리고 역사적 배경에 의해 결정될 문제이기에 보는 이의 관점에 따라 의견이 분분할 수밖에 없을 것이다. 특히 요즘과 같이 한 번의 전쟁으로 전 세계가 공멸의 위기에 처한 상황에서는 더더욱 신중을 기해 손무의 병법을 이해해야 할 것이다.

지금까지 국내에는 《손자병법》에 대한 수많은 번역서와 해설

서들이 출판되었다. 특히 병법의 원칙을 경영이나 기업운영에 무분별하게 적용해서 본래 의도를 왜곡하는 내용들이 많아 우려된다. 예를 들면, 《손자병법》의 '작전(作戰)' 편에 나오는 "적을 죽이려면 병사들의 적개심을 유발시켜야 한다. 적의 이익, 즉 적의 비밀문서, 지도, 무장 및 군량 등을 탈취하려면 상으로써 격려해야 한다."라는 내용을 경쟁 기업을 무너뜨리기 위한 수단으로 정당화하는 것을 들 수 있다. 산업스파이를 양성하거나, 상대 기업에 대한 악성루머를 퍼뜨리는 등의 행동이 그 대표적인 경우다.

그러한 우려 때문에 나는 이종학이 편역한 《손자병법》(1976년, 박영사)을 지금까지 애장, 애독하고 있다. 이종학은 공군사관학교 및 공군대학을 졸업하고, 공군대학과 국방대학원 교수를 거쳐 현재 공군사관학교 명예교수로 재직하고 있다. 그는 경영과 기업 관리에 초점을 두고 현대인의 구미에 맞게 《손자병법》을 해설하는 것은 사회의 불안을 초래할 수 있다고 지적했다. 병법의 가장 본질적이며 핵심적인 비법은 '속임수'인데 그것을 전후 맥락에 대한 이해도 없이 인간관계에 그대로 적용한다면 위험하다는 것이 이종학의 생각이다. 그래서 "병서(兵書)는 병학(兵學, Military Science)의 관점에서 해석"되어야 한다는 취지로 《손자병법》을 번역하면서 내용에 대한 이해를 돕기 위해 전쟁사와 외교사의 사례를 함께 수록한다고 밝히고 있어 여타의 번역서와는 다른 면모를 보이고 있다. 전쟁사와 외교사에 대한 아주 풍부한 사레들은 군사학에 대한 고도의 식견은 물론《손자병법》이 어떻게 역사에서 적용되었는지를 면밀히 파악할 수 있게 한다.

그런 사례의 대표적인 것이 마오쩌둥의 '16자 전법(戰法)'이다. "적이 전진해오면 우리는 후퇴하고(敵進我退), 적이 멈추면 우리는 교란하고(敵駐我擾), 적이 피로하면 우리는 공격하고(敵疲我打), 적이 후퇴하면 우리는 추격한다(敵退我追)."라는 마오쩌둥의 유격전 이론은《손자병법》의 내용을 바탕으로 한 것이며, 그가 중화인민공화국을 수립할 수 있었던 결정적인 동력이 되었다.

병법은 도덕과 윤리에 대한 것을 설파하는 것이 아니라 국가의 흥망을 좌우하는 전쟁터에서 어떻게 생존하고 승리하느냐에 대한 긴박한 사안을 다룬다. 그러한 목적 때문에 손무가 병법에서 제시한 '속임수'는 기만이 아니라 생존의 방편으로 역사적인 인정을 받아왔다. 그렇다면 전쟁의 상황이 아닌 때는 어떻게 그 내용을 이해하고 받아들여야 할까. 나는《손자병법》을 '정도(正道)를 가면서 수단을 가리지 않고 최선을 다하는 지도자의 원칙'을 설파하고 있다는 측면에 중점을 두고 읽는다. 그러나 원문의 내용을 곧이곧대로 적용하려는 편벽의 잘못은 범하지 않으려고 두세 번 고쳐 읽고 음미한다.

장수(지도자)는 조용하고 깊이 성찰하며 정치적인 감각으로 일을 처리해야 한다. 병사들의 눈과 귀를 어리석게 만들어 아는 것이 없게 하며, 계획을 수시로 바꾸어 남으로 하여금 알지 못하게 하고, 그 주둔지를 바꾸고, 가는 길을 우회하여 타인으로 하여금 감히 알지 못하게 한다.

위의 인용은 용병의 기술을 논한 '구지(九地)' 편에 나오는 내용이다. 인용한 구절로만 본다면 '눈과 귀를 어리석게 만들어'라든지 '계획을 수시로 바꿔'라는 표현이 눈에 거슬릴 수 있다. 그러나 병사들을 단결시키기 위한 '통솔방법'이라는 관점에서 본다면 그 표현의 뜻이 새롭게 이해된다. '어리석게 만들어'라는 표현은 말 그대로의 의미라기보다는 병사들의 일치단결을 이끌어내기 위해 지도자가 선택한 최선의 방책인 것이다. 그것은 조직의 목적을 이루기 위한 지도자의 '성찰과 정치적 감각'이라는 전제가 있어야만 받아들여질 수 있는 것이다. 지도자에 대한 신뢰가 강한 조직은 조직원 스스로가 용맹하게 움직인다. 그러한 맥락을 이해하게 되면 "용병의 요건은 말이 아니라 명령, 즉 실행이며 유리한 점만을 알리되 불리한 점은 말할 필요가 없다. 침공 시, 작전개시 시에는 처음에는 처녀처럼 유순하게 행동하다 일단 관문을 통과하면 달아나는 토끼처럼 신속하게 공격한다." 라는 내용의 속뜻을 절로 이해할 수 있을 것이다.

손무는 그와 같은 조직의 모습을 '솔연(率然)'이라는 뱀에 비유해서 설명한다. 솔연은 상산(常山)에 살고 있는 뱀인데, 머리를 치면 꼬리가 달려들고, 꼬리를 치면 머리가 달려들고, 허리를 치면 머리와 꼬리가 함께 달려든다. 조직이란 그런 일치단결의 움직임이 있어야만 목표를 이룰 수 있으며, 무릇 지도자란 솔연을 다루듯 조직을 운영해야 한다는 것을 손무는 강조한다. 솔연을 다루는 기술, 그것이 바로 리더십이다. 정도(正道)를 세워 조직원의 신뢰를 얻고, 그 믿음을 바탕으로 수단을 가리지 않고 최선의 방책을 입안하는 지도자가 우리나라에는 몇이나 있을까?《손자병법》을 읽다 보면 정도는 무시하고 수단만 강구하는 기만적인 지도자나, 정도만 강조하고 수단이 없는 무능력한 지도자들이 우리의 근현대의 역사를 이끌어오지 않았는가, 라는 생각이 불쑥불쑥 든다.

《손자병법》의 매력은 조직을 위태롭게 만드는 지도자의 처신을 아주 구체적으로 음미할 수 있다는 점에 있다. "군주의 명령도 받아들여서는 안 될 명령이 있다. 통치자가 군의 내부사정을 잘 알지도 못하면서 군령에 간섭하여 군 내부에 혼란을 일으키게 만들면 군을 위태롭게 한다."라는 내용은 정권을 잡았다고 하여 국민의 뜻은 무시한 채 소위 '낙하산 인사'라는 행태가 자행되고 있는 우리나라의 현실을 떠올리게 한다. 해당 부처나 조직과는 아무런 지식이나 연관이 없는 사람이 조직 내부의 일에 대해 감 놔라 대추 놔라 하며 조직의 혼란을 주는 일이 비일비재하지 않은가? 법조계의 고질적 관행인 '전관예우'도 마찬가지다.

그런 관행은 법조계의 혼란을 가중시켜 국민들로부터 법치주의와 법조인에 대한 신뢰를 잃게 만드는 주요 원인이다.

나는 손무가 말한 '깊은 성찰과 정치적 감각'이라는 말을 늘 가슴에 새기며 《손자병법》의 세계를 통찰하려 노력한다. 특히 '장수를 위험에 빠뜨리는 다섯 가지 요인'이라는 내용은 잠언처럼 여겨 인간관계의 초석으로 삼고 있다.

> ① 성미가 급한 자는 기만을 당하기(후회하기) 마련이다.
> ② 지나치게 결벽한 자는 모함을 당하기 마련이다.
> ③ 병사들을 너무 사랑하면 그 때문에 번민하기 마련이다.
> ④ 필사적으로 싸우는 자는 죽기 마련이다.
> ⑤ 기어코 살겠다는 자는 포로가 되기 마련이다.

장수가 위험에 빠지면 그를 따르는 군대는 패하기 마련이다. 병법만이 아니라 일상의 인간관계도 마찬가지다. 모든 인간관계의 중심은 '자신'이다. 자신이 주체가 되지 않는 관계는 위태롭다. 전쟁과 경쟁은 승리를 목적으로 한다. 많은 사람들이 '적을 알고 나를 알면 백번 싸워도 위태롭지 않다.'라는 것을 《손자병법》의 핵심 메시지로 이해하고 있다. 나도 그렇게 이해한다. 그러나 '정도'를 바탕으로 해야 한다는 것을 누누이 강조하고 싶다. 《손자병법》에서 제시하고 있는 '승리를 판단할 수 있는 다섯 가지 조건'도 자신에 대한 성찰을 바탕으로 운용되었을 때만 진가를 발휘할 수 있다.

① 싸울 수 있는 경우와 싸워서는 안 될 경우를 아는 자는 승리한다.
② 많은 병력과 적은 병력의 용병법을 아는 자는 승리한다.
③ 상하의 마음이 같으면 승리한다.
④ 완전한 준비를 갖추어 경계를 태만히 하고 있는 적과 교전하면 승리한다.
⑤ 장수가 유능하고 통치자가 간섭하지 않으면 승리한다.

읽는 사람의 자질에 따라 《손자병법》은 활인검이 될 수도 있고, 사인검이 될 수도 있다. 내가 정훈장교로 임관되어 전방에 근무하면서 정신전력을 강의할 때 《손자병법》을 언급하곤 했는데 이때 가장 강조한 것은 '군인의 자세'였다. 모든 전술은 전략의 정당성에 의해 평가를 받는다. 장수로서, 장교로서, 지도자로서의 올바른 자세가 갖추어지지 않으면 《손자병법》은 사인검이 될 것이다. 그래서 나는 지금도 조심스럽게 《손자병법》을 읽는다. 싸우지 않고 이길 수 있는 길은 수단에 있는 것이 아니라 '정도'에 있음을 다시금 강조하고자 한다.

06

선비의 직언과 지식인의 소명

- 《지조론》, 조지훈

박목월, 박두진과 함께 청록파 시인의 한 명으로 알려진 조지훈은 시뿐만 아니라 선비적 정신을 강조한 산문으로 유명하다. 조지훈 전집 제5권 《지조론》은 '젊은이와 현실', '선비의 도(道)', '혁명에 부치는 글', '민족의 길', '문화전선에서'의 5부로 구성되었으며 총 59편의 산문이 실려 있다. '지조론'이라는 전집의 표제는 '변절자를 위하여'라는 부제를 단 〈지조론〉의 제목을 그대로 사용하였는데, 이는 조지훈의 산문 중에서 가장 많이 알려진 것이 〈지조론〉이기 때문일 것이다. "지조(志操)란 것은 순일(純一)한 정신을 지키기 위한 불타는 신념이요, 눈물겨운 정성이며,

냉철한 확집(確執)이요, 고귀한 투쟁이기까지하다."라는 〈지조론〉의 첫 문장은 너무도 유명해서 많은 사람이 애송하고 있다. 나는 조지훈의 〈지조론〉을 거의 외우다시피 할 정도로 읽고 또 읽었다. 그의 산문은 문장의 기운과 정신의 고결함이 우뚝해서 매번 읽을 때마다 지식인으로서의 결연한 의지를 다지게 한다.

〈지조론〉은 어느 대목을 읽어봐도 지금 우리가 처한 현실을 되돌아보게 만든다. 그만큼 우리사회가 '지조와 절개'의 가치로부터 멀어진 '변절과 변명'의 시대가 되었다는 것을 반증하는 것이리라. 시대의 방부제 역할을 해야 할 지식인들은 자신의 안일만을 위해 동분서주하고, 기개와 의리로 불의에 맞서야 할 청년들은 아프니까 청춘이라며 자신만의 상처에 갇혀 자신에게 주어진 소중한 시간을 허비하고 있다. 그러한 현실에 대해 조지훈은 다음과 같이 일갈한다.

구복(口腹)과 명리를 위한 변절은 말없이 사라지는 것이 좋다. 자기변명은 도리어 자기를 깎는 것이기 때문이다. 처녀가 아기를 낳아도 핑계는 있다는 법이다. 그러나 나는 왜 아기를 배게 됐느냐 하는 그 이야기 자체가 창피하지 않은가. 양가(良家)의 부녀가 놀아나고 학자 문인까지도 지조를 헌신짝같이 아는 사람이 생기게 되었으니 변절하는 정치가들도 우리쯤이야 괜찮다고 자위할지 모른다. 그러나 역시 지조는 어느 때나 선비의,

교양인의, 지도자의 생명이다. 이러한 사람들이 지조를 잃고 변절한다는 것은 스스로 그 자임(自任)하는 바를 포기하는 것이다.
 -〈지조론 - 변절자를 위하여〉

'구복과 명리를 위한 변절'이라는 표현은 지금 우리사회가 안고 있는 제반의 문제를 압축해서 표현하고 있다. 아부와 변절과 변명의 소리만 있고 정신의 고결함을 일깨우는 직언(直言)의 쓴 소리는 찾아보기 힘든 지금, 조지훈의《지조론》은 우리에게 필요한 귀중한 정신의 가치가 무엇인지를 명백히 알려준다. 그러한 정신의 요체는 바로 '선비정신'이다. 선비의 추상 같은 절개와 의리의 정신은 과거의 것이 아니라 현재는 물론 미래에도 변치 않고 간직해야 할 소중한 정신의 유산이자 지성의 근원이다. 지성인은 시대의 황혼을 예감하고 새로운 새벽의 도래를 위해 자신의 목소리를 곧추 세워야 한다.

우리는 낡은 것 앞에 서 있다. 시대와 사회의 황혼에 서 있다는 말이다. 새로운 것은 생탄(生誕)하지 않았으나 완전히 새로운 것은 이미 없다. 낡은 것은 사멸하였으나 그 낡은 것을 두고 다시 새로운 것이 없음도 안다. 한 역사적 사회가 세계사적 임무를 다하였을 때 지혜의 여신은 그 황혼을 타서 새로운 활약을 한다고 한 것은 헤겔의 유명한 말이다. 미네르바의 올빼미는 항상

황혼에 날아오르는 것이다. 오늘의 사회가 과연 헤겔의 말대로 모든 소가 꺼멓게 보이는 황혼인지도 모르나 지성이 그 자신의 근원에 돌아갈 비상(飛翔)을 기도해야 할 시기에 도달한 것임에는 틀림이 없다고 할 것이다. -〈지성과 문화 - 전환기의 지성을 위하여〉

황혼의 시간은 격동의 시간이다. 낡은 가치에 맞서 정의를 수호해야 할 시간에 자신의 안일만을 위해 아부하거나 침묵하는 지성인들에 게 조지훈은 "직언(直言)하는 선비는 함부로 죽이지 못한다. 역사의 준엄한 감시가 있기 때문이다. 바른 말 한마디로 목숨을 잃는 세상이라면 그런 세상에 살아서 뭣할 것인가. 그렇게 생각해야 한다."라고 일침을 가한다.

2004년 노무현 대통령이 정권의 명운을 걸고 수도 이전을 강행하려 할 때 대다수의 사람들이 침묵으로 일관했다. 그때 나는 "헌법이 정한 국민적 합의절차를 무시하고 정략적으로 추진하는 수도 이전에 반대"한다는 기자회견과 함께 수도이전법에 대한 헌법소원을 제기하여 그해 10월 21일 마침내 위헌결정을 받아냈다. 수도 이전이 무산되자 노무현 정부는 다시 '행정중심복합도시법'을 제정하여 수도를 분할하려 했다. 나는 주변의 만류와 살해 협박 등에 아랑곳하지 않고 또다시 수도 분할에 대한 헌법소원을 제기했다. 결과는 헌법적 논거의 일관성을 지키지 못한 헌법재판소의 각하결정으로 귀결됐다. 어떻든 수도 이전은 막았지만 수도 분할에 따른 국정운영의 비효율과 국민적 불편과 부담의 가중은 두고두고 논란이 되리라고 본다.

내가 두 차례에 걸쳐 헌법소원을 낸 것은 명예심이나 정치적 의도에 의한 것이 결코 아니라 헌법의 정신과 국가정체성을 지키기 위한 신념과 소신에 근거한 것이다. 그러한 소신을 행동으로 옮길 수 있었던 힘(용기)은 바로 조지훈의 《지조론》에 실린 글들을 읽으면서 얻어진 것이라 해도 과언이 아닐 것이다.

《지조론》에는 우리 사회의 미래를 위한 참된 방향이 무엇인지를 알려주는 글들이 많다. 그래서 지성인은 물론 사회 지도자들이 꼭 읽어야 한다고 생각한다. 더 나아가 앞으로 우리 사회를 이끌어가야 할 청년들이라면 반드시 일독을 해야 할 필요가 있다고 힘주어 말하고 싶다. 조지훈은 젊은이들에게 어떤 길이 바른 길인지, 세대교체론의 시비는 무엇인지, 대학은 어떤 곳인지, 청춘의 특권과 남용은 무엇인지 등을 밝히면서 자존(自尊)의 힘을 기를 것을 당부했다. 조지훈이 1960년에 대학생들에게 고한 다음의 내용은 지금 읽어도 그 의미가 전혀 손색이 없다.

연민(憐憫)과 동정(同情)은 어떠한 경우를 막론하고 그것은 모욕(侮辱)임에 틀림없다. 대학생이 사회에서 받는 처우가 존중과 신망이 아니고 연민과 불신으로 바뀌어지려는 오늘, 우리가 반성해야 할 일은 과연 우리의 행동이 대학생으로서의 체면을 유지하고 있는가 아닌가 하는 점에 놓여야 할 것이다. 사람이 저 스스로를 업신여긴 다음에 남이 업신여긴다는 말이 있거니와 이는 스스로를 믿는 자존(自尊)의 긍지(矜持)를 두고는 남의 모욕에서 벗어나는 길이 다시없다는 것을 가르쳐 주고 있다. -〈오늘의 대학생은 무엇을 자임(自任)하는가 - 그 긍지와 체면에 대한 반성〉

연민과 동정에서 벗어나 자존과 긍지를 회복해야한다는 메시지는 스스로를 '88만원 세대'라 칭하며 '누가 나의 상처를 치유해줄 것인가?'라는 나약하고 수동적인 의지로 어줍지 않은 사이비 멘토들을 찾아다니며 자신의 미래를 의탁하는 작금의 청춘들에게 진정한 자기계발의 힘이 무엇인지를 시원하게 밝혀주고 있다. 자기 모욕에서 벗어나지 못하는 젊은이들이 이 나라의 미래를 책임질 수 있을까? 내가 젊은 시절부터 지금까지 조지훈의 글을 사랑하고 애독하는 이유는 바로 나의 모욕을 인식하고 그것에서 벗어날 수 있는 힘을 기르기 위해서였다.

고려 후기의 유학자 단암(丹巖) 우탁(禹倬)은 충선왕이 선왕의 후비인 숙창원비와 사통을 한 것을 묵과할 수 없어 도끼를 들고 궁궐에 난입해서 임금의 잘못을 바로 잡지 못한 신하의 도리를 탓하며 죽음을 불사한 상소를 올렸다. 우탁의 지부상소(持斧上

疏) 정신은 조선의 선비들에게도 면면히 이어졌다. 구한말의 선비 최익현은 고종의 개화정책에 반대하여 나의 뜻이 받아들여지지 않는다면 도끼로 내 머리를 내리치라는 결기의 행동을 보여 후대 사람들에게 귀감이 되었다. 선비는 행동하는 지성인이었으며, 직언의 도리를 자신들의 사명으로 여긴 인물들이었다.

형식과 체면을 중시한 선비들이 조선을 망하게 했다는 몇몇의 생각은 선비의 본질을 보지 못한 피상적인 견해다. 물론 옳지 못한 행동을 한 선비들도 있지만 그들이 선비의 모든 것을 대변할 수는 없다. 왕통으로 국가권력이 이어졌던 조선시대와는 달리 지금은 능력 있는 개인이 나라의 살림을 관장하는 민주주의 사회다. 지도자가 되려는 사람은 선비적(지사적)인 기상과 절개가 있어야 한다. 조지훈은 나라를 맡아야 할 인물에 대해 다음과 같이 말하고 있다.

우리가 대망하는 나라를 맡기고 싶어 하는 인물은 경천위지(經天緯地)하는 옛 재상(宰相)의 기(器)나 호풍환우(呼風喚雨)하는 명장도 아니다. 다만 언행이 일치하여 솔선궁행하는 사람, 청렴강직하되 무능하지 않아 말단의 부패까지 불식(拂拭) 통솔하는 능력이 있는 사람, 앞날의 정치적 생명을 개의하지 않고 목숨까지 걸어 법치에 기대어 국정의 대의에 임하는 사람! 우리는 오직 이런 지사적인 인간만이 이 시대의 지도자가 될 수 있다고 본

다. -〈인물대망론〉

　어느 한마디라도 고치거나 토를 달 내용 없이 적절하고, 뼈가 아플 정도로 통렬하여 읽을 때마다 새롭다. 이는 지금 이 시대 지도자가 되겠다는 사람들에게도 그대로 적용된다. 대중들의 이익에 영합해서 달콤한 이야기만 쏟아내는 정치모리배들이 득실거리는 작금의 풍토에 비춰본다면 왜 조지훈과 같은 문필가가 필요한지를 다시금 생각해보게 만드는 명문이다.

　우리는 흔히 지도자의 덕목으로 외유내강(外柔內剛)을 꼽고 있다. 겉은 부드럽고 속은 강해야 한다는 것은 사적인 인간관계에서는 필요하나 지도자의 덕목으로는 적절치 않다는 것이 나의 생각이다. 지도자는 외강내유(外剛內柔)의 정신이 요구된다. 밖으로는 원칙과 소신에 입각한 결단력과 추진력을 갖추고 안으로는 순하고 부드러운 인간미를 가진 사람이 난국을 타개하고 개혁을 추진하기에 적합하다. 그러한 덕목은 지도자만이 아니라 꿈과 열정을 지닌 젊은이들에게도 필요하다. 조지훈의《지조론》에 실린 산문들은 외강내유의 힘이 무엇인지를 잘 보여주고 있다. 바른 길을 걸어가려는 모든 사람들이라면 반드시 조지훈의《지조론》이라는 관문을 거쳐 가야 할 것이다.

* 나는 동서문화사에서 펴낸 조지훈의 《지조론》(1979년판)을 계속 읽어왔으며, 그 후 도서출판 나남에서 출간한 조지훈 전집 제5권 《지조론》도 같이 보고 있다.

07

영혼을 치료하는 잠언의 보고(寶庫)

- 《예언자》, 칼릴 지브란

프랑스의 철학자 데카르트는 좋은 책을 읽는다는 것은 과거의 가장 뛰어났던 사람과 대화를 하는 것과 같다고 했다. 현명한 사람은 배우기를 멈추지 않는 사람이며 또한 배움의 지름길을 책 속에서 구하는 사람이다. 그렇기에 독서란 저자와의 대화를 통해 현재의 자신을 성찰하고 미래의 자신을 만들어가는 성장의 과정이라 할 수 있다. 고전이라고 하는 대개의 책들은 바로 그러한 성장의 자양분을 담고 있기 마련이다. 그래서 고전은 한 번의 독서로 마감할 수 있는 성질의 것이 아니라 두고두고 읽으면서 지혜의 향기를 음미해야 할 인생의 동반자인 것이다.

그렇지만 사는 게 바쁘다는 핑계로 책장 한구석에 꽂아두고 그저 눈으로 바라보기만 하는 일이 많은 게 우리의 모습인 것 같다. 사실 독서는 바쁠수록, 생업에 몰두할수록 더 요구되어지는데도 말이다. 젊었을 때 열정적으로 읽었던 책들이 책장에서 주인의 손길을 기다리는 것을 보면 뭔지 모를 아련한 향수가 느껴지면서 과거의 나를 돌아보게 된다.

요즘에 지인들을 만나 이런저런 담소를 나누다보면 자연스럽게 책에 대한 이야기를 하는 경우가 많은데 우연인지 필연인지 칼릴 지브란의《예언자》에 대한 말들을 자주 한다. 내용도 내용이지만 그 책과 관련된 여러 추억들이 떠올라 나도 모르게 미소를 짓게 된다.

내가 소장하고 있는《예언자》는 1964년 삼중당에서 나온 것인데, 함석헌 선생이 번역을 해서 국내에 처음 소개한 초판이다. 번역과 함께 원문도 수록을 하고 있어서 영어공부에도 도움이 많이 되었던 걸로 기억한다. 정가도 200원이다. 내가 돈을 주고 직접 산 것이 아니라 교직에 몸담고 계시던 친지분이 도서관에서 빌려온 것을 나에게 읽어보라고 주셨는데 어찌된 영문인지 돌려달라는 말씀을 하지 않아 지금까지 내가 소장하게 되었다. 그래서 그 책을 보면 젊은 시절의 내 모습과 그 시절의 생활 풍경이 고스란히 떠오르면서 애틋한 향수에 젖곤 한다. 지인들이 자주 칼릴 지브란을 이야기하는 이유도 아마 청춘에 대한 향수와 회고 때문이 아닐까 생각해본다.

칼릴 지브란은 레바논 출신으로 셰익스피어, 노자와 함께 세계 3대 베스트셀러 작가로 꼽히는 인물이다.《예언자》는 그가 열다섯 살 때부터 썼다고 하니 나로서는 그저 놀랍기만 하다. 몇 번을 고쳐 써 스물다섯 살 때 어머니에게 보였더니 "좋다, 그러나 아직 때가 멀었다."라고 했다던가. 아직은 '푸른 과일'이어서 그 빛과 향기와 맛이 무르익지 못했다는 이야기였다. 지브란은 이 책을 서른다섯에 미국에서 영문으로 발간하기 전까지 무려 다섯 번을 고쳐 썼다고 한다.

《예언자》는 영어로 쓰인 책 중에서 성경 다음으로 가장 많이 팔렸고, 지금도 아마존에서 꾸준하게 팔리고 있는 스테디셀러다.《예언자》가 아직도 많은 사람들에게 사랑을 받고 있는 이유는 이십여 년 동안 숙고에 숙고를 거듭하여 쓴, 함석헌 선생의 표현을 빌리자면 "글을 다듬은 것이 아니라, 제 혼을 다듬은 것"이기 때문이다. 사람들이 칼릴 지브란을 '영혼의 위로자이자 의사'라 칭하는 것은 바로 이 때문이다.

《예언자》는 알머스타파(Almustafa)라는 예언자가 오르파리스(Orphalese) 사람들에게 전하는 진리의 말 28편이 문답의 형식으로 실려 있다.《예언자》의 매력은 사랑, 결혼, 우정, 죄와 벌, 고통, 종교 등 인간의 삶에서 가장 중요하게 여겨지는 기본 덕목들에 대한 깊은 통찰로 현대인들의 메마른 영혼을 보듬어준다는 점에 있다. 다른 사람들 혹은 가족들로부터 상처를 받아 마음이 상할 때 이 책을 펴서 읽게 되면 아픔이 저절로 치유된다. 나에게 부족한 것은 무엇이며, 잘못 생각하고 있는 것은 무엇인지를 겸허히 돌아보게 만드는 주옥같은 잠언들이 진통제처럼 마음의 통증을 금방 아물게 한다. 무엇보다도 삶의 가치관을 정립해야 할 시기에 있는 청소년들이라면 꼭 읽어야 할 책이라는 것을 강조하고 싶다. 청소년기에 접어든 자식에게 부모가 반드시 사줘야 할 책을 꼽으라면 나는 주저 없이《예언자》를 추천할 것이다.

내가《예언자》를 처음 접했을 때가 중학교 졸업 후였다. 그때 밑줄을 처가면서 읽었던 대목들이 당시 나에게 많은 영향을 끼쳤다. '사랑'에 대해 남녀 간의 연애 정도로 알고 있었던 나에게 "사랑은 저 자신밖에 아무 것도 주는 것이 없고, 저 자신에서밖에 아무 것도 뺏는 것이 없다. 사랑은 소유하지도 않고 누구의 소유가 되지도 않는다. 그것은 사랑은 사랑으로 족하기 때문이다."라는 문장은 신선한 충격으로 다가왔었다. 그 문장의 뜻을 온전히 이해할 수는 없었지만 '소유하지도 않고 누구의 소유도 되지 않는다.'라는 의미만은 분명하게 이해할 수 있었다.

《예언자》를 읽기 전에는 사랑하는 사람끼리 왜 서로에게 상처를 주며 싸우는지를 이해할 수 없었다. 사랑을 소유하려고 할 때 다툼이 생기고, 다툼은 미움의 감정으로 치닫게 되어 결국은 헤어지는 일이 벌어진다. 그래서 칼릴 지브란은 "사랑은 너희에

게 면류관을 씌우기도 하지만, 또 너희를 못 박기도 한다."라고
했다. '사랑에 대하여'는 지금 읽어도 그 의미가 새롭다. 젊었을
때는 젊었을 때의 생각만큼, 나이가 들어서는 나이가 든 만큼의
몫으로 이해가 되는 것이 《예언자》의 세계다.

인간은 불완전한 존재다. 그 불완전함으로 인해 서로가 서로
에게 상처를 주는 일이 많다. 자신이 부족하고 불완전한 존재라
는 것을 알지 못하기 때문에 다툼이 생긴다. 나는 옳고 너는 틀
리다, 라는 단정의 밑바닥에는 자신은 완전하다는 자만(自慢)이
자리 잡고 있다.

전쟁과 폭력과 같은 인류 역사의 비극은 바로 그 자만에서 시
작된 것이다. 잘못된 일을 모두 남의 탓으로 돌리는 것도 마찬가
지다. 자신의 입장만 내세우고, 자신의 이익과 안전만을 고수하
려는 삶의 태도로 인해 타인과의 소통이 원활해지지 못해 갈등
이 유발되고 급기야는 폭력으로 치닫는 것이 작금의 세태다. 칼
릴 지브란은 옳고 그름이나 선과 악은 대립되는 두 개의 가치가
아니라 모두 하나의 뿌리에서 나온 것임을 늘 강조한다.

> 죽임을 당한 자도 제 죽음에 대하여 책임이 없지 않고, 도둑맞
> 은 자도 제 도둑맞음에 대하여 비난받을 점이 없지 않은 것이
> 다. 의로운 자가 악한 자의 행동에 대하여 죄가 없지 않고, 정직
> 한 자가 흉악한 죄인의 일에 관계없지 않다. …… 너희 중 누가

정의의 이름 아래 벌을 내려, 악한 나무에 도끼를 대려 하거든 그 뿌리를 보라. 그러면 그는 분명 선한 것과 악한 것, 열매 맺는 것과 맺지 않은 것의 뿌리가 말 없는 땅의 가슴속에 한데 얽혀 있음을 볼 것이다. -〈죄와 벌에 대하여〉 중에서

인간은 선악의 경계에 서 있는 존재다. 그 점에 대해 칼릴 지브란은 '꼬마 몸의 밤과 영검스러운 몸의 낮 두 사이의 어스름 속에 서 있어야 하는 것'이라는 표현을 통해 설명한다. 사이에 있다는 것은 양극단의 가치를 하나로 받아들이는 것을 의미한다. 선에서 악을 보고, 악에서 선을 볼 수 있게 된다면 인간관계의 대립이나 갈등은 많은 부분 해소가 될 수 있을 것이다. 시비를 가려야 할 사건들은 나의 책임과 너의 책임이 함께 맞물려 일어난다는 것을 알게 된다면 모든 사람이 서로 꼿꼿하게 설 수 있다는 것이 칼릴 지브란이《예언자》를 통해 우리에게 전하고자 하는 지혜의 큰 기둥이다.

인간이란 결코 부정한 자와 정의로운 자로, 사악한 자와 선한 자로 가를 수 없다는 것이 지브란의 철학이자 사상의 굳은 바탕이다. 시비의 수단을 세우기보다는 명상을 하고, 깊이 생각한 바를 통해 스스로 온전한 영혼을 만들어가는 것이 바른 삶이라는 지브란의 견해는 다소 종교적인 측면이 강한 것은 사실이다. 그래서 그는 예언자 알머스타파의 입을 통해 법을 만드는 인간의

어리석음을 다음과 같이 지적한다.

> 너희는 법을 세우기 좋아하더라. 마치 바닷가에서 노는 아이들
> 이 모래탑을 끈기 있게 쌓았다가는 또 웃으면서 헐어버리는 것
> 과도 같더라. 그러나 너희가 너희 모래탑을 쌓는 동안 바다는
> 더 많은 모래를 해변 쪽으로 가져오고, 너희가 그것을 허물 때
> 면 바다도 또한 너희와 한가지로 웃더라. 진실로 바다는 언제나
> 단순한 것들과 함께 웃는 것이다. -〈법에 대하여〉 중에서

'모래탑'이라는 비유를 통해 법을 만들고 고치는 일의 무상함
을 지적한 칼릴 지브란의 견해는 법조인인 나로서도 많은 부분
수긍이 간다. 법을 만드는 인간에 대해 '햇빛 속에 서 있건만 다
만 해를 등지고 선 것'이라고 하면서, 법이란 햇빛을 등진 인간
의 그림자에 불과하다는 지브란의 생각에 전적으로 동의할 수
는 없지만 왜 그런 말을 했는지는 충분히 이해가 간다. 햇빛 속
에 서 있지만 해를 보지 못하는 인간, 그것이 지브란이《예언자》
에서 말하고자 하는 인간의 모습이다. 그래서 그는 인간이 보지
못하고 있는 해의 세계에 대해 알려주고자《예언자》를 쓴 것이
아닌가, 라는 생각을 해본다.

실용이라는 측면만 강조되고 정신적인 것의 가치가 퇴락하는
이 시대에 우리가《예언자》를 읽어야 할 이유는 바로 등 뒤에서

빛나고 있는 '해의 세계' 때문이다. 우리 스스로가 방기한 '영혼'의 세계를 되찾는 일이 바로 《예언자》를 탐독하는 일일 것이다. "잠깐만 있으면, 바람이 위에 잠깐만 쉬면, 또 다른 여인이 나를 낳을 것이다."라는 《예언자》의 마지막 구절이 이마를 스친다. 또 다른 여인이 새로운 나를 낳는 시간이란 넓게 이해한다면 독서의 시간이며, 좁게 고집한다면 《예언자》를 읽는 시간이 아닐까?

---

*   내가 소장하고 있는 함석헌 번역의 《예언자》는 절판되었다. 시인 강은교가 번역한 《예언자》나 최근에 김세인이 번역한 《예언자》를 보시기 바란다.

08

고정관념을 깨뜨리는 '가만둠'의 통치술

- 《노자도덕경》, 노자

執大象 天下往 - 집대상 천하왕, 큰 모습(대도)을 잡으면 천하가
움직인다

無爲而 無不爲 - 무위이 무불위, 함이 없으면서도 하지 않는 것
이 없다

젊은 시절 《노자》의 위 두 구절을 읽으면서 나는 충격을 받았
다. 그리고 《노자》 속으로 빠져들었다. 위 첫 구절은 나로 하여
금 세상을 살아가는 용기와 여유로움을 주었으며, 후자는 고정
관념을 깨뜨리는 무위자연의 삶의 자세를 일깨워줬다.

대저 진리란 낯선 곳에 존재한다. 모든 사람들이 관심을 두는 상식의 영역에서 벗어나 다른 곳에 시선을 주는 그 특별한 순간에 새로움이 생겨난다. 여기 하나의 그릇이 있다고 치자. 대부분의 사람들은 그릇의 재질과 모양에 신경을 쓰면서 그 유용성만을 따지는데 누군가는 그릇의 외양은 상관치 않고 빈 곳을 응시하면서 그 빈 공간이 그릇의 쓸모를 결정 짓는다고 생각한다. 역설처럼 혹은 궤변처럼 여겨지는 그 태도가 사물의 본질을 꿰뚫는 혜안이라는 것을 부정하기는 힘들 것이다. 아무리 화려한 재질로 만든 그릇이라도 빈 공간이 없다면 그릇으로서의 쓸모가 없다는 것은 당연하다. 서른 개의 바큇살이 한 군데로 모여 바퀴통을 만드는데 그 가운데 아무것도 없음(빈 공간)이 수레의 쓸모를 만들고, 문과 창을 뚫어 방을 만드는데 그 가운데 아무 것도 없음 때문에 방의 쓸모가 생긴다고 역설한 사상가가 바로 노자(老子)다.

노자는 춘추시대 말기 주나라의 수장실사(守藏室史)였는데 지금으로 치자면 도서관 고서를 관리하는 사서쯤 될 것이다. 노자는 주나라의 쇠퇴를 목도하면서 은둔을 결심하며 길을 떠나는데 함곡관의 관문지기가 책을 써달라고 간청을 하자 '도경'과 '덕경'의 두 권을 써주게 되는데 그것이 우리가 알고 있는《도덕경》혹은《노자》라 알려진 책이다.

《노자》는 5천여 자의 글로 이루어진 책이지만 그 뜻의 심오

함은 비길 데가 없어 많은 사람들이 주석을 달아 각기 저마다의 해석을 내놓았다. 문헌에 의하면 《노자》의 주석서는 1,500여 개에 이르며 그중 현존하는 것이 350개가 넘을 정도라고 하니 그 영향이 실로 대단하다 하지 않을 수 없다. 동양의 책 중에서 영어로 가장 많이 번역된 것이 《노자》이며, 서양의 철학자들에게 엄청난 영향을 끼친 인물이 바로 노자다. 그런데 여기서 문제가 되는 것은 수많은 주석들이 존재하다 보니 노자의 사상이 본래의 뜻과는 달리 왜곡되어 설명되는 일이 벌어진다는 것이다. 《노자》 원전을 바르게 번역하는 일은 전문가들의 영역이어서 내가 무어라 말할 처지는 아니라고 하겠다.

　노자의 사상을 도가적 신비주의로만 몰고 가는 것은 문제가 있다. 재야 한학자 기세춘은 《노자》는 '민중의 저항과 해방의 문서'였으며 한(漢) 말에 일어난 농민항쟁인 '황건의 난의 교본'이었음을 주장하면서 위나라의 유학자 왕필에 의해 노자사상의 혁명성이 유가적인 경학의 틀로 순화되어 왜곡되었다는 것을 《노자 강의》 서문에서 상세히 밝히고 있다. 기세춘의 주장을 일일이 다 소개할 수는 없지만 그의 글과 내가 평소에 생각했던 것을 바탕으로 볼 때 《노자》에 담긴 사상은 지배담론에 대한 비판담론이자, 저항담론 내지 대안담론이며, 상식과 고정관념을 근본적으로 반성하게 하는 고도의 철학적 주제를 다루고 있다는 것이 나의 소견이다. 노자 사상에 대해 과문한 나로서는 그 모든 것을 포괄하면서《노자》를 읽었다기보다는 통치술의 으뜸을 보여준다는 점에 관심을 두고 독서를 해왔으며, 여기에서도 그 면에 초점을 두고 내 생각을 말해보고자 한다.

《노자》8장에 나오는 '상선약수(上善若水)'는 아마도 사람들이 가장 널리 인용하는 구절이 아닌가 한다. 가장 최고의 선은 흐르는 물과 같다는 것이 그 뜻일진대 사람들은 그것을 개인수양의 차원이나 처세의 근본으로만 이해하는 것 같다. 그런 해석이 틀린 것은 아니지만 개인의 삶이라는 영역에만 국한해서 적용하려다 보면 의미의 폭이 협소해질 수 있다는 점을 경계해야 할 것이다. 물처럼 자연스럽게 겨루는 일도 없고 나무람 받을 일도 없이 살라는 뜻으로만 이해한다면《노자》에 담긴 비판담론의 성격은 희석될 수밖에 없을 것이다. 앞서 언급했던 기세춘의 지적은 바로 그런 점을 염두에 두고 한 것이다. 1장의 '도가도비상도(道可道非常道)'라든지 6장의 '곡신불사(谷神不死)'라는 유명한 구절들도 같은 맥락에서 그 의미가 협소해진 경우라고 본다.

물처럼 자연스럽게 흐른다는 것은 개인의 삶은 물론 지도자들의 통치기술에도 적용되는 덕목이다. '무위자연(無爲自然)'으로 압축되는 노자의 사상은 개인의 수양을 넘어 현실의 대안담론으로 적용될 때 그 진가를 발휘한다고 나는 생각한다.《노자》 17장에는 네 종류의 지도자를 설명하면서 가장 훌륭한 지도자란 어떤 지도자인가를 설명하고 있다.

가장 훌륭한 임금은 백성이 그저 왕이 있는 것만 안다. 다음으로 훌륭한 임금은 백성이 모시면서 사랑스러워 한다. 그 다음은 백성이 두려워한다. 가장 못난 임금은 백성이 업신여기면서 욕을 하는 임금이다. -17장

존재 정도만 알려진 지도자란 '말을 삼가고 아끼며, 할 일을 다 하여 모든 일을 잘 이루어내는 사람'이라고 노자는 말한다. 그랬을 때 사람들은 '이 모두가 우리에게 저절로 된 것이라'고 말하게 된다고 했다. 모두에게 '저절로' 된 것이란 아무 것도 하지 않는 것이 아니라 최선의 방책을 통해 얻어진 최고의 결과를 의미한다. 말보다는 실천으로 다스리는 것이 바로 '무위자연'의 다스림이며, '가만둠'의 통치술이다. 사마천이 노자의 사상을 신비사상으로 보지 않고 법가사상과 한 묶음으로 취급한 이유가 바로 여기에 있다.

그런 관점에서 본다면 18장의 "대도(大道)가 버려져 인의(仁義)가 생겼고, 지혜가 나타나 대위(大僞, 큰 속임수)가 생겼으며, 육친(肉親)이 서로 어울리지 못해 효자가 생겼고, 국가가 혼란하니 충신이 생겼다."라는 구절은 좋지 못한 지도자들에 의해 나라가 다스려질 때 어떤 혼란이 오는지를 알려주는 의미로 해석될 수 있다. 사실 18장의 내용은 원래 17장에 속한 것인데 왕필의 주석서에는 따로 구분되었다는 학자들의 견해도 있다. 아마도 노

자의 사상을 통치술과 분리해서 그 의미를 모호하게 하려고 한 것은 아닌가, 라는 조심스런 생각도 해본다. 그러므로 '대도'란 '무위자연'의 통치술이며, 그것이 폐하면 말이 많아지고 행함이 없어져 사회의 혼란이 온다는 것을 강조한 것이 노자의 뜻이라고 본다.

대도를 펼치는 사람 혹은 도를 체득한 사람이라는 표현은 도교적 신비의 깨달음을 얻어 현실을 초월하는 이를 뜻하는 것이 아니라 통치의 묘를 체득한 사람이다. 도의 궁극적 의미는 현실 속에서 펼쳐지는 것이지 현실을 떠난 곳에서 발현되는 것이 아니다. 내가 《노자》를 읽는 독법은 바로 그 점에 있다.

> 어느 누가 탁한 것을 탁한 대로 받아들이면서 그 속에 그냥 조용히 머물러 서서히 맑아지도록 할 수 있겠는가? 어느 누가 편안히 오래 있으면서도 이것을 움직여 서서히 맑아지도록 할 수 있겠는가?
> 이러한 도를 간직한 자는 채우려 들지 않으며 또 절대로 가득 채우질 않는다. 그러므로 채우는 짓을 버리고 다시 그 일을 되풀이하지 않는다. ─15장

탁한 것을 맑게 하고, 가만히 있던 것을 생동하게 하는 이는 바로 '무위'의 통치술을 펼치는 지도자다. 그는 '채우지 않음'으

로 '채움'을 실현하는 자이며, '쓸모없음'에서 '쓸모'를 끌어내는 사람이다. "그칠 줄 아는 사람은 위태로움을 당하지 않습니다. 그리하여 영원한 삶을 살게 되는 것입니다."라는 44장의 내용도 같은 맥락에서 본다면 채우려는 욕망을 버렸을 때 비로소 '영원한 삶(내세의 구원이 아니라 명성을 뜻하는 것)'을 얻게 된다는 것으로 이해할 수 있다. 노자는 명성을 버려야 한다고 강조한 것이 아니라 어떻게 하면 바르고 정당하게 명성을 얻을 수 있는가에 대한 점을 우리에게 알려 주고 있다.

노자는 사람들이 하는 일은 언제나 이루려고 할 즈음에 실패를 하는 일이 많다고 지적하면서 시작할 때처럼 마지막에도 신중을 기한다면 실패하는 일이 없을 것이라고 했다. 그렇다면 신중을 기한다는 말은 무엇일까? 그에 대해 노자는 다음과 같이 말한다.

> 성인은 잃을 게 없다. 그런데 인간이 하는 일은 늘 성공을 거두려는 마음 때문에 실패하고 만다. 처음처럼 끝내 마음을 다하면 일을 망칠 리 없는데 말이다. 이러하므로 성인은 욕심내지 않기를 바라고, 벌기 어려운 돈을 가볍게 여기고, 배우려 하지 않기를 배우며, 사람들의 지나친 바를 순리대로 되돌리게 하고, 만물의 자연을 돕게 하여 감히 욕심내는 짓을 하지 않는다. -64장

배움으로 얻은 고정관념, 남들이 모두 귀하다고 생각하는 통념을 버리는 것이 바로 신중을 기한다는 말의 구체적인 의미며 '자연스러움'이라는 표현의 실체다. 그것은 '많은 사람들이 지나쳐버리는 것'을 주의 깊게 살펴본다면 실패할 일이 없다는 말이다. 그릇의 빈 곳을 살필 줄 아는 사람만이 그릇의 진정한 쓰임새를 이해할 수 있듯이 고정 관념에서 벗어나야만 세상의 이치를 정확히 파악할 수 있다는 것이 바로《노자》에 실린 글들이 우리에게 전하는 핵심 메시지이다. 억지로 하지 않고 자연스럽게 행한다는 것은 통념에 묶여 부자연스러워진 말과 행동을 바로잡아 물이 흐르는 것처럼 자유롭게 만든다는 것이다. 그러기 위해서는 노자의 사상을 현실에 접목해서 읽으려는 적극적인 독법이 필요하다. 모든 사람들이 '곧은 것'을 추구할 때 그 누구도 눈길을 주지 않았던 '굽은 것'을 생각할 줄 아는 낯선 지혜의 시선이 바로《노자》의 무궁한 세계로 진입할 수 있는 관문이 될 것이다.

＊ 본문에 인용된 구절은 윤재근의 《편하게 만나는 도덕경 노자》에서 인용했다. 좀 더 다양한 번역을 접해보고 싶은 사람이 있다면 기세춘의 《노자 강의》를 참조하면 좋을 듯하다. 기세춘의 책은 여러 명의 전문가들이 번역한 내용을 한데 모아 비교하고 있어 유용하다. 좀 더 폭넓고 깊이 있는 인문학적 사유

를 위해서는 최진석의 《생각하는 힘, 노자 인문학》과 도올 김용옥의 《노자가

옳았다》를 권한다.

09

역사를 공부해야 할 절박한 이유

- 《징비록》, 유성룡

미래는 과거의 자식이다. 역사를 돌아보는 것은 바로 다가올 미래 때문이다. 함석헌은 "한 사람이 잘못한 것을 모든 사람이 물어야 하고, 한 시대의 실패를 다음 시대가 회복할 책임을 지는 것, 그것이 역사다."라고 했다. 우리가 왜 역사를 알아야 하는지를 명료하게 짚어주는 말이다.

나는 공무원이나 학생들을 상대로 강연을 할 때마다 서해 유성룡의 《징비록》을 꼭 읽어보라고 권유를 한다. 마음 같아서는 《징비록》을 공직자들의 필독서로 정해 강제로라도 읽히고 싶다. 아울러 학생들에게는 《징비록》을 국사 교과서의 부록으로 만들어 반드시 일독을 할 수 있게 제도적으로 정착시키고 싶다. 역사의 교훈을 망각하면 수모의 역사는 계속 되풀이될 수밖에 없다. 임진왜란, 병자호란, 일제강점기라는 뼈아픈 역사는 왜 반복해서 일어났는가? 그 질문에 답을 하려면 《징비록》을 읽어봐야 할 것이다. 민족의 자존심을 짓밟는 수모의 역사가 또다시 되풀이되지 말라는 법은 없다.

유성룡의 《징비록》은 임진왜란 직전의 국내외 정세에서부터 임진왜란의 실상과 왜란 후의 상황을 아주 냉철하게 서술한 경세서이자 역사서다. 유성룡은 《징비록》의 자서에서 "《시경(詩經)》에 '내가 지난 일의 잘못을 징계하여 뒤에 환난이 없도록 조심한다.'는 말이 있는데, 이것이 바로 내가 《징비록》을 저술한 까닭이다."라는 문장을 통해 책의 저술 목적을 밝히고 있다. 한 시대의 실패를 다음 시대가 회복할 책임을 져야 한다는 함석헌의 말처럼 임진왜란의 수모를 교훈 삼아 다시는 그런 일이 벌어져서는 안 된다는 것을 알려주고자 저술된 것이 유성룡의 《징비록》이다.

그렇다면 우리 주변에 《징비록》을 제대로 읽어본 사람이 과연 몇이나 될까? 열에 하나 정도도 과분할 것이다. 제목과 저자 그리고 대충의 내용이라도 알고 있는 사람도 드물 것이다. 《징비록》이 국보 제132호라는 것을 아는 사람은 더더욱 찾아보기 힘들 것이다. 그러나 그것보다 더 놀랄 만한 사실이 하나 있다.

《징비록》이 간행된 것은 1647년인데 일본에서는 1695년에 번역 간행되어 널리 읽혔다는 점이며, 에도시대에는 일본 식자층들 사이에서 베스트셀러였다고 한다. 심지어는《징비록》을 바탕으로 임진왜란을 자기들 입맛에 맞게 재구성한 책까지 나왔다고 한다. 읽어야 할 사람들은 정작 읽지를 않고 경계의 대상이 되었던 자들이 더 열심히《징비록》을 읽었다는 사실을 어떻게 받아들여야 할지 참으로 난감하기만 하다.

그 난감함은《징비록》의 내용을 읽다 보면 더 심난해져 울분의 감정이 저절로 복받친다. 당시 조선의 상황은 총체적 난국 그 자체였다. 어떻게 하면 나라가 망할 수 있는지를 하나에서 열까지 아주 전형적으로 보여주고 있었다. 왕은 도망가기 바빴고, 신하들은 우왕좌왕하며 자신의 안위만 보살폈고, 장수들은 싸움다운 싸움도 한 번 해보지 못했으며, 군사들은 뿔뿔이 흩어져 도망가기 일쑤였다. 도망가는 왕과 신하들을 보며 백성들은 왕이 우리를 버리고 떠나면 우리는 무엇을 믿고 살아야 하냐며 통곡을 했다. 급기야 분노에 찬 백성들이 경복궁에 불을 놓기도 했다. 《징비록》에는 우리가 미처 알지 못한, 그러나 이제는 반드시 알아야 할 기막힌 사실들이 줄줄이 기록되어 있다.

왜군의 침입 후 첫 승전을 올렸던 부원수 신각은 도원수 김원명이 자신을 따라 도피하지 않았다면서 명령불복종 죄로 몰려 우상 유홍의 주청으로 참형되었다. 신각이 전투에 이겼다는 보고가 올라오자 조정에서 참형을 중지시키려고 선전관을 보냈으나 이미 집행한 후였다. 한산도대첩을 승리로 이끈 이순신도 모함을 받아 투옥되었으며, 그를 추천한 유성룡도 조정의 공격을 받았다.

사정은 그뿐만 아니다. 군대의 기강이 바로서지 않아 있어서도 안 될 일들이 속출했다. 함경도 회령부의 아전인 국경인은 그곳으로 피난 온 선조의 두 왕자 임해군과 순화군을 포박하여 왜장 가등청정에게 데려가 항복을 했다. 경상좌병사 이각은 부산이 함락되자 병영으로 재빨리 돌아와 맨 먼저 제 첩을 피난시키고 본인은 새벽녘에 도망쳤다. 그러자 성안의 인심이 흉흉해지고 많은 군사들이 완전히 무너졌다.

유성룡은 《징비록》의 서두에서 일본의 상황이 심상치 않음을 말하면서 일본에 대한 적절한 외교조치를 취했어야 한다는 것을 강조했다. 신숙주가 일본에 다녀와서 일본의 정세가 예사롭지 않으니 그들을 함부로 대해 분란의 씨앗을 만들어서는 안 된다는 간언을 했지만 조선 정부는 그 말을 제대로 따르지 않았다. 반면 일본의 사신은 조선의 정황을 아주 면밀하게 파악을 하고 돌아갔다. 《징비록》에는 당시 일본의 사신들이 조선의 상태를 어떻게 봤는지가 여실히 나타나 있다.

1586년 조선에 온 일본 사신 다치바나 야스히로는 예조판서가 베푼 잔치자리에서 술에 취해 자리 위에 후추를 흩어놓았다.

그러자 기생과 악공들이 서로 다투어 줍느라 소란을 피우는 것을 보고 통역에게 "너희 나라는 망할 것이다. 기강이 이미 허물어졌으니 망하지 않기를 어찌 기대할 수 있겠는가."라고 탄식했다고 한다. 이에 앞서 상주 목사 송응형이 베푼 잔치에서 기생의 춤과 음악이 시작되자 "늙은 이 사람은 여러 해 동안 전쟁 속에 살았으니 이렇게 머리털이 다 희어졌지만 그대는 노래와 기생 속에서 아무 걱정 없이 지냈는데도 오히려 머리털이 희게 된 것은 어인 까닭인가?"하며 조롱했다고 한다. 귤강광이 일본사신으로 와서 인동 고을을 지나다가 창 잡은 사람을 흘겨보고는 조소하면서 "너희들이 가진 창의 자루가 너무 짧구나."라고 했다고 한다. 이런 사례를 보면 일본이 무슨 생각을 하고 있는지를 능히 짐작할 수 있었지만 조선의 조정은 너무도 태만하였던 것이다.

임금의 피난 행렬이 의주까지 이르고 나라가 곧 망할 지경에 이르자 서둘러 명나라에 사신을 보내 당신들이 도움을 준다면 속국 정도가 아니라 아예 명나라로 편입하겠다고 구걸외교를 펼치는 사태까지 목도를 하게 되면 유성룡이 말한 '징비'의 절실함을 새삼 절감하게 된다. 유성룡과 같은 명재상과 이순신 장군, 그리고 민초가 바탕이 된 의병들의 활약으로 임진왜란을 극복할 수 있었다는 것이 너무도 다행스럽다는 생각에 앞서 한편으로는 눈앞이 아찔하기도 하다.

유성룡은 "이 모두가 한산도 싸움에서 이겼기 때문이다."라는 말로 임진왜란의 공을 이순신에게 돌렸다. 아울러 그의 강직한 품성을 높이 평가하며《징비록》후반부에 이순신의 활약과 품성에 대해 자세하게 기록하고 있다. 이순신이 옥에 갇히고 앞으로의 일이 어떻게 될지 모르는 상황에서 옥리가 이순신의 조카 이분에게 "뇌물을 쓰면 나갈 수 있겠다."라고 은밀하게 말한 것을 이순신에게 그대로 전하자 조카에게 벌컥 화를 내며 "죽으면 죽었지, 어찌 도리를 어기면서 살기를 도모하겠는가."라고 했다는 일화를 접하면서 나는 역사란 지조와 절개를 가진 자가 만들어가는 것이라는 생각을 다시금 확인할 수 있었다.

유성룡은《징비록》을 통해 우리가 얻어야할 교훈으로 ① 한 사람이 정세를 잘못 판단하면 천하의 큰일을 그르칠 수 있으며, ② 나라의 최고 지도자가 국방을 다룰 줄 모르면 나라를 적에게 넘겨주는 것과 같고, ③ 전쟁 같은 큰일이 닥쳤을 때에는 반드시 나라를 도와줄 만한 후원국이 있어야 한다는 세 가지로 정리했다.

마지막으로 우리가 이 시점에서 다시 한 번 생각해봐야 할 것은 임진왜란 당시의 문제가 지금도 반복되고 있는 건 아닌지에 대한 성찰일 것이다. 일본이 우경화의 깃발을 들면서 자위대를 증강하고, 독도 문제를 빌미 삼아 다시금 제국주의의 야욕을 펼치고 있는 상황에서 유성룡이 말한 것처럼 "지난일의 잘못을 징계하여 뒤에 환난이 없도록 조심"하고 있는지 모두가 자문을 해볼 필요가 있다. 과거의 역사에서 절박함을 배우고, 미래를 대비하려는 자세가 없다면 수모와 치욕의 역사는 도둑처럼 또다시 찾아올 것이다.

* 유성룡의 《징비록》은 물론 한문으로 되어 있다. 몇몇 번역판이 나와 있으나 이재호 번역본을 추천한다.

10

세계를 개척한 낭만과 모험

- 《동방견문록》, 마르코 폴로

인간의 유형을 굳이 두 가지로 나누자면 '아폴론적 인간'과 '디오니소스적인 인간'으로 구분해볼 수 있다. 아시다시피 아폴론은 태양의 신이며 디오니소스는 술의 신이다. 니체는《비극의 탄생》에서 아폴론적인 것을 정적(靜的)이며 이지적(理智的)인 것으로, 디오니소스적인 것을 동적(動的)이며 도취적(陶醉的)인 것으로 설명했다. 전자는 이성과 질서를 추구하는 '고전주의' 정신이며, 후자는 감정과 동경을 추구하는 '낭만주의' 정신이라는 게 그의 설명이다. 아폴론적인 사람은 모험과 열정이라는 정념에 대해 곱지 않은 시선을 보낸다. 도취와 열정으로 낭만을 찾는 이들은 대개 질서를 어지럽히고 사람들을 혼란스럽게 만든다는 생각을 갖고 있기 때문이다. 술자리의 예를 들어보면 두 유형에 대해 금방 이해할 수 있을 것이다. 어느 술자리에나 절제하며 꼿꼿하게 자세를 유지하는 사람과 흠뻑 취해 노래도 부르며 황당하고 재미난 이야기를 하는 사람이 있기 마련이다. 두 유형 중 누가 더 매력적인가는 개인의 취향에 따라 다를 수 있다. 양자 모두 일장일단이 있다.

내가 여기서 말하고 싶은 것은 낭만주의자들에 대한 것이다. 뭔가 허황되고 산만해 보이지만 그들은 가보지 않은 세계에 대한 끝없는 동경과 모험의 꿈을 가지고 사는 사람들이다. 저 바다 끝에는 무엇이 있을까, 라는 동경이 결국에는 신대륙을 발견하게 된 요인이다. 과학자들의 호기심도 같은 맥락이다. 그러하기에 세계는 낭만주의자들의 동경과 모험심에 의해 넓어지고 다양해졌다. 그렇다고 고전주의적인 정신을 가진 사람들을 과소평가하는 것은 절대 아니다. 그들은 나름으로 사회의 안정과 질서에 지대한 공헌을 했다. 대개의 사람을 보면 젊어서는 낭만적 기질이 강하고 나이가 들어서는 고전적 기질이 강한 경향을 보이기 마련이다. 그런데 요즘의 젊은이들에게서 창조와 발견의 동력이 되는 낭만적 기질을 좀체 찾아보기가 힘들어진 것 같다. 나는 오히려 나이가 들면서도 낭만적이고 모험적인 기운이 충일해지는 것을 느끼는데도 말이다.

마르코 폴로의 《동방견문록》(원제목은 'Divisament dou Monde'로 '세계의 기술'이라는 뜻)은 쿠빌라이 치세의 몽골제국과 그 주변세계에 대한 생생한 기록을 담은 여행기로, 모두 232개의 장으로 구성되어 있다. 마르코 폴로가 설명하는 지역은 북으로는 '암흑의 나라'라 부르는 극지대에서 남으로는 자바와 수마트라 및 잔지바르와 모가디슈, 서로는 아나톨리아 고원에서 동으로는 중국을 거쳐 일본에까지 미치고 있다. 유럽을 제외하고는 당시까지 알려진 모든 '세계'를 포괄한 것이기에 제목을 '세계의 기술'이라고 한 것이다. 《동방견문록》은 13세기 후반의 세계를 이해하는 데 필수적인 자료이며, 많은 이들의 상상력을 자극하여 다양한 장르의 문학·예술 작품에 영향을 끼쳤다.

마르코 폴로는 1254년 베니스에서 태어났다. 그가 출생하기 직전 아버지와 형이 장사를 하러 해외로 떠났고, 설상가상으로 어머니도 세상을 떠나 어린 시절을 거의 홀로 고아처럼 지내다 보니 정규교육을 제대로 받을 수 없었다. 마르코 폴로가 아버지와 형을 만난 것은 15살 때였다. 집안 내력 자체가 낭만적 기질이 강한 사람들이다 보니 함께 베니스에 잠깐 머물다 1271년 지중해의 항구도시 라이아스를 출발해 장장 3년 6개월의 긴 여정을 통해 1274년 쿠빌라이의 여름수도인 샨두(上都)에 도착했다. 모험정신이 강하지 않으면 그런 여행을 할 수 없었을 것이다. 샨두에 도착한 마르코 폴로는 쿠빌라이의 신하로 17년 동안 머물렀다. 쿠빌라이에게 여러 번 간청을 해 베니스로 돌아가려 했으나 사정이 여의치 않았는데, 칸국의 군주인 아르군(Arghun) 이 부인과 사별하여 쿠빌라이에게 새로운 부인을 보내줄 것을 간청하자 새로운 왕녀 호송의 임무를 마르코 폴로 일행에게 맡기게 되어 베니스를 떠난 지 17년 만인 1259년에 고향으로 돌아왔다고 한다.

낭만주의자들의 특징은 '그럴듯한 과장'이 강하다는 것이다. 고향에 돌아온 마르코 폴로는 "이러한 것들을 보지 않은 사람들은 아무리 들어도 믿지 못할 것"이라는 표현을 써가며 자신이 직접 보았던 세계에 대해 과장된 허풍을 떤 것 같다. 고향에 돌아온 후 마르코 폴로는 베네치아와 제노아 사이에서 벌어진 해전에 참전했다가 포로가 되어 제노아 감옥에 갇히게 되었다고 하는데, 그 저간의 사정에 대해서는 의견이 분분하여 사실관계가 분명치는 않다. 어쨌든 그는 감옥에서 루스티켈로라는 사람을 만나 자신의 견문을 구술하게 하여 《동방견문록》을 출간했다. 어린 시절 교육을 제대로 받지 못해 문맹자였던 터라 그리했지만 그는 관찰력과 기억력이 출중하였기 때문에 구술 자체가 문제가 될 상황은 아니었다. 출간 직후 주변 사람들로부터 허풍쟁이라는 소리를 들었지만 그는 죽음에 임박해서도 그들을 향해 "아직도 나는 내가 본 곳의 반도 다 말하지 못했다."라는 말로 그들의 비난을 일축했다고 한다. 이는 그만큼 자신이 본 것에 대한 믿음과 확신이 분명했다는 것을 반증하는 일화라고 할 수 있다.

《동방견문록》에는 아라비안나이트 못지않게 꿈과 낭만이 가득 실려 있다. 누구나 이 책을 손에 잡으면 환상과 동경의 세계에 빠져들 수밖에 없다. 모험가들의 이야기는 믿기 어렵지만 믿을 수밖에 없는 재미와 흥미가 있기 때문이다. 구텐베르크가 활판인쇄술을 발명하여 책이 대량으로 보급되는 길이 열린 뒤《동방견문록》이 가장 인기 있었던 베스트셀러가 될 수 있었던 것은 그런 이유 때문이다. 나는 지금도 이 책을 읽으면 나도 모르게 한없는 동경의 세계에 몰입되고, 모험의 정신이 샘솟는다.

《동방견문록》은 주인공인 마르코 폴로가 화자로서 직접 나타나지 않고 '무엇무엇'에 대해서 이야기한다는 독특한 서술 형식으로 이야기가 전개된다. 기독교인 이외의 모든 사람을 우상숭배자라 단정하는 표현이 거슬리기는 하지만 이 여행기만큼 역사의 물줄기를 극적으로 돌려놓은 책도 드물다. 유럽의 세기를 연 콜럼버스의 항해가 바로 이 책이 단초가 되었다는 것을 아는 사람은 극소수에 불과하다.《동방견문록》은 대몽골제국의 꿈(팍스 몽골리카)이 그대로 유럽으로 쏟아져 들어가는 통로가 되었다.

《동방견문록》은 황당한 이야기와 진실이 함께 씨줄과 날줄로 엮여 있어 그만의 독특한 매력을 발산하고 있다. 독실한 어느 구두장이의 기도가 바그다드 근처의 산을 움직여 기독교인들을 재단에서 구했다는 일화(27~30장), 높은 산중에 젖과 꿀과 포도주가 흐르고, 온갖 교태를 부리는 여인들이 있는 마치 천국과도 같은 정원을 꾸며놓고 젊은이들을 그곳으로 유인하여 그 열락을 맛보게 함으로써 자신의 명령에 따라 목숨을 던지는 무서운 암살자단을 거느린 '산상의 노인'에 관한 일화(41~43장), 전설로만 듣던 동방의 기독교 군주 '프레스터 요한'의 이야기(65~68장), 대(大)카안 쿠빌라이의 장엄하고 화려한 샨두(上都)와 캄발룩(大都)의 궁전들(75, 84~90장), 낯선 여행자들에게 기꺼이 아내와 딸을 내주어 동침케 하는 풍습을 지닌 지방들(59, 115, 117장), 세계 최대의 도시 킨사이(중국의 항주)의 모습(152~153장), 황금의 섬 치핑구(일본)에 관한 설명(159~160장), 진주와 온갖 보석이 넘칠 정도로 풍부하고 성 토마스의 유해가 묻혀 있는 인도의 마아바르(174~176장) 등, 그의 글 속에는 믿을 수도 그렇다고 믿지 않을 수도 없는 놀라운 이야기들이 펼쳐져 있다.

그가 전해주는 이 일화들 가운데 지금 우리의 눈으로도 진실성에 의심 가는 부분들이 있는 것은 사실이지만, 우리가 잊어서는 안 될 점은 14세기 마르코 폴로가 살던 시대의 인식의 수준이다. 우리는 이 책을 읽으면서 그것들이 마르코 폴로가 지어서 만들어낸 이야기가 아니라는 점을 분명히 인식할 필요가 있다. 그는 '진실이라고 들은' 그대로를 옮겼을 뿐이며 또 자신이 그것을 '진실'이라고 생각했을 것이다. 오히려 그는 이러한 '허구'와

'상상'의 일화들을 통해 그 자신 및 동시대인들의 관념세계의 일부를 우리에게 생생하게 보여주고 있는 것이다. 더불어 모험과 낭만의 정신이 사람들의 인식과 견문을 어떻게 변화시키는지를 마르코 폴로는 여실히 보여주고 있다.

진실과 상상의 경계는 모호하다. 특히 미지의 세계에 대한 모험의 꿈을 간직한 사람들에게 있어서는 그 경계가 더 모호하기 마련이다. 그들은 어찌 보면 진실이 아닌 상상과 허풍의 세계에 살고 있는 것처럼 보일 수도 있을 것이다. 마르코 폴로라는 인물의 이력과 그가 구술한 동방의 세계는 당시 사람들에게는 허풍으로 들릴 수밖에 없었을 것이다. 왜? 그들은 꿈꾸는 삶을 살지 않았기 때문이다. 꿈과 열정과 도전의 정신이 없는 이에게 세계란 그저 무미건조하고 작은 방의 새장처럼 답답할 뿐이다. 《동방견문록》은 나에게 꿈꿀 권리가 무엇인지를 알려준 소중한 스승과도 같다.

---

* 마르코 폴로의 《동방견문록》은 6~7개의 번역본과 편역본 그리고 청소년용의 발췌본 등이 나와 있다. 나는 김호동 역주의 《동방견문록》(사계절)을 권하고 싶다. 이 책은 《동방견문록》 전체를 충실하게 번역하면서 번역 원본이 된 대표적 사본들의 내용까지 비교하고 있는 동시에 풍부한 역주가 읽는 이의 궁금증을 풀어주고 있다.

제3부

지혜와
감동을 준,
삶의
변화와
행동을
이끌어줄
추천의 책

유행은 개성의 무덤이다. 유행 따라 사는 것도 제멋이라는 노래가사도 있기는 하지만 그건 '제멋'이라는 말의 뜻을 깊이 음미하지 못한 사람들이 주장하는 가벼운 자기변명이 아닐까? 개성이란 자신만의 특징을 살릴 수 있는 고유성에 뿌리를 내린 결단이고, 고집이다. 책을 읽는 것도 마찬가지다. 베스트셀러라는 유행에 편승해서 책을 읽는다면 결국에는 자신의 개성을 잃게 된다. 쇼펜하우어는 "악서(惡書)를 읽지 않는 것은 양서(良書)를 읽기 위한 조건이다."라고 말했다. 물론 무엇이 악서이고, 무엇이 양서인지를 무 자르듯이 단칼에 규정할 수는 없다. 악서와 양서의 기준은 자신의 생각에 고유성을 심어줄 수 있고, 그것이 바탕이 되어 개성과 정체성 확립에 도움이 될 수 있는 일련의 계기를 마련해줄 수 있느냐 하는 점에 있어야 할 것이다.

여기서 내가 소개하는 책들은 대부분 몇 십만 부씩 팔리는 베스트셀러들은 아니다. 스테디셀러 여부를 떠나 굳이 고전이 아니더라도 고전의 반열에 넣고 싶은 책들로서 최근까지 출간된 책들도 반영했다. 나의 생각과 소신을 당당하게 펼칠 수 있도록 많은 도움을 주었던 책들이다. 독서가 단순한 씨뿌리기에 그치지 않고 변화와 행동으로 이어질 수 있도록 나에게 영향을 준 책들이다. 내가 얻은 지혜와 감동이 다른 사람들에게도 그대로 전해질 수는 없겠지만 '어떻게 살 것인가?'라는 물음에 대한 진지한 답을 제시해주는 책들이라고 굳게 믿으며 겸손한 마음으로 소개를 한다.

특히 개정판에 새로 추가된 앞부분 11편의 책에는 저자의 저작 의도와 저서의 키워드, 그로부터 얻을 수 있는 지혜와 교훈 등을 좀 더 자세히 기술했다. 적어도 이 정도의 책들은 독서에 관심 있는 분들과 특히 우리 젊은 세대에게 권하고자 한다.

01

절대적 진리는 없다

– 《달라이라마와 도올의 만남 3》, 김용옥 저, 통나무

일제강점기 때 육당 최남선, 벽초 홍명희, 춘원 이광수를 흔히 들 조선의 3대 천재라 불렀다. 그렇다면 지금은 어떤가? 나는 아티스트 백남준(작고), 문인이자 문명비평가인 이어령, 철학자이자 고전학자인 김용옥을 한국의 3대 천재라 부르고 싶다. 왜냐고? 이들이 저서 등 작품과 활동을 통해 보여준 기존관념을 뒤엎는 사고와 창조적 상상력의 폭과 깊이를 보라고 말하고 싶다. 어디까지나 내 주관적 평가다.

도올 김용옥, 그는 지난 40여 년간 한국사회에서 지성인의 활동영역과 역할, 비판의 방법, 언어 사용 등에서 고정관념을 뛰어

넘는 파격적인 변화와 전환을 시도했다. 그 과정에서 찬사 못지 않게 숱한 비판과 야유에 휩쓸리기도 했다. 그 스스로 "내가 한 번 이 사회에 나가 입을 뻥끗했다 하면 다 날 죽이려고 한다. 칭찬하고 싶은 사람은 입을 다물 뿐이고 입을 여는 사람은 모두 나를 증오한다. …… 그래서 난 이래서 욕먹고 저래서 욕먹는다."라고 고백할 정도다. 그만큼 그의 비판과 주장이 파괴력이 있고 기존 영역을 흔드는 것이 되었기 때문이리라. 안정된 인생 행로를 걷는 사람들(전문가)은 자신이 속한 분야에 얽매이지 않고 영역을 넘나드는 사람들을 경계하고 멸시한다. 하지만 역사는 종종 그런 아웃사이더들의 열정과 무모함에 의해서 발전되어 왔다. 나는 도올의 입장을 이해한다.

그러나 그의 정치적 편향성과 독단에 대해서는 생각을 달리한다. 나 역시 그의 독설(?)로 상처를 받은 적이 있다. 노무현 정부 때 나는 헌법전문가로서 헌법이 정한 국민적 합의절차를 거치지 않고 추진되고 있는 이른바 수도이전법에 대해서 헌법소원을 제기하여 위헌결정을 받아냈다. 그때 나는 노 정권 지지자들로부터 살해 협박까지 받았다. 당시 도올은 어느 방송에서 헌법재판소 결정을 맹비난하면서 "헌법은 무슨 놈의 헌법…… 민중의 함성이 헌법이지."라고 까지 하였다. 그의 말은 정치적 편견이 개재된 지성인으로서의 비판의 한계를 넘은 것이었다. 당시 나는 공개 질의를 통하여 반박하고 싶었지만 한 지성인의 강한 소신의 일단이겠지 하고 참아 넘겼다. 내가 헌법적 양심과 소신에 의해 스스로 판단해 헌법소원을 제기했던 것처럼. 도올에 대한 비판과 편향성 시비가 점재한다고 해서 그의 천재성과 행적이 빛이 바래는 것은 아니다. 다만 만년으로 접어드는 상황에서 정치 사회문제에서 좀 더 균형적 시각을 가졌으면 하는 바람이다.

나는 도올의 불교, 기독교, 유교, 도교 관련 저술부터 일반교양서에 이르기까지 대부분 읽었다. 그리고 《도올의 중국일기》 1~5권을 펴내면서 중국 내 고구려 유적지를 찾아 제작한 영화 〈나의 살던 고향은〉의 초청시연회에도 참석한 바 있다. 그의 많은 저서 중 한 권을 추천하라면 나는 주저 없이 《달라이라마와 도올의 만남 3》을 꼽겠다.

원래 이 책의 1권은 팔리어 삼장을 중심으로 원시(초기) 불교를 재해석한 내용을, 2권은 인도기행에서 있었던 여러 일화와 느낌을 담고 있다. 역시 압권은 바로 3권이다. 부처님의 대각지 인도 보드가야에서 이루어진 이틀에 걸친 티베트의 불교지도자 달라이라마와 저자의 대담(토론)을 저자 특유의 문체와 구성형식으로 엮은 일종의 문명비평서다.

불교를 중심으로 기독교, 이슬람교, 유교, 도교, 힌두교는 물론 고대 인도, 그리스, 로마의 철학자들 그리고 헤겔, 아인슈타인 등 근현대의 철학자, 과학자들에 이르기까지 종횡무진으로

'대화'가 이어진다. 마치 두 석학이 펼치는 화려한 지적향연을 보는 것 같다. 내용에는 저자 특유의 막말식 표현이나 과장, 현학적 어투도 보이지 않는다. 영어로 진행된 대담에서 저자는 달라이라마의 숨소리까지도 담아내고 있을 정도로 토론의 생생한 분위기를 전한다. 그간 외신을 통해 포장되고 때론 왜곡된 달라이라마의 모습이 아닌 수행자와 인간으로서의 달라이라마의 본래 면목을 엿볼 수 있다.

오늘날 붓다의 화신으로까지 여겨지는(본인은 극구 부인하지만) 달라이라마의 단도직입적이고 간결한 종교관, 불교관은 나에게는 충격이었다. 평범한 표현 속에 혁명적 발상의 전환을 하게끔 했다.

그중 몇 구절 요약한다.

· 인류가 모두 종교적 신앙을 가져야만 더 나은 미래가 보장되리라고 생각하지 않는다.

· 불교는 창조주 구세주를 인정하지 않는다. 인간과 우주 밖에 있는 신의 개념 그 자체를 인정하지 않는다는 점에서 무신론이고 마음의 과학이다. 그러나 명상이라고 하는 종교적 수행방법을 제시하며, 고통으로부터의 해탈이라고 하는 구원의 윤리를 제시하며, 내세라고 하는 윤회의 이론을 제시한다. 불교는 신이 없어도 인간에게 무한한 영성을 준다. 그러기 때문에 불교는 엄

연한 종교다. 종교의 성립요건에 유신론이 필요충분조건은 아니다.

· 절대적 진리는 없다. 그것은 기독교의 유일신론적 사유가 지어낸 서구적 발상의 일대 오류다. 우리의 삶 자체가 찰나일 뿐인데 이 잠깐 동안의 삶에 있어도 뭐 그다지도 절대에 집착해야 한단 말인가? 변하지 않는 것은 아무것도 없다(대반열반경 마지막 구절). 물리학(과학)에 있어서도 마찬가지다.

이에 아인슈타인의 말을 인용하여 저자가 덧붙인다.

신은 주사위를 던지지 않는다.

달라이라마와의 대담을 마치고 나오면서 저자는 되뇐다.

'인도로 가는 길은 깨달음을 향해 가는 나의 삶의 여정이었다.'

02

인간의 역사는 개혁가들의 무덤으로 가득하다

- 《중국인 이야기》 1~9권, 김명호 저, 한길사

마오쩌둥은 지식은 존중했지만, 지식인은 경멸했다. 이유는 '지식인들이 거지 근성 강하고, 고마워 할 줄 모르고, 남 평계 대기 좋아하고, 정확히 알지도 못하는 주제에 온갖 잘난 척은 다 하고, 무책임하다'는 것이다.

내가 즐겨 인용, 원용하는 마오쩌둥의 지식인 폄훼론. 바로 《중국인 이야기》 1권에 나온다. 물론 여기 지식인의 범주에는 정치인도 포함될 것이다. 오늘의 한국 지식인, 정치인 중에 위 다섯 가지 이유로부터 자유로울 수 있는 사람이 과연 얼마나 될지 궁금하다. 저자는 중국 현대사를 인물 위주로 사건을 구성하면서 그간 공개되지 않은 희귀한 사진을 곁들여 풀어나간다. 인물은 장제스, 마오쩌둥, 저우언라이, 류사오치 등 거물로부터 말단 경호원, 그들의 잊힌 연인들까지 온갖 인간군상이 등장한다. 일화 위주로 사건을 풀어가기 때문에 읽기에 부담이 없다. 무엇보다 문장이 간결하고 재미가 있어 한 번 잡으면 저절로 빠져든다. 목에 힘을 주고 특정 메시지나 저자의 의도를 전달하여 애쓰는 것도 아니다. 판단은 독자의 몫이다. 때문에 읽은 뒤 여운을 남긴다. 등장인물이 남긴 말들은 때로는 촌철살인처럼 때로는 두리뭉실하게 뇌리를 맴돈다.

매주 한 차례 〈중앙 SUNDAY〉에 게재된 '사진과 함께하는 김명호의 중국 근현대'를 토대로 펴낸 저서이다. 2012년 제1권이 출간된 이래 2022년 제9권까지 나왔다. 향후 계속 출간되리라 한다. 어느 책 어느 부분부터 읽어도 내용을 파악하고 저자와 호흡을 같이 하는 데 지장이 없다. 저자의 흡수력 있는 간결체의 문장은 그의 각고의 산물임을 느낄 수 있다. '일단 써놓고 맘에 들 때까지 고치면 된다.'라는 마오쩌둥의 문장론을 그 일례로 들기도 한다.

제1권의 첫머리의 '참새소탕전 추억'은 1950년대 후반 중국 사회에서 있었던 참으로 기상천외한 이야기다. 이어 마오쩌둥이 동향(호남성) 출신의 국가주석 류사오치와 항미원조(抗美援朝)의 영웅 펑더화이를 문화대혁명 때 홍위병들을 동원하여 비참하게 굴욕적으로 죽음에 이르게 하는 비정한 권력자의 모습을 여러 전문(傳聞)진술을 동원하여 생생하게 그려내고 있다. "천하를 놓고 싸울 때는 한 몸 같았지만 천하에 군림하자 남은 건 결별뿐이었다."라는 책의 부제가 실감난다. 1972년 닉슨의 중국 방문을 둘러싼 중국의 분위기도 마오쩌둥의 한마디로 요약된다. "원수진 집안이 아니면 머리 맞대고 의논할 일도 없다. 원래 싸우다 지치면 친구가 된다."(제3권)

2020년 발간된 제8권은 주로 6·25전쟁과 1950년대 냉전이 한창일 때의 대륙과 대만의 이야기를 다루고 있다. 이 책을 통해 중국과 북한의 관계가 그 뿌리가 우리가 생각하고 있는 것보다 훨씬 깊고 단단하다는 것을 알 수 있다. 중국은 국가출범 후 경황이 없고 문제가 산적한 가운데서도 북한에 관한 관심을 놓지 않았다. 이러한 사실은 오늘날 대중외교와 정책을 수립, 진행하는 데 반드시 염두에 두어야 할 점이다.

중국은 항미원조 전쟁에서 승리하였다고 자화자찬하고 있다. 그러나 이면에는 엄청난 인명손실이 있었다. 고구려 원정에서 떼죽음을 당한 수양제 때를 능가한다고 저자는 이례적으로 평가를 한다. 마오쩌둥은 중국 고전 특히 방법서에 통달한 사람이다. 국공내전 승리의 원동력이 된 그 유명한 마오의 유격 전술인 "16자 전법"도 마오가 손자병법을 응용해 고안한 것이다.

6·25전쟁 휴전 휴담 때도 지령을 내린다. "말은 적게 하고 상

대를 궁지로 몰지 마라. 당장은 속 시원해도 이로울 게 없다." 지
금의 인간관계 차원에서도 와닿는다. 이어지는 마오의 말은 요
즘도 입만 열면 국민의 이름으로 개혁을 외치는 지도자, 정치인
들에 돌려주고 싶다.

"개혁은 함부로 하는 게 아니다. 개혁을 입에 달고 다니는 사
람 치고 제대로 된 사람 본 적이 없다. 인간의 역사는 개혁가들
의 무덤으로 가득하다. 서두르지 마라."

03

'셰익스피어 세대'가
'섹스어필 세대'에 전하는 사랑의 소네트

– 안경환의 셰익스피어 3부작 《법, 셰익스피어를 입다》(2012),

《에세이, 셰익스피어를 만나다》(2018),

《문화, 셰익스피어를 말하다》(2020)

저자는 문학, 영화 등의 예술작품 속에서 법이 어떻게 기능하고 어떤 역할을 하고 있는가를 분석하고 체계화하는 데 오랜 세월을 바쳐온 저명한 법학자다. 모든 문학작품은 시대가 반영되어 있는 하나의 사회적 텍스트다. 평소 인문학적 소양과 통합적 지성의 배양을 강조해온 저자가 셰익스피어의 작품을 텍스트로 하여 오랫동안 준비해온 법률주석서의 결실이 셰익스피어 3부작으로 피어났다. 〈햄릿〉 등 12편의 작품을 다루고 있는《법, 셰익스피어를 입다》, 〈로미오와 줄리엣〉 등 13개 작품을 다루고 있는《에세이, 셰익스피어를 만나다》, 〈맥베스〉 등 16개 작품을 다루고 있는《문화, 셰익스피어를 만나다》가 그것이다.

셰익스피어 작품은 오랜 세월에 걸쳐 수많은 사람의 손때와 입김을 합쳐 만든 일종의 경전이다. 저자는 이제 셰익스피어 작품이 서양문화권에서의 세속경전의 의미를 넘어 보편성, 국제성, 다문화주의 등 21세기의 모든 의미와 담론을 포용한다고 하면서 이를 시대에 맞게 해석을 시도하고 있다. 새로운 해석을 시도하면서도 작품이 탄생했던 시대의 영국법의 속성과 실태를 여러 각도에서 살피고 있다. 제목에서 보듯이 저자는 법적인 관점만 아니라 문학작품, 영화, 에세이, 연극 등 다양한 시각에서 동서양을 넘나드는 종횡무진의 관련어를 찾아냄으로써 흥미를 더하고 있다. 그 기본적 관점은 어디까지나 법률가적 시각이 주를 이루고 있다. 예컨대 저자의 눈에는 햄릿은 살인죄에 관한 종합교과서다. 햄릿에서 주요인물이 자연사한 경우는 없다. 작품 전체에는 엘리자베스 시대의 살인죄의 법리가 깊이 스며 있다.

그리고 법률가적 시각에서 햄릿의 살인행위에 대한 새로운 해석을 시도한다. 햄릿의 유명한 대사 "To be or not to be. That is the question."은 보통 햄릿의 우유부단한 성격을 단적으로 보여주는 대사로 보고 있다. 저자는 햄릿의 그런 행동은 신속한 사적 복수와 지루한 법적 복수 중에 무엇을 선택할지를 고민하는 '영리한 법률가의 계산된 이성적인 행동'으로 봤다. 만약 그가 당장 삼촌을 죽였다면 단순살인자에 불과하였다. 이를 면하기 위해서 증거를 포착하고 언젠가 공격할 수 있는 법적 복수를 고민하는 와중에서 나온 독백이었다고 한다. 다들 동의하지는 않겠지만 법적 측면에서 그렇게 해석할 수 있는 여지는 충분하다.

저자의 글에는 인생과 세태에 관한 혜안이 가득하다. 나의 독서노트를 풍요롭게 한다. 〈리어왕〉 편(제1권 8장)에서는 조기 상속을 불행의 초청장이라 평한다. 그러면서 "노년의 최대권력은 재물이다. 연륜에 쌓인 지식과 지혜도 재물이 동반될 때만 약간의 권위를 더할 뿐이다. 일찌감치 자식에게 재산을 넘겨주고 대신 효도를 받는 즐거움, 그것은 예나 지금이나 헛된 꿈이다."라고 갈파한다. 〈리처드 3세〉 편(제1권 13장)에서는 셰익스피어의 작품이 세시봉 세대나 가요무대 시청자 세대는 물론 블록버스터 영화와 K-POP 세대에서도 명줄이 끊어지지 않았다고 전제하고 "고전이란 바로 그런 것이다. 대중이 열광하지 않아도 결코 절명되지 않는 것, 그래서 언제라도 찾아서 즐길 수 있는 그야말로 '옛날식 다방의 마담' 같은 존재이다."라고 말한다.

반면 문학적 향기도 그윽하다. 〈오셀로〉 편(제1권 10장)의 "너무나 사랑했다. 그러나 분별없는 사랑이었다."라는 오셀로의 최후의 연설을 시대를 건너 전승되는 명구로 규정한다. 그러면서 너무 일찍 분별이 생겨버린 애늙은이가 많은 사회보다 차라리 늦게까지 분별없는 열정에 애태우는 장년이 많은 사회가 더욱 인간다운 사회, 정신적으로 풍요로운 사회일지도 모른다고 안타까워한다.

끝으로 3부작의 마지막 권 맺음말에서 토론하는 저자의 목소리다.

비교적 나이 들어 필자가 셰익스피어 탐구에 나선 것은 행운이었다. 세상의 부조리와 어둠을 알 만한 나이가 되어서야 비로소 고전의 숨은 맛을 조금씩 깨치게 되었다. 법을 유념하고 작품을 겹쳐 읽는 일 또한 소중한 경험이었다. 세 권의 산문집에 담은 필자의 글들은 문자가 거의 유일한 인식수단이었던 '셰익스피어 세대'가 영상이 포함된 다양한 경로를 통해 세상을 넓게 보고 즐기는 특권을 누리는 '섹스어필 세대'에 전하는 사랑의 소네트이다.

04

목마름 없는 지식은 고문이다

- 《이어령, 80년 생각》, 이어령·김민희 저, 위즈덤하우스

하늘 천(天), 땅 지(地), 검을 현(玄), 누를 황(黃), 하늘은 까맣고 땅은 노랗다. 누구나 다 아는 천자문의 첫 구절이다. "왜 하늘이 까맣나요. 파란데." 훈장한테 묻다가 첫날 쫓겨난 6살 소년 이어령. "오늘의 나를 키운 건 8할이 물음표였다. 물음표가 있었기 때문에 느낌표가 생기는 것이다. 목마름 없는 지식은 고문이다."

통섭형 지식인 이어령은 누가 뭐래도 한국의 천재다. 물론 본인은 이를 극구 부인한다. "나는 천재가 아니다. 다른 사람과 조금 다른 점이 있다면 내 머리로 생각한다는 걸 거야, 스스로 납

득할 때까지…… 누구나 나처럼 생각하면 창조적 사고를 할 수 있다." 이어령의 창조적 사고는 개인적인 차원에 머물지 않고 역사와 사회를 바꾸는 씨뿌리기 역할을 했다. 우상의 파괴와 저항의 문학(20대), 흙 속에 저 바람 속에(30대), 축소 지향의 일본인(40대), 88서울올림픽 굴렁쇠 소년과 벽을 넘어서(50대), 산업화는 늦었지만 정보화는 앞서가자(60대), 아날로그와 디지털의 접목 디지로그(70대), 생명이 자본이다(80대) 등 그의 창조적 상상력은 근대화, 산업화, 정보화를 거치면서 한국사회의 새로운 패러다임 형성에 지대한 역할을 했다. 80대에도 창조적 사고를 멈추지 않는 그는 2020년(88세)에는 '눈물 한 방울'이라는 사실상 마지막 키워드를 한국사회에 던졌다.

《이어령, 80년 생각》, 이 책은 저자 소개란에 나와 있는 것처럼 이어령의 이화여대 마지막 제자인 저자가 2016년부터 2020년까지 5년간 100시간이 넘는 인터뷰를 통해 탄생한 이어령 탐구의 결정판이다. 저자는 저널리스트로서 철저한 고증을 바탕으로 유려하면서도 평이한 문장으로 글을 써왔기 때문에 이 책 역시 쉽게 읽힌다. 저자는 이 책을 통해 밝히고 싶은 건 결과가 아니라 그 결과가 나오기까지의 과정이라 했다. 즉 이어령 교수가 이런 아이디어를 냈다는 팩트가 아닌 그 아이디어를 떠올리는 순간 그의 뇌에서 어떤 생각들이 길항작용을 일으켰고 그 생각들이 어떤 언어로 피어났으며 그렇게 탄생한 아이디어가 세상밖에서 우여곡절 끝에 현실화되기까지의 과정이다. 생각이 탄생하는 순간에 확대경을 들이대고 싶었다는 것이 저자의 고백이다. 저자의 의도대로 과연 과거 어떤 인터뷰나 평전에서도 볼 수 없었던 이어령의 진면목이 싱싱한 활어처럼 다가온다.

이어령은 인터뷰 내내 저자에게 신신당부한다. "이 책은 나에 대한 용비어천가 같은 책이 되면 절대로 안 돼. 자기 잘난 얘기를 하는 책을 왜 굳이 독자가 읽겠어……. 내가 잘나서가 아니야. 80여 년 동안 온리원의 사고를 해온 한 인간의 머릿속을 탐색해보라는 거지. 각자의 삶을 어떻게 살아야 하는지, 남과 다른 창조적인 생각을 하려면 어떻게 해야 하는지를 생각하게 해주는 책 말이야. 더욱이 이렇게 전대미문의 코로나 상황에서는 더욱 그런 사고가 필요해요." 이어령은 이 코로나 상황이 각자에게 '창조적 휴가'를 부여하였다고 보고 이를 전화위복의 계기로 활용하라고 한다. 뉴턴(Newton)이 케임브리지대 학위를 끝내고 사무조교처럼 일을 하고 있었을 때 페스트 때문에 학교가 폐쇄되자 고향집에 가서 쉬게 된다. 그때 중력의 법칙을 비롯한 미적분의 공식과 프리즘의 광학이론까지 그의 3대 업적이라는 아이디어를 얻는다. 그래서 사람들은 페스트로 인한 전화위복의 계기를 '창조적 휴가'라고 불렀다는 것이다.

이어령은 창조적 아이디어의 8할은 조상님들의 지혜로부터 얻은 것이라고 한다. 선조들이 만든 오래 묵은 정원 속에 오래된 미래가 있다고 한다. 또한 좋은 아이디어는 엘리베이터에 타서 내리기 전까지 말할 수 있는 것이어야 한다고 말한다. 간단명료해야 한다는 것이다. 또 만인이 납득할 수 있는 아이디어는 아이디어가 아니라고 한다. 낡은 생각이라는 증거니까. 창조적 아이디어는 남들을 설득하기 힘든 외로운 것이며 그만큼 리스크가 있을 수밖에 없다는 얘기다. 결국 모험과 도전의 정신으로부터 나온다는 말과 다름없다. 인터뷰 말미에 이어령은 덧붙인다.

> 이 책만큼은 어떤 시대 어떤 정치적 흐름 속에서도 진영의 논리에 휩쓸리지 않았으면 해요. 그래서 창조적 인물론의 첫 책을 여는 운명을 지녔으면 해.

나는 이 책을 덮으면서 10년 전 졸저 《책, 인생을 사로잡다》를 펴낼 때 이어령 선생이 직접 써주신 서문을 다시 읽고 음미해봤다. "독서는 씨뿌리기이며 변화이며 행동이다." "나는 단 한 권의 책이라도 그것을 읽고 무엇인가 자기 말과 행동을 하는 사람 앞에서는 귀를 기울인다. 이미 그는 글을 읽는 사람이 아니라 글을 쓰고 있는 사람이기에 그 앞에 서면 긴장하게 된다."

05

서양 고전, 고대에의 입문서

- 《플루타르코스 영웅전》 Ⅰ·Ⅱ, 플루타르코스 저,
홍사중 역, 동서문화사

본서를 집필하면서 체계상 고민한 것이 있다. '젊은 시절부터 내 곁을 떠나지 않았던 책' 10권 속에《플루타르코스 영웅전》을 포함시키느냐 하는 것이었다. 소년 시절부터, 절에서의 독서 몰입기에도, 장년에 이르러서도 늘 가까이했던 책이기 때문이었다. 몇 번의 생각 끝에 마르코 폴로의《동방견문록》으로 대체하였다. 하지만 내 독서편력에 끼친 영향은 지금까지도 지대하다.

플루타르코스 영웅전(이하 영웅전으로 약칭)은 서양판《사기》열전이다. 비록 사마천의《사기》보다 200여 년 후인 AD 2세기경에 나왔지만 동서양의 지성사에 끼친 영향력은《사기》의 그것

못지않다.《사기》가 오늘날 우리가 사용하는 고사성어의 원천이 듯 영웅전은 서양 고사성어와 역사적 일화의 보고다.

"주사위는 던져졌다", "왔노라, 보았노라, 이겼노라", "갑작스러운 죽음"(카이사르 편), "햇볕이 가리지 않게 비켜주시오", "내가 만약 알렉산드로스가 아니었다면 디오게네스가 되고 싶다", "나는 승리를 훔치기는 싫다", "전하는 무엇을 남겨두시렵니까?" "희망이요", "고르디우스의 매듭"(알렉산드로스 편) 등 현재 정치, 문학, 일상생활에서 흔히 쓰는 이런 성어와 일화들이 영웅전에 그 출처를 두고 있다.

영웅전을 쓴 플루타르코스는 그리스의 명문가 출신으로 아테네에 유학한 당시의 저명한 석학이었다. 로마제국 최전성기를 살다가(AD46~120) 하드리아누스 황제 때 사망했다. 영웅전은 테세우스와 로물루스, 알렉산드로스와 카이사르 등 22쌍의 대비 열전과 4편 단독전기로 구성되어 있다. 열전에는 역사적 사실은 물론 인간의 면면, 일화 특히 인간의 약점이 있는 그대로 묘사되었다는 점에서 재미있는 읽을거리를 제공한다. 셰익스피어의 《줄리어스 시저》를 비롯한 많은 문학작품이나 사극이 영웅전을 토대로 창작되었다.

17, 18세기만 하더라도 저명한 몽테뉴, 몽테스키외, 루소, 프리드리히 2세, 나폴레옹, 괴테, 실러, 베토벤 등이 영웅전의 애독자였다. 이처럼 영웅전은 르네상스 이후 유럽에 광범위한 독자

를 갖게 되면서 고전 고대의 입문서로서의 역할을 할 정도였다.

플루타르코스는 책의 첫머리 테세우스와 알렉산드로스 편에서 영웅전에 담을 인물의 범위와 집필 방침을 밝히고 있다. 즉 영웅전에서는 역사적인 기록이 남아 있는 시대까지만 다루고 더 오래된 시대는 시인이나 신화작가에게 맡겨둔다고 했다. 그리하여 로마 건국자 로물루스 시대부터 이야기를 전개한다.

또한 영웅들의 생애는 그들이 이룩한 위대한 업적과 세상 구석구석까지 남겨놓은 발자취를 빠짐없이 기록하기보다 가장 기념할 만한 부분들만 정리하겠다는 것이다. 위대한 업적이나 큰 전쟁을 통해서만 영웅의 됨됨이를 읽을 수 있는 것은 아니기 때문이다. 오히려 어떤 우연한 사건이나 사소한 말 한마디나 농담이 그가 벌였던 전투나 성을 점령한 유명한 사건보다 더 분명하게 그의 성격을 드러낼 수 있다. 그 외 위대한 업적이나 큰 전투에서의 승리는 역사가들의 몫으로 남겨두겠다는 것이다.

이처럼 플루타르코스는 부분적으로는 불안한 해결은 피하면서 특정 인간사를 다루었으며, 많은 일화를 인용하여 피상적으로 쉽게 글을 썼다. 그의 문체는 그가 일상생활에서 사용하던 동시대 그리스어의 영향을 받아 평이하면서도 흥미롭다. 이것이 영웅전이 그 매력과 인기를 영원히 간직하고 있는 소이(所以)다.

06

그가 다닌 길은 그대로 지도가 되었다

– 《마지막 탐험가 : 스벤 헤딘 자서전》, 스벤 헤딘 저,

윤준·이현숙 역, 뜰

스웨덴의 탐험가 스벤 헤딘이 60대로 접어들 무렵인 1925년
에 쓴 이 자서전은 40여 년에 걸친 그의 열정적인 탐사 여정을
생생하고 흥미롭게 서술한다. 타클라마칸 사막 탐사, 고대도시
누란 유적 발견, 이동하는 호수 로프노르의 존재 확인, 미지의
테베트 전역 횡단, 인더스강의 수원 발견 등 – 그가 낙타의 보
폭으로 거리를 재가며 만든 천여 장의 지도를 통해 우리는 비로
소 중앙아시아와 실크로드의 진면목을 알게 되었다. 그가 다닌
길은 그대로 지도가 되어 그 후 탐사자들의 이정표 역할을 한다.

그는 말한다. 모험, 미지의 세계 정복, 불가능에의 도전은 하

나같이 저항할 수 없는 힘으로 나를 끌어당기는 매혹적인 일들이라고. 책을 읽다 보면 온통 숨이 막힐 듯한 이야기로 가득 차 있다. 그는 자신의 이야기 속으로 곧장 뛰어든다. 단 한마디도 허비하지 않는다. 번역도 매끄럽다.

스벤 헤딘에 관한 잘 알려지지 않은 일화 두 가지가 있다. 첫 번째는, 그가 구한말 한국에 온 적이 있다는 것. 이토 히로부미의 초청으로 1908년 12월 서울(당시 대한제국 한양)을 방문하여 고종과 순종을 알현한다. 이어 같은 달 19일 서울 종로 YMCA회관에 강연하러 왔던 헤딘은 청중이 모두 일본인이라는 것을 알고 강연장 밖에서 기다리고 있는 한국인들을 들여보내야 강연하겠다고 하여 한국인들이 입장한 뒤에야 비로소 강연을 시작했다. 그의 강연은 한국에 실크로드의 탐험 및 연구의 역사를 소개한 첫 계기였다. 그는 1909년 1월 대한제국 황실로부터 서훈 1등급인 팔괘장 훈장을 받았다.

또 다른 일화 한 토막. 1935년 헤딘은 독일 순회강연 중 히틀러를 만난다. 히틀러가 70세의 헤딘에게 묻는다. "선생의 비결이랄까 그 나이에 이토록 건강과 총기를 유지하는 방법이 무엇인지 말씀해주시겠죠?", "지극히 간단합니다. 나는 삶의 대부분을 맑고 깨끗한 공기가 있는 아시아의 높은 산속과 세균 하나 없는 끝없는 사막에서 보냈소. 또 몇 년씩이나 사시사철 텐트에서 살았고, 말을 타고 수천 킬로를 다녔는데 이것이 우리가 할 수 있는 최고의 운동일 거요······ 티베트에 있을 때 내 주식은 항상 누렇고 시큼한 우유였소. 또 야크의 달콤한 젖도 먹었지요." 그러자 히틀러가 "맞아요. 요구르트와 시큼한 우유는 건강에 좋고 먹기에도 좋은 최고의 음식입니다. 20년간 요구르트를 주식으로 해온 사람이라면 곰처럼 튼튼하고 다른 사람들보다 더 오래 살 것이요."라고 했다(그의 말대로 헤딘은 87세까지 장수했다).

채식주의자였던 히틀러는 헤딘에게 탐험대의 조직, 지도 제작 등에 관한 질문보다 자기의 관심을 끌었던 음식에 화제를 집중시켰다고 회고한다. 그러면서 히틀러를 키가 크고 남자다웠으며 힘차고 조화로운 모습으로 고개를 높이 쳐들고서 꼿꼿이 걷고 자신감과 절도 있게 행동했다고 호평한다(《실크로드 : 문명의 중심》프랜시스 우드 저, 박세욱 역 참조).

나치 지도자들과의 교분으로 헤딘은 제2차 세계대전 중 친나치 기고 및 저작 활동에 참여함으로써 많은 사람에게 실망과 분노를 안겨주기도 했다. 그렇다고 젊은 시절 그의 탐험가로서의 도전과 모험정신이 빛이 바랜 것은 아니었다.

검색이 곧 지식이 되는 게으른 시대에 우리의 심장을 두근거리게 할 한 인간의 모험의 역사와 그 열정에 대한 이야기를 특히 젊은이들에게 들려주고 싶다.

07

역사 왜곡과 조작이 반복되는 시대에 한국인이 읽어야 할 역사서

– 《이덕일의 한국통사》, 이덕일 저, 다산초당

한국의 중고등학교 국사 교과서는 지금도 한무제가 설치한 낙랑군이 평양에 있었다고 기술하고 있다(한사군=한반도설). 또한 가야(라)가 일본의 식민지였다는 '임나=가야설'을 가르치고 있다. 굳이 역사를 전공한 사람이 아니더라도 역사적 문헌(특히 중국 측 사료)과 답사 등을 통해 연구해보면 한사군은 중국 요동과 요서에 걸쳐 있었다는 것을 쉽사리 파악할 수 있다. 또한 왜가 한반도에 진출해 가야를 점령 지배했다는 주장이 현실적으로나 문헌적으로(일본서기 제외) 전혀 타당하지 않다는 것을 바로 알 수 있다.

'한사군=한반도설'과 '임나=가야설'은 조선총독부가 설정한 식민사관의 핵심이다. 광복 75년이 지난 현재에도 버젓이 각급 학교에서 식민사관에 입각한 사실(史實)을 교육하고 있다는 것은 참으로 개탄스럽고 부끄러운 일이다. 일제 잔재이자 국민 자존심을 뼛속 깊이 깎아 먹고 있는 식민사관은 반드시 극복되어야 할 국가적 과제다. 식민사관 극복을 위한 역사해석은 이른바 강단사학의 전유물이 아니다.

저자 이덕일은 강단사학의 역사 왜곡과 조작에 맞서 치밀한 연구와 행동으로 치열하게 맞서고 있는 대표적인 역사학자다. 《이덕일의 한국통사》는 저자의 그간 연구 성과를 집대성한 역작이다. 강단사학계의 역사적 통념에 정면 도전하며 기존 학설을 180도 뒤집는 흥미진진한 고증과 서술, 정밀한 도판을 곁들인 새로운 한국사 교과서다. 문체도 쉽게 쓰였고 현학적이지 않다. 몇 가지 예를 들어본다.

세계 최고(最古) 문명으로 떠오르는 홍산문화는 우리와 어떤 관련이 있는가? 우리 민족 최초의 국가 고조선의 국경은 지금의 중국 난하 유역까지였는가? 고구려는 내몽골 지역 파림좌기까지 진출했는가? 고구려, 신라, 백제, 가야는 일본 열도에 분국을 설치했는가? 일본 열도에 산재한 조선식 산성은 한반도에서 건너간 도래인들의 유적인가? 강조와 요나라 성종이 결전한 동주는 평안도 선천인가? 중국 영안의 합이파령인가? 중국과 고려·

조선의 국경선인 철령은 심양 남쪽이었는가? 고려·조선의 국경선 공험진은 두만강 북쪽 700리 지점인가? 몽골에 저항했던 삼별초는 오키나와까지 갔는가? 조선의 문신들은 고려 무신정권의 역사를 어떻게 왜곡했는가? 노비해방을 선포했던 태종과 신분제를 긍정했던 세종의 차이는 무엇인가? 왜 아직도 이완용의 비서 이인직이 선각자 대접을 받는가?

이와 같은 분야에서 역사 문헌 자료와 고증, 현지답사 등을 통해 한국사에 대한 기존의 통념을 완전히 바꾸고 있다.

저자는 책머리에서 식민사학이 지금까지 한국의 강단사학계를 지배하고 있는 연유를 밝히고 있다.

광복 직후 남한 역사학계를 재건할 때 진단학회에서 이병도에 대한 제명운동이 벌어졌을 정도로 일제 식민사학은 설 자리가 없었다. 그러나 맑스의 사적 유물론을 지지하던 사회경제사학자들은 대거 월북하고, 분단과 6·25를 거치는 과정에서 정인보·안재홍 등의 민족주의 사학자들이 납북되면서 민족주의 역사학도 제거되었다. 그 빈 공간을 조선총독부 조선사편수회 출신 이병도·신석호가 장악해 식민사관을 제외한 모든 역사관을 강단과 제도권에서 말살하고 '식민사관'이라는 이름표를 '실증사관'으로 바꾸어 달고는 남한 역사학계를 완전히 장악했다. 남한 역사학계는 검찰이 '검사동일체'의 원칙으로 한 몸처럼 움직이는 것처럼 '강단사학동일체'의 원칙으로 보수도 진보도, 노장도 소장도 없이 한 몸으로 식민사학 옹호에 매진해왔다. 그 결과 시간이 흘러 광복 후 3, 4대 역사학자가 등장했지만 식민사학 카르텔은 더욱 심해졌다.

이와 같은 식민사학 카르텔 형성에는 언론도 보수 진보성향을 막론하고 *끈끈하게* 맺어져 한 몫하고 있다고 지적한다. 경청할 만한 견해이다.

08

만권의 책으로 돌아오다

– 《이미도의 언어 상영관》 (2019), 《독보적 영어 책》 (2016),

《똑똑한 식스팩》 (2013), 이미도 저

___

CIA를 좋아합니다.

C는 영화, 호기심, 창의력, 연결의 영어에서 첫 글자입니다.

(Cinema, Curiosity, Creativity, Connection.)

I는 상상력, 혁신, 영감, 무한의 영어에서 첫 글자입니다.

(Imagination, Innovation, Inspiration, Infinity.)

A는 재미, 축적, 행동, 태도의 영어에서 첫 글자입니다.

(Amusement, Accumulation, Action, Attitude.)

CIA는 창의적 삶을 위한 필수 단어들이기 때문입니다.

저는 CIA를 무기로 해 다섯 가지 놀이를 즐깁니다.

첫째, 할리우드 영화를 번역합니다.

둘째, 책과 칼럼을 씁니다.

셋째, 책을 펴냅니다.

넷째, 강연합니다.

다섯째, 시를 짓습니다.

《이미도의 언어 상영관》 앞에 게시된 저자의 자기소개 자막 (?)이다. 창의적 상상력이 물씬 묻어나지 않는가!

이미도는 언어의 조련사이자 조어(造語)의 달인이다. 이 점에서 지식생태학자 유영만 교수와 비견된다. 그의 언어 조화(造化) 능력은 500편이 넘는 외화를 번역한 한국의 대표적 외화번역가로서의 그의 이력과 같이한다. 영화의 명대사, 영어의 명문장을 그는 톡톡 튀는 언어로 문학적 표현으로 재구성한다. 하나의 명대사, 명문장에서 관련 동서양 명작, 명시를 두루 섭렵한다. 읽다 보면 만 권의 책을 읽은 기분이 든다.

그는 번역에 있어서도 미세한 문구에 집착하지 않고 과감하게 의역한다. 자신감과 창조적 상상력이 작동하지 않으면 감히 할 수 없을 것이다. 예컨대 영화 〈슈렉〉에서 'Far Far Away Kingdom'이란 단어를 고민 끝에 '겁나 먼 왕국'으로 번역하여 유행어를 만들었다. 또 영화 〈제리 맥과이어〉에서 톰 크루즈를 향해 어린이가 가운데 손가락을 들어 올리며 'FuXX you!'하고 욕하는 장면이 나오는데 한국적 정서를 반영하여 '뽁큐!'라고 번역하여 객석을 웃음바다로 만들었다.

저자는 말한다. 행복의 시작은 좋아하는 것을 지금 하는 것, 변화는 "내 힘들다"를 거꾸로 읽는 데서 온다고. 이러한 내용들이 위 세 권의 저작에 고스란히 녹아 있다. 특히《이미도의 언어 상영관》에는 그의 자작시가 등장한다.

> 인간의 욕망이 반토막 낸 철일지언정
> 일순간이 일평생처럼 치열하여라
> 너, 들에 피는 밤 매화여
> 정품 야매(夜梅)여
> 참말로만 시를 짓는 시인과 벗할 꽃이 되고파
> 뜰에 피는 밤 매화여 - 〈야매〉 중에서

정품 야매의 참신한 시선과 고고한 정절을 느끼게 하는 시작(詩作)이다. 저자가 추천하는 영화 명대사로 맺는말을 갈음한다.

> '직접 기적이 되어라(Be the miracle)' - 〈브루스 올마이티〉(2003)

하는 일마다 잘 풀리지 않는 주인공이 하늘을 탓하자 하늘에 기적을 달라고 말하지 말고 너 스스로 기적이 되라는 충고다.

09

모든 철학은 시대의 자식이다

- 《탁월한 사유의 시선》, 최진석 저, 21세기북스

《탁월한 사유의 시선》은 철학서에 대한 기존의 관념을 철저히 뒤흔들며 우리 사회에 큰 반향을 일으킨 책이다. 아울러 우리에게 삶의 구체적인 이정표와 인문의 진정한 의미를 다시 한번 되새기게 한다.

이 책은 철학이 어디에서 왔는가로 시작된다(제1강). 동아시아의 철학은 중국과 영국의 전쟁에서 시작된다. 영국에 패배한 중국은 자신들을 지키기 위해 서양의 힘을 배우기로 했고 처음에는 과학기술부터 받아들인다. 이런 과정에서 여러 정치운동과 제도 변화를 시도했지만 성공적으로 이끌지는 못했다. 나중에야 서양의 힘의 원천은 기술이 아닌 그들의 문화와 윤리, 사상, 그리고 철학에 있다는 것을 깨닫는다. 일본 역시 미국과 불평등조약을 맺으면서 정치적 변화를 겪게 되고 뒤이어 메이지유신을 감행한다. '철학'이라는 용어는 일본에서 온 단어다. 우리나라가 서양철학을 수용했을 때 이미 일본은 독자적으로 철학을 생산하는 단계에 들어섰다고 한다.

저자는 우리가 선진화가 되려면 철학의 시선의 높이가 중요하다고 한다. 현재 우리 사회는 이미 만들어진 이론을 따라가는 종속적인 단계를 벗어나지 못한다. 좋게 말하자면 외국의 좋은 점을 수용하여 본받는 것이지만, 사실은 따라 하는 것이다. 이렇게 쫓아가는 단계에 있다 보니 창의적이지 못하고 창조할 수 없다. 전략적이되 전술적이지 못하다. 기존 판에서만 움직이기 때문에 새판을 짤 수 없다.

이런 시선은 독립운동가 단재 신채호 선생의 〈낭객의 신년 만필〉에도 잘 나타난다. 1920년대 우리 민족의 비주체성은 100년이 지난 지금과 크게 다르지 않다. 우리가 주도권을 갖고 더 부강한 나라로 발전하려면 사유로부터의 종속이 아닌 독립이 시급하다고 한다.

저자는 철학공부와 철학하는 것은 다르다고 한다. 즉 철학을 한다는 것은 철학자들이 만든 이론을 답습하고 숙지하는 것이 아니라 그들의 시선의 높이에 동참하는 능력을 갖는 것이라고 강조한다. 철학은 이론이나 지식이 아닌 활동이다. 생각해보면 철학을 배울 때 그들의 생각이 훌륭하고 옳다고 여기고, 그들처럼 사물을 생각하는 능력을 길러야겠다는 생각은 하지 못했다. 철학하는 것이 아니라 철학공부하는 것이었다. 남의 사고에 머물러 있으니 당연히 그 이상의 발전은 없다는 것이다.

이러한 바탕에서 한국사회의 문제점을 정확히 인식하고 어떻게 변화, 대처해야 하는지 미래를 제시해주고 있다. 개정판 (2018)에서는 초판 출간 이후 전개된 국내 사회 정치 현실과 세계정세 변화에 대한 소론을 추가하여 논의의 깊이와 넓이를 더하고 있다.

저자는 일류대학 교수직 정년을 7년 앞두고 퇴직하였다. 그가 구상했던 사회 디자인을 구체화하는 활동을 하기 위해서다. 철학이 지식이 아닌 활동이라는 그의 신념의 발현이다. 그는 한국사회의 예민한 현안에 대해서도 유, 불리를 가리지 않고 철학적 정론을 펴왔다. 언행 불일치의 지식인, 정치인들이 판치는 사회에서 지성의 참모습이 어떠한지를 몸소 보여주고 있다.

책 속에는 머리를 탁치는 문장이 가득하다, 읽는 내내 감탄이 멈추지 않는다. 그리고 내가 얼마나 종속적이고 틀에 갇힌 사람인지를 깨닫게 한다.

• 판 자체를 새롭게 벌이려는 시도, 그것이 철학이다.(1강 03)

- 모든 철학은 시대의 자식이다.(1강 04)

- 철학은 시대라는 현실적 맥락 속에 살아 있는 것이다.(3강 03)

- 국가 발전의 기본은 철학적 시선을 갖추는 일이다.(3강 04)

- 진정한 용기는 삶의 불균형을 과감히 맞이하는 것이다.(3강 04)

- 기존의 가치관을 죽여야 새로운 통찰이 생긴다.(4강 02)

10

역사의 결정적 순간 연출한
리더십 현장으로의 시간여행

- 《결정적 순간들》, 박보균 저, 중앙북스

① 문장을 짧게 쓸 것, 특히 첫머리 문장이 짧아야 한다. ② 내용 있는 구체적인 문장이어야 할 것. ③ 적극적인 내용이어야 할 것. ④ 필요 없는 형용사는 생략할 것. ⑤ 틀에 박힌 문구를 사용하지 말 것.

헤밍웨이의 문장 철칙이다. 그가 세계적 작가로 자리매김한 비결(?)이다.

언론인인 저자의 글은 짧고, 강렬하고 선명하다. 사건(주제)마다 간결한 핵심 문장으로 첫머리를 장식한다. 쓸데없는 미사여구는 보이지 않는다. 헤밍웨이의 문장 철칙을 떠오르게 한다. 어쩌면 독특한 문체를 개발하다보니까 헤밍웨이를 닮게 되었는지도 모른다. 세계사의 극적 장면을 연출했던 리더십 승부사들의 진면목을 보여주는《결정적 순간들》역시 첫 문장부터 긴박하게 전개된다. 글을 읽는 호흡이 빨라지면서 재미와 호기심에 빠져든다. 틀에 박힌 문구로 지루하게 전개되는 긴 문장의 판결문, 공소장, 변론서에 익숙한 법조인들한테는 새로운 글의 향연이다.

이 책의 특징은 저자의 단문(短文)주의와 더불어 철저한 현장주의다. 저자는 세계 정치사를 장식한 처칠, 루스벨트, 드골, 히틀러, 레닌, 마오쩌둥, 호찌민 등의 장소를 찾는다. 또한 제2차 세계대전과 관련한 주요 회담(카이로, 테헤란, 얄타 회담) 등 기억의 장소를 찾는다. 이렇게 이 책이 다루는 24개 주제별 관련 장소를 모두 찾는다. 현장에 가지 않으면 글을 쓰지 않겠다는 저자의 다짐이 비친다.

새로운 역사적 사실도 찾아낸다. 1943년 11월 카이로 회담에서 식민지 한국의 독립조항이 처음 들어간다. 여태까지 우리는 그 조항을 장제스(蔣介石)가 넣었다고 알고 있다. 카이로 현장을 다니고 워싱턴, 대만 자료들을 발로 추적해보니 그 상식은 과장된 신화, 잘못된 사실이었다. 한국 조항 삽입의 주역은 루스벨트였다. 저자는 당시 여러 물증과 정황증거를 들면서 이를 입증한다.

이 책은 현장 중심의 '지도자 전기 모음집'이자 '문사철 콘텐츠가 풍부한 자기계발서'이다. 저자는 정치리더십 분야로 분류한다. 그러면서 상상력과 용기를 리더십의 가장 큰 덕목으로 본다. 용기와 상상력이 결합하면 위기 돌파의 추진력이 생겨난다. 처칠의 지도력을 대표적인 예로 든다.

특히 드골의 프랑스 핵무장과 관련한 리더십(집념과 용기)이 흥미롭게 펼쳐진다. 드골의 핵무장 집념은 집요했다. 그는 '핵무기가 없는 나라는 진정한 독립국이라고 볼 수 없다'고 했다. '소련의 핵보복 위협을 무릅쓰고도 미국은 파리를 지키기 위해 뉴욕을 포기할 것인가'라는 의문을 제기하면서 미국의 견제를 이겨냈다. 그러면서 저자는 강조한다. "핵은 절대무기다. 미국의 핵우산에만 의존할 수는 없지 않은가. 북한 핵문제를 국민 다수가 강 건너 불구경처럼 생각하고 있다. 이런 정신상태부터 바꿔야 한다. 북한 핵문제는 우리의 문제다. 북한 핵을 미국에만 맡기는 것은 비겁한 리더십이다. 한국은 핵무기 개발 의지를 가져야 한다. 실제로 개발하느냐 보유하느냐는 나중 문제다. 한국이 그런 의지를 표출하는 순간 핵 억지 효과가 있다고 생각한다." 용기 있는 지식인의 목소리다.

저자는, 일본을 어떻게 다룰 것인가, 그 출발점을 지피지기(知彼知己)라고 한다. 그 연장선상에서 정한론과 메이지유신의 원조(元祖)격인 요시다 쇼인(吉田松陰)의 그림자를 찾는다. 장소는 메이지유신의 등장인물을 대거 양산했던 야마구치현 하기(萩)—당시 죠슈번 성도—다. 메이지유신과 요시다 쇼인을 제대로 알아야 21세기 일본을 알 수 있다. 하지만 우리 정계와 학계의 대부분은 비분강개(悲憤慷慨)에 머물러 있다. 문재인 정부 들어 그런 흐름은 더욱 강해졌다. 비분강개 대신 지일(知)과 용일(用), 극일(克日)로 가야 한다. 김종필과 김대중은 일본을 알았다. 그 바탕에서 정교함을 갖춘 대일외교를 펼쳤다고 한다. 충분히 공감한다.

걸어라 서쪽으로, 문명의 달빛을 따라

– 《유라시아 견문》 1~3권, 이병한 저, 서해문집

내가 저자의 책을 처음 접한 건 몇 년 전 서점에서였다. 인문 서적 진열대에서 《반전의 시대》라는 제목의 책이 우연히 눈에 띄어 서문과 목차를 10여 분 훑어보고 구입해 단숨에 읽어 내렸다. 저자의 약력을 보니 사회학과 역사학을 전공한 젊은 학도였다. 현장을 직접 뛰면서 세계사의 변화와 반전의 상황을 새 세대의 시각으로 유려하게 전개하고 있었다. 나는 한 저자의 책이 맘에 들면 그 저자의 모든 책을 구입해 읽는 독서습성(?)이 있다. 그리하여 저자의 후속작 《유라시아 견문》 3부작을 독파했다. 저자가 2015년부터 3년간 100개 나라 1000여 도시를 주유하면서 사유했던 담대한 여정을 서사시적으로 그려내고 있다.

저자는 구미 중심의 패권경쟁과 냉전질서로 유지되던 이제까지의 세계체제가 막을 내리고 동/서, 고/금, 구대륙/신대륙의 대반전(大反轉)이 전 지구적으로 진행되고 있다며 이를 '반전의 시대'로 본다. 이러한 '반전'의 시대적 징후를 유라시아 도처에서 목도하며 증언하는, 성실하고 통찰 가득한 견문록이 바로 3부작이다. 단순한 기행이나 여행이 아니라, 가깝게는 《서유견문》을 잇고 멀리는 혜초와 마르코 폴로와 이븐 바투타의 견문을 계승한다고 하면 지나친 상찬일까?

제1권은 중화 세계와 이슬람 세계의 문명 간 교류와 재건을 통해 유라시아의 초원길과 바닷길이 다시 연결되고 부활하는 생생한 현장을 보여준다. 제2권에서는 히말라야에서 지중해까지 아우르는 거대한 인도양 세계와 페르시아 및 아라비아 세계를 조망하고 있다. 그리고 제3권은 서세동점 '대항해 시대'의 출항을 알린 유라시아 극서(極西)의 도시 리스본(포르투갈)에서 출발해 유럽과 발칸, 중앙아시아, 러시아, 시베리아를 거쳐 극동의 블라디보스토크와 홋카이도에 이르기까지, 거대한 유라시아 대륙을 서(西)에서 동(東)으로 횡단하는 아주 긴 '귀로'의 여정이다.

무엇보다 이 책의 특징은 유라시아 곳곳의 지식인들과 직접 만나 대화를 나누는 지성의 향연이다. 예컨대 제3권에서는 발칸 출신으로 슬라보예 지젝 이후 가장 잘 나가는 좌파 지식인이자 유럽의 대안정치운동의 청년 기수인 스레츠코 호르바트(뉴욕에서 '점령하라' 운동을 펼친 주인공이기도 함), 폴란드 민주화 운동의 산파이자 폴란드의 사상적 지도자로서 현직 유럽의회 의원인 리샤르트 레구트코, 21세기 신(新)유라시아주의 운동의 기수이자 푸틴 대통령의 '브레인'으로 유명한 대사상가 알렉산드르 두긴, 프랑스의 역사학자이자 인구학자로서 유럽의 '공화국의 위기'를 날카롭게 진단하는 에마뉘엘 토드 등과의 뜨거운 대화들이 이어진다.

견문의 끝자락에서 저자가 일본의 홋카이도에 한 달이나 머문 까닭이 흥미롭다. 이미 100년 전에 말을 타고 유라시아를 횡단했던 정보장교 후쿠시마의 존재를 발견했기 때문이다. 즉 일본은 20세기 초반부터 이미 '동아시아'로 한정되지 않았다. 만주(만추리아)를 통하여 몽골리아와 페르시아와 아라비아까지 아우르는 유라시아 구상을 했고, 유라시아의 지식과 정보를 축적하는 싱크탱크(남만주철도회사)까지 갖추었던 것이다. 그런데 한국의 사정은 어떠한가. 저자는 중국 심양(선양)에서 17세기 유라시아의 지각변동을 앞서 보았던 소현세자의 불행한 운명을 복기하며, 촛불혁명 이후에도 지리멸렬한 한국의 현재를 근심한다. 나는 덧붙이고 싶다.

19세기 중반 미국 페리제독의 함대가 일본에 잠시 정박했을 때 젊은 요시다 쇼인 등이 국법을 어기면서까지 몰래 접근하여 미국에 데려가달라고 하다가 거절당하고 결국 막부에 의해서 처벌받은 적이 있다. 반면 17세기 하멜 일행이 조선에 13년간 이나 머물면서 탈출했지만 그 사이 조선의 지식인 누구 하나 하멜 일행을 통해 서양과 세계에 대해서 관심을 가지려고 한 적이 있었던가, 아니 19세기 후반 영국이 거문도를 2년간(1885~1887) 점령했을 때 그 섬의 젊은이 어느 누가 서양과 과학기술에 대한 호기심으로 영국인과 사귀거나 따라 나서자고 시도한 적이 있었던가!

12

종횡무진의 사유와 호방한 상상력

– 《열하일기》(전 3권), 박지원 저, 김혈조 역, 돌베개

연암 박지원은 아주 매력적인 인물이다. 그의 사유는 광대하면서 조밀하고, 조밀하면서 틀에 갇힘이 없어 자유롭고 호방하다. 《열하일기》는 연암의 그러한 사유가 그대로 반영되어 있어 단순한 연행기(燕行記)로만 읽혀지지 않는다. 아시다시피 《열하일기》는 연암이 청나라 건륭제(乾隆帝)의 칠순연(七旬宴)을 축하하기 위한 사절단의 행렬을 따라 열하를 비롯해 북중국과 남만주 일대를 여행하고 그곳의 문물과 제도에 대해 상세히 기록한 일종의 여행기다. 사물을 바라보는 예리한 관찰력과 자유분방한 상상력을 바탕으로 청나라의 풍경과 조선의 현실을 비판하는

244 책이라는 밥

안목이 으뜸이다.

　무엇보다 '연암체'라고 일컬어지는 새로운 문체의 구현을 통해 당대의 고답적인 의식을 흔들어버렸다는 점에서 주목할 만하다. 조선의 왕 중에서는 상당히 진보적인 생각을 하였다는 정조조차도 그의 문체를 불순하다는 이유로 금서(禁書)로 지정하여 배포를 금할 정도였으니 《열하일기》의 파급력이 어떠했는지를 능히 짐작해볼 수 있다. 시대의 틀을 과감하게 거부한 연암의 문체는 새롭고 자유로운 정신에서 나온 것이다. 우리가 《열하일기》를 읽어야 할 주요한 이유도 바로 그 점에 있다.

13

라이벌까지 끌어안은 포용과 통합의 리더십
─《권력의 조건》, 도리스 컨스 굿윈 저, 이수연 역, 21세기북스

    선거 때만 되면 혹은 사회가 혼란스러울 때마다 '포용과 통합'의 리더십이 필요하다는 주장들이 우후죽순처럼 싹튼다. 그런 주장들은 대개 구체적인 내용을 담고 있지 못해 공허한 울림으로 그치고 만다. 포용과 통합의 당위를 강조하는 것도 중요하지만 그것을 실현하기 위한 일련의 원칙과 방안을 제시하는 것이 더 중요하다. 1995년 퓰리처상을 수상한 도리스 컨스 굿윈의 《권력의 조건》은 '라이벌까지 끌어안은 링컨의 포용리더십'이라는 부제에서도 짐작할 수 있듯이 링컨의 리더십을 조명한 책이다.

어느 누구도 링컨이 공화당 대통령 후보가 될 것이라고 생각하지 못했지만 그는 막강한 경쟁자들을 물리치고 후보가 되었으며, 마침내는 미국의 16대 대통령이 되었다. 링컨은 라이벌을 친구로 만들고, 편 가름이 없이 인재를 기용하고, 이질적인 내각을 구성해 난국을 타개해가는 발군의 리더십을 발휘했다. 그가 발휘한 리더십의 구체적인 내용은 지금 우리 사회에서 가장 시급하게 요구되는 사항들이며, 그 절박성이 바로 내가《권력의 조건》을 적극적으로 추천하는 이유다.

피지배자의 입장에서 본 조선의 역사

- 《백성 편에서 쓴 조선왕조실록 : 왕을 참하라》,
백지원 저, 진명출판사

역사는 서술자의 관점이 중요하다. 역사 발전의 동력을 지배자에 둘 것인지, 아니면 피지배자에 둘 것인지에 따라 역사적 사실의 의미는 상당히 다르게 나타날 수밖에 없다. 재미 사학자 백지원의 《백성 편에서 쓴 조선왕조실록》은 제목에서 표명한 것처럼 백성의 입장에서 조선의 역사를 새롭게 조명하고 있다. 그동안 학교에서 배운 조선의 역사는 10퍼센트도 되지 않는 왕과 양반을 중심으로 한 치우친 역사라는 것이 저자의 관점이다. '콩가루 집안의 태조 이성계와 소설 함흥차사', '철딱서니 없이 황제를 흉내 낸 제10대 연산군과 사화의 시작', '얼뜨기 중종과 조광

조의 좌절' 등의 제목만 보아도 저자의 역사 서술이 어떤 측면에서, 어떤 문체로 서술되고 있는지를 짐작해볼 수 있다.

그렇다 보니 이 책에 대한 독자의 반응은 찬반이 명확하게 갈린다. 저자가 쓴 《고려왕조실록》도 마찬가지 관점에서 고려의 역사를 서술하고 있다. 고려는 조선보다 훨씬 역동적이었으며, 불교가 중심이었지만 다양한 종교와 사상들이 공존을 했던 시대였으며, 통일된 민족의식이 형성되었던 사회라고 저자는 밝힌다. 백지원의 책을 읽다 보면 통쾌함을 느낄 수 있다. 그것은 지금까지 우리가 배웠던 지배자 중심의 역사 서술에 가려 있던 새로운 진실들의 대면에서 오는 감정일 것이다.

15

중국 역사에 대한 거의 모든 것
-《중국의 역사》, 진순신 저, 권순만 역, 한길사

　진순신은 타이완 출신의 일본작가로, 소설가이자 역사문학평론가다. 그가 쓴《중국의 역사》는 삼황오제 시대부터 마오쩌둥 혁명까지의 방대한 중국사를 다루고 있다. 내가 소장하고 있는 책은 한길사에서 12권으로 출간된 것인데 지금은 절판이 되었고, 최근 살림출판사에서《진순신의 이야기 중국사》라는 제목으로 바뀌어 10권으로 재출간되었다. 진순신의《중국의 역사》는 방대한 자료와 치밀한 고증, 소설처럼 술술 읽히는 호탕한 문체로 5천 년 중국의 역사를 매우 흥미롭게 조망하고 있어 중국 역사에 관심을 가진 사람은 물론 일반인들까지 즐겨 읽는 역사서다.

　신화시대부터 하·은·주, 춘추전국시대를 거쳐 신해혁명까지 5천 년 중국통사를 일목요연한 줄거리를 바탕으로 소개한 책을 시중에서 찾기는 쉽지 않다. 절조를 신념으로 삼았던 예술가, 항우, 황소, 이자성, 홍수전 등 중국사의 주요인물에 대한 이야기는 물론 뇌물에 대한 이야기, 환관을 다스리는 법령의 출현 배경, 중국사에 등장한 외국인 등 아기자기하고 재미있는 이야기들도 풍성하게 담겨 있어 재미있게 읽을 수 있다. 세계적으로 중국의 위상이 점점 높아지고 있는 현시점에서 중국의 역사와 문화를 이해하는 것이 매우 중요한데, 이 책은 그런 필요성에 충분한 답을 제공해준다.

16

로마 문명사에서 배우는 인간의 삶

— 《로마인 이야기》, 시오노 나나미 저, 김석희 역, 한길사

시오노 나나미의 《로마인 이야기》는 기원전 753년 로마 건국부터 서기 476년 서로마 제국 멸망까지 1,500년간의 로마 흥망사를 담은 책이다. 《로마인 이야기》는 1992년 1권이 나온 이래 매년 한 권씩 꾸준하게 출간되어 15년 만에 15권으로 완간이 되었다. 역사적 사실에 바탕을 두고 있지만, 사실 자체만으로는 그 의미를 충분히 설명할 수 없는 것들에 대해서는 과감하게 자신의 생각과 상상력을 개입시키는 시오노 나나미의 도발적인 서술 태도는 독자들에게 많은 호응을 받았다. 그래서 《로마인 이야기》는 역사서지만 오히려 리더십의 덕목과 인간의 삶을 배

울 수 있는 처세의 책으로 더 많이 추천이 되고 있다.

저자는 종교와 민족과 음식 등 공통되는 것이 없는 사람들이 어떻게 로마제국의 틀 안에서 공생을 할 수 있었는지를 객관과 주관의 영역을 넘나들며 조명한다. 관용과 공존의 통치 방식을 구사한 로마제국의 흥망성쇠를 통해 우리가 배워야 할 것은 인간이란 어떤 존재인가, 라는 문제일 것이다. 인간은 굉장히 재미있는 존재인데, 역사학자들은 그것을 권위 때문에 외면한다는 시오노 나나미의 지적은 역사란 곧 인간 욕망에 대한 신랄한 조망이라는 관점과 연결되는 것이다. 그것이 《로마인 이야기》가 스테디셀러가 될 수 있었던 이유다.

유목정신의 대역사, 칭기즈칸의 꿈과 길

- 《유라시아 대륙에 피어났던 야망의 바람》, 박원길, 민속원

몽골고대사 및 북방민족사를 전공한 역사학자 박원길이 쓴 이 책은 칭기즈칸의 대몽골제국이 어떻게 형성·발전되었는지를 서술하고 있다. 특히 칭기즈칸이 발흥할 무렵의 초원역사는 암흑기라고 불릴 정도로 베일에 싸여 있었으며, 그 후 팽창과정에 대해서도 엄청난 오해가 있었다는 지적과 함께 중국이나 유럽 중심으로 시대를 구분하는 것은 진정한 의미의 시대구분이 아님을 저자는 강조한다. 그런 문제제기와 함께 저자는 몽골역사에 대한 베일과 오해를 '유목과 정착'이라는 관점으로 풀어내고 설명하면서, 인류통합의 시대이념을 제시한 '팍스몽골리카'

의 이념은 이후 세계를 하나로 통합하는 사상과 조직의 모태이자 분수령이 되었다고 주장한다.

인터넷을 통해 세계가 하나로 통합될 수 있는 환경이 조성된 것도 사실은 '팍스몽골리카'의 영향인데 그것이 방치되어 빛을 발하지 못하고 깊은 어둠 속에 잠들어 있다는 것이 저자의 설명이다. 유목의 역사는 곧 세계 대통합의 역사다. 이 책은 지루하게 읽히는 책이 결코 아니다. 디지털제국 몽골제국을 중심으로 중국과 세계사의 이야기가 흥미진진하게 펼쳐진다. 몽골역사에 대한 이해는 물론 유목의 마인드가 왜 미래의 세계를 지배할 키워드인지를 제시한다는 점에서 주목할 만한 책이다.

18

탈무드에 담긴 유대인의 성공철학

-《솔로몬 탈무드》, 이희영 역, 동서문화사

수많은 천재와 석학들 그리고 세계시장을 좌지우지하는 걸출한 경제계 인물을 배출한 유대인의 힘은 어디에서 나왔을까? 모두가 짐작하듯이 탈무드에서 나왔다 해도 과언이 아니다. '탈무드'는 히브리어로 '연구', '배움'이란 뜻이다. 유대인은 역사의 고난을 겪으면서도 민족으로서의 근원적인 유대감을 한 번도 놓지 않았다. 탈무드에는 유대인들이 자신들의 길을 찾기 위한 훈련의 흔적이 담겨 있다. 유대인들은 탈무드의 내용을 자녀교육의 교과서로 사용했다. '자식에게 물고기를 잡아주지 말고, 물고기 잡는 법을 가르쳐주라.'라는 속담이 유대인들의 생각과 삶의 방식을 한마디로 나타내주고 있다.

'세계 최고 두뇌, 최대 부호 성공집단 탄생시키는 유대인'이라는 부제를 달고 있는 이희영의《솔로몬 탈무드》는 탈무드에 담긴 유대인 생활철학을 1천여 페이지에 걸친 방대한 분량을 통해 자세하게 설명하고 있다. 유대인의 부자철학, 협상방식, 가정생활, 교육방식 등 15개 장으로 나누고 관련 금언, 일화, 사례 등을 동원해 유대인의 삶과 철학, 과거와 현재를 추적하고 있어 탈무드와 유대인에 대한 총체적인 이해를 돕는다. 치밀한 조사와 저자가 경험한 내용이 바탕이 되고 있어 각별하다.

19

불가능에 도전한 인간 알렉산드로스의 매력
– 《알렉산드로스》 (전 3권), 발레리오 마시모 만프레디 저,

이현경 역, 들녘

유럽, 아프리카, 아시아 대륙에 걸쳐 대제국을 건설하고 헬레니즘문화를 태동시킨 야망의 인물 알렉산드로스가 33세의 나이로 죽지 않고 몇 십 년을 더 살았다면 세계사의 흐름은 어떻게 되었을까? 이런 질문을 던질 수 있다는 것 자체가 그의 위대성에 대한 반증일 것이다. 그러나 이탈리아의 고고학자이자 고전문학가인 발레리오 마시모 만프레디는 그러한 위대성 자체가 알렉산드로스에 대한 이해를 도식화시킬 수 있다는 점을 지적하면서, 고고학적인 연구 결과를 바탕으로 위대성이라는 허울 속에 가려져 알려지지 않은 인간 알렉산드로스의 매력을 소설

《알렉산드로스》를 통해 밝힌다.

대제국의 건설이라는 그의 업적보다는 불가능한 꿈을 실현해 나가는 인간 알렉산드로스의 다채로운 매력을 느껴볼 수 있다는 것이 소설 《알렉산드로스》의 특징이다. 소설적 허구에 의한 것이 아니라 역사적 객관성에 근거해 알렉산드로스의 꿈과 고통과 수모 등을 서술하고 있다는 점에서 더 깊은 감동이 묻어난다. 가장 많이 알려졌지만 가장 많이 오해하고 있는 알렉산드로스의 인간적 매력이 독서의 맛을 돋우는 소설이다.

권력의 위기관리와 국가의 위기관리

－《고종시대의 리더십》, 오인환 저, 열린책들

리더십의 요체는 위기관리능력에 있다. 위기는 외부적인 요인과 내부적인 요인이 맞물리면서 초래된다. 특히나 반도라는 지리적 특성과 민주주의적인 의식의 미성숙으로 인해 사회 내부의 불안이 곳곳에 잠재하고 있는 우리나라로서는 지도자의 위기관리능력이 통치력의 중요한 덕목으로 평가되고 있다.

오인환의 《고종시대의 리더십》은 고종재위 44년간에 벌어진 주요 역사적 사건을 한·중·일의 역학관계라는 측면에서 조명하고 있다. 고종과 대원군과 민비의 권력투쟁을 근간으로 한 내부적 위기와 일본의 이토 히로부미나 청국의 이홍장과 원세개의 침탈이라는 외부적 요인이 빚어낸 고종시대의 총체적 위기가 어떻게 대한제국의 멸망으로 이어진 것일까? 저자는 그 점에 대해 권력의 위기관리와 국가의 위기관리가 반드시 일치하지 않는다는 점을 지적한다. 대원군의 쇄국정책과 고종의 독립협회 해산은 일시적으로 권력의 위기는 관리했을지는 모르지만 국가라는 대국적 차원의 위기관리가 아니었다는 점은 작금의 모든 정치인들이 명심해야 할 내용이다. 지도자가 되려는 모든 사람들이라면 이 책을 꼭 읽어봐야 할 것이다. 같은 맥락에서 서술한 저자의《조선왕조에서 배우는 위기관리의 리더십》도 함께 읽으면 좋다.

21

고전에 대한 편식을 바로 잡아줄 알찬 안내서
-《동양 고전》, 《서양 고전》, 《한국 고전》,

김욱동 저, 현암사

고전을 읽어야 할 대의나 명분에 대해서는 누구도 부정하지 않는다. 그런데 문제는 '고전'이라는 기준을 너무 서구적인 것에 두고 있다는 점이다. 서양의 그리스·로마에 대한 신화는 많이 알아도 한국이나 동양에 대한 신화는 문외한인 경우가 많다. 그렇듯 고전에 대한 인식도 서구적인 편중에서 벗어나지 못하고 있는 것이 우리의 실정이다. 김욱동의 '우리가 정말 알아야 할' 시리즈 3권《동양 고전》,《서양 고전》,《한국 고전》은 그러한 편중을 바로잡으려는 기획에서 출발하고 있어 그 의미가 남다르다 하겠다.

저자는 "세계화 시대에 산다고 해서 무조건 남의 나라 것에만 매달리는 태도는 바람직하지 않으며, 우리 것을 알고 남의 것을 알아가야 한다."라는 생각을 바탕에 두고 문화와 사상의 기본인 고전을 읽어야 한다고 강조한다. 작가와 작품에 대한 배경을 설명하면서 각각의 고전들이 지닌 의미를 충실하게 짚어주고 있어 고전을 읽으려는 사람들에게 훌륭한 안내서의 역할을 한다. 내가 제1부 7장에서 강조한 '개론서의 힘'을 보여주는 대표적인 책이다. 세 권의 책 중에서 원효의 《대승기신론소》부터 박경리의 《토지》까지 모두 30권의 고전을 소개한 《한국 고전》에 각별히 주목해볼 것을 권한다.

22

용기와 소신의 필요성
-《직언》, 신봉승 저, 선

직언이 받아들여지지 않는 사회는 부패하기 마련이다. 조선 왕조가 500년의 면면한 역사를 이어갈 수 있었던 힘은 바로 선비들의 직언이었다. 신봉승의 《직언》은 목숨을 걸고 직언을 올려 왕의 생각을 바꾸고자 했던 신하들과 후대를 위해 그 기록을 남긴 사관의 이야기를 통해서 현대를 살아가는 사람들, 특히 지식인들이 가져야 할 자세가 무엇인지를 알려준다. "백성들이 힘들어한다는데 가장 시급한 나랏일은 무엇인가?"라고 묻는 광해군의 물음에 "나라가 잘못되어가고 있는 원인은 바로 임금 자신에게 있습니다."라고 말한 과거 응시생 임숙영은 목숨을 잃을 뻔

했지만 직언의 용기와 소신을 높이 평가한 좌의정 이항복의 도움으로 병과에 급제할 수 있었다.

　이처럼 직언은 개인은 물론 나라의 운명을 가르는 소중한 덕목인 것이다. 아부와 찬양으로 권력자의 비위를 맞춰가며 개인의 안일만을 추구하는 지식인들이 많아지고 있는 요즘, 신봉승의《직언》은 참다운 지식인의 모습이 무엇인지를 되새겨보게 한다. 지식인의 직언과 그 직언에 대한 국민들의 신뢰가 나라의 발전과 국격의 품위를 높여가는 동력이라는 것을 새삼 강조하고 싶다.

23

왜 미국의 역사를 알아야 하는가?

– 《미국사 산책》 (전 17권), 강준만 저, 인물과사상사

미국이란 어떤 나라인가? 우리의 우방인가 적인가? 이러한 물음은 반미와 친미로 편을 가르는 한국사회의 고질적인 문제를 규명할 수 있는 주요한 축이자, 일종의 '뜨거운 화두'라 할 수 있다. 자기의 주장을 굽히지 않고 '바른 소리'를 통해 극단으로 나뉜 지식인들의 태도를 비판해온 강준만의 《미국사 산책》은 반미와 친미라는 감정적 태도에서 벗어나서 미국의 역사를 객관적으로 파악할 수 있는 단초를 제공해주고 있어 주목할 만하다. 한국은 '미국형 사회'이며, 미국은 '제2의 한국'이라는 규정하에, 두 나라는 '압축 성장, 평등주의, 물질주의, 각개약진, 승자독식'

등의 과정을 통해 근대화를 이루어냈다는 점에서 꽤나 닮았다는 것이 저자의 진단이다. 그래서 반미와 친미라는 이분법에서 벗어나 미국에 대한 객관적인 이해가 중요하다는 것을 강조한다.

이 책은 방대한 자료와 일화를 통해 미국의 역사를 거시사에서 미시사, 사회사에서 일상사, 정치사에서 지성사, 우파적 시각에서 좌파적 시각, 왜곡과 진실을 오가며 서술하고 있다. 도덕적 재단보다는 사실적 접근에 주안점을 두었으며, 사건의 맥락을 짚는 서술을 통해 독자에게 폭넓은 이해와 판단의 근거를 제공하고 있어 일독의 가치가 분명하다.

24

삶을 풍요롭게 만드는 선비들의 자기수양

― 《선비답게 산다는 것》, 안대회 저, 푸른역사

선비라고 하면 갓 쓰고 흰 도포자락 날리며 거드름이나 피우고, 관습에 얽매여 변화보다는 안정을 위해 전전긍긍하는 보수적이고 부정적인 인물로 이해하는 것이 우리의 대체적인 인식일 것이다. 그러나 그것은 선비의 일면만을 본 것이다. 물론 부정적인 모습을 보인 선비들도 있을 것이다. 그러나 조선의 선비들은 철저한 자기수양을 통해 올곧고 바른 삶을 살려고 했던 적극적인 인물들이었다. 책을 읽고, 벗과의 우정을 중요시하고, 예술을 통해 내면을 풍요롭게 만들고자 했던 선비들의 모습은 갈수록 강퍅해지고 메말라가는 현대인들의 삶에 충분한 귀감이 된다.

안대회의《선비답게 산다는 것》의 초점도 바로 그러한 점에 있다. 선비들의 일상을 통해 우리가 배워야 할 것이 무엇인지를 알려주고 있는 것은 물론 선비에 대한 잘못된 인식도 바르게 잡아주고 있다는 것이 이 책의 특징이자 미덕이다. 일기를 쓰고, 시를 짓고, 절식(絶食)을 실천하고, 책을 모으고, 벗과 교류를 하는 선비들의 일상은 자신의 삶을 바르고 다채롭게 만들어가는 자기수양의 모습인 것이다. 그들로부터 우리가 배워야 할 것은 바로 삶을 풍요롭게 만드는 '일상의 기술'이라고 본다.

25

인디언들이 전하는 지혜의 메시지

-《나는 왜 너가 아니고 나인가》, 류시화 편, 김영사

"우리가 어떻게 공기를 사고팔 수 있단 말인가? 대지의 따뜻함을 어떻게 사고판단 말인가? 부드러운 공기와 재잘거리는 시냇물을 우리가 어떻게 소유할 수 있으며, 또한 소유하지도 않은 것을 어떻게 사고팔 수 있는가?" 인디언 시애틀 추장이 한 말이다. 시애틀의 말은 더 이상의 설명도 필요 없이 읽는 즉시 욕망으로 점철된 자본주의적인 삶의 모습을 되돌아보게 만든다. '인디언의 방식으로 세상을 사는 법'이라는 부제를 달고 있는 류시화의 《나는 왜 너가 아니고 나인가》는 인디언들의 삶과 문화, 그리고 그들의 슬픈 역사를 담은 인디언 추장들의 연설 모음집이자 그들이 욕심과 욕망으로 가득한 현대인들에게 전하는 지혜의 메시지다.

총 41편의 명연설문과 각 연설문 뒤에 실린 희귀한 인디언 어록들과 100여 점의 사진들, 수백 권의 자료 수집을 통해 완성된 류시화의 해설, 그리고 인디언 달력과 이름 등을 실은 부록 등 가히 인디언의 모든 것들을 총망라한 책이라 할 수 있다. 다코타족 인디언들의 인사말은 '미타쿠예 오야신'인데 그 뜻이 '모든 것이 하나로 연결되어 있다' 또는 '모두가 나의 친척이다'라는 뜻이라고 한다. 자연과 교감하고, 영혼의 소중함을 인식하며 서로를 존중해가며 살아가는 인디언의 삶을 통해 현대의 문명이 잃어버린 소중한 것들이 무엇인지를 돌아볼 필요가 있다.

26

정보화 사회의 미래를 주도할 융합의 상상력

- 《디지로그》, 이어령 저, 생각의나무

　　정보화 사회를 주도해갈 원동력은 상상력과 창의력이다. 그렇다면 어디서 어떤 방식으로 상상력과 창의력을 키워나갈 것인가? 그 답은 초대 문화부장관 이어령의 《디지로그》에 있다. '디지로그(digilog)'란 디지털과 아날로그를 합쳐 만든 새로운 개념이다. 그것은 대립되는 것들을 하나로 묶는 '융합'의 개념이며, 이분법적 대립에 의해 막힌 우리의 고루한 의식을 뻥 뚫어주는 생각의 처방전이다. 우리 민족이 가지고 있는 아날로그적인 감수성을 디지털의 세계에 접목한다면 그 어느 나라도 우리나라를 따라올 수 없을 것이라는 희망적인 메시지와 함께 정보와 음식, 젓가락 문화의 특징 등 다양한 사례를 통해 디지로그적인 감수성을 키울 수 있는 관점을 알려준다는 것이 이 책의 미덕이다.

　서양은 '1과 0'이라는 단순한 도식과 분리로 디지털의 세계를 구축해가지만 우리나라는 '1과 0'의 사이를 융합하는 디지로그적인 감수성을 이미 문화적으로 획득하고 있어 서양이 구축하지 못하는 세계를 만들 수 있다는 것이 저자의 주장인데, 그 대표적인 것이 '비빔밥'이다. 밥이라고 할 수도 없고, 반찬이라고도 할 수 없는 '비빔밥'은 대립과 경계를 허문 융합의 상징이며, 정보화 사회를 추동해갈 창의력의 보고와도 같은 문화적 사례이다. 미래를 책임져야 할 젊은 세대들에게 적극 추천한다.

제4부

나의
독서노트

과실수가 열매를 맺기 위해서는 농부의 세심한 손길이 필요하다. 잡초를 뽑고, 거름을 주고, 가지를 쳐주어야만 좋은 열매를 맺을 수 있다. 책을 읽고 머릿속에 담아두는 일은 나무만 심어놓고 그 나무가 잘 자라기만을 바라는 것과 같다. 물론 그대로 놔두어도 열매를 맺을 것이다. 그러하듯 독서만 해도 얻어지는 것은 있기 마련이다. 그러나 더 좋은 열매를 맺으려는 욕심이 있다면 농부가 나무를 보살피듯 나름의 노력을 해야 한다. 그래서 나는 책을 읽으면서 또는 읽고 나서 기발하다고 생각되는 표현이나 기억할 만한 명문 그리고 훗날 응용할 만한 구절 등이 나오면 그때그때 독서노트에 옮겨 적고 내 생각의 단편을 메모 형식으로 적어두곤 했다. 때로는 요약하거나 편집한 것도 있다. 그곳에는 여행이나 영화를 감상하면서 보고 느낀 문장들도 용해되어 있다.

지금 나에게는 여러 권의 독서노트가 있다. 원문을 옮겨 적고 그와 함께 내 생각도 함께 적어놓은 그러한 독서노트들은 단순한 노트가 아니라 내 독서편력의 모든 것을 담고 있는 인생의 보물창고라 할 수 있다. 나중에 기회가 되면 독서노트의 모든 내용을 공개해서 자랑(?)하고 싶은 마음도 설핏 들지만 혹여 자만의 소치로 보일까 염려되어 그중 아주 일부만 소개를 한다. 소개라기보다는 이런 식으로 독서노트를 작성한다면 독서의 열매가 더 풍요로워진다는 것을 함께 공유하고 싶어서라는 것이 솔직한 나의 심정이다.

특히 개정판에 추가된 독서노트 I 에는 최근의 독서노트에 수록된 내용 중에서 발췌하여 단평과 함께 실었다.

I

나는 지금 네 번째 해바라기를 그리고 있다. 우리는 노력이 통하지 않는 시대에 살고 있는 것 같다. 그림을 팔지 못하는 것은 물론이고 완성한 그림을 담보로 돈을 빌릴 수조차 없다. 우리가 살아 있는 동안 상황이 나아질 것 같지도 않다. 다음 세대의 화가들이 좀 더 풍족한 생활을 할 수 있도록 발판을 마련해주는 것으로 보람을 삼기에는 우리의 인생이 너무 짧구나. 아니 시련에 용감히 맞설 만한 힘을 유지할 수 있는 날이 더욱 짧기만 하다.

– 빈센트 반 고흐가 동생 테오에게 보낸 편지(1888.8)

note

그로부터 100여 년 후인 1987년 3월 30일 고흐가 그린 위 네 번째 해바라기는 런던의 크리스티 경매에서 일본의 야스다(安田) 화재해상보험에 약 4000만 달러(400억 원)에 팔렸다.

나보다 나을 것 없고 / 내게 알맞은 길벗이 없거든 / 차라리 혼자서 갈 것이지 / 어리석은 사람과 길벗이 되지 마라

– 《법구경》

☐ 동반자들 속에 끼면 쉬거나 가거나 섰거나 또는 여행하는 데도 항상 간섭을 받게 된다/ 독립과 자유를 찾아 무소의 뿔처럼 혼자서 가라

– 《숫타니파타》

note

여행이란 어디를 가느냐보다 누구와 함께 가느냐가 중요하다. 모처럼 길을 떠났는데 일상의 타성에서 벗어날 줄 모르는 시시껄렁한 이웃과 어울리게 되면 가는 길이 더욱 고달프고 스트레스를 받는다.

☐ 日日是好日 (일일시호일) – 날마다 좋은 날이다

– 운문(雲文) 선사

note

짧은 글(문장)속에 깊은 뜻을 내포하고 있다. 어느 사형수가 집행날짜를 앞두고 감방에 작은 벌레가 기어가는 것을 보고 "제발 벌레가 되더라도 살아 있을 수만 있다면……" 하고 간절히 기도했다는 일화가 있다. 산다는 그것만으로도 매일매일이 수백 억짜리 복권에 당첨된 것보다 더 기쁘다고 생각해야 한다.

⬜ 처참할 때 행복했던 시절을 회상하는 것보다 더 큰 고통은 없다.

- 단테, 《신곡》 지옥 편

note

우리는 보통 힘들고 어려울 때 행복하거나 즐거운 때를 떠올리며 마음의 위안을 삼는다고 한다. 그러나 이는 위선이다. 더 큰 고통만을 안겨줄 뿐 아닌가!

⬜ 평생 할 일을 단숨에 끝냈다. 죽을 곳에서 살기를 도모하면 대장부가 아니다. 삼한 땅에 태어나 만방에 명성을 드높였다. 백 년을 사는 이 없는 법, 한번 죽음으로 천년을 살 사람(生無百世 死千秋).

- 위안스카이

note

위안스카이(원세개)가 안중근 의사의 의거를 애도하면서 지은 시다. 당시 민우(民吁)일보에 게재됐다. 김명호 《중국인 이야기》 3권에 자세하다.

나는 들은 대로 전할 의무는 있지만 그것을 믿을 의무는 없다.

- 헤로도토스

⬜ 사실을 거짓으로 미화하지 않고 악을 숨기지 않는다.(不虛美

不隱惡, 불허미 불은악)

– 사마천

📖 책이 우리의 마음을 이 모든 고난으로부터 벗어나게 해주고
많은 사람들이 열망하는 것을 경멸하는 것을 가르쳐줄 것이다.

– 포조 브라치올리니

📖 정치적 좌절을 겪고 강서(江西)라는 오지의 깊은 산속에 틀
어박힌 한 사내(주자)의 한밤중의 사색이 만든 에세이 몇 편을 두
고 우리는 조선 500년 동안 허송세월을 했다. 그리고 그 500년
만에 얻은 결론은 나라가 망한다였다. 짱시(강서성)의 깊은 산속

에서 별을 보며 끄적였던 한 불면증 환자의 에세이가 불러온 파국 치고는 너무 비참한 것이었다. 그 파국의 그림자가 지금껏 길게 드리워져 있다.

– 김경일 《공자가 죽어야 나라가 산다》

note

저자는 중국 남송(南宋)시대 주자라는 시대부적응자가 만들어낸 공식을 주자학(성리학)이라 떠받들면서 조선왕조 500년간 한반도의 문제와 조선인의 삶을 좌우한 공자정신의 변종을 질타하고 있다. 판단은 각자의 몫이다.

공자는 자신의 말 속에 자신도 모르는 치명적인 편가름을 담고 있다. 바로 흑백논리다. 동양사회를 관통해 흐르는 군자와 소신의 2분법적 편가름은 바로 공자의 발명품인 것이다. 이 이분법 때문에 많은 사람들은 둘 중 하나만을 선택할 수밖에 없었다. 물론 대부분이 자신을 군자라고 선언했다. 연주가 끝나면 졸다가도 박수를 쳐야 하듯이.

– 김경일 《공자가 죽어야 나라가 산다》

note

역시 판단은 독자의 몫이다.

타고난 독서광인 세종은 눈이 짓누르고 현기증이 빈발하는 지경이 되었는데도 책을 놓지 않자 태종이 이를 크게 꾸짖고 충녕(세종)이 가지고 있는 책을 모조리 압수하였다. 그때 태종이 빠뜨리고 압수하지 못한 책이 송나라의 구양수와 소식이 주고받은 편지 묶음인 《구소수간》이었는데 충녕은 밤낮으로 그 책만 하도 읽어 모조리 외울 지경이 되었다.

– 《조선왕조실록》에서

note

또한 세종은 식사 중에도 책을 펴서 좌우에 놓았으며, 밤에 잘 때 잠자리에서도 책을 놓는 법이 없었다. 세종 스스로 정사는 모두 100번씩 읽었으며 딱 한 가지 책만 30번 읽었다고 실록은 전하고 있다. 위대한 성군의 첫째 비결은 바로 독서였다. 세종 다음으로 조선시대의 성군인 정조 역시 독서광이었다.

한때 용감했던 사람일지라도 끝까지 용감하려고 헌신하지 않는다면 계속해서 용감하리라고 장담할 수 없습니다. 마찬가지로 한때 신체적으로 강인했다 할지라도 게을러지는 순간, 신체 조건은 나빠집니다. 절제와 인내도 그것을 고양하는 노력을 중단하는 순간 퇴보할 것입니다. 제국을 얻는 것은 위대한 일이지만 얻은 후에 그것을 지키는 것은 더욱 위대한 일입니다. 승리는 용기만 있는 자에게도 가끔 주어지지만, 승리를 쟁취하고 그것을 유지하는 일은 절제와 인내 그리고 엄청난 주의를 실천하지 않는다면 불가능합니다.

- 키루스

note

고대 페르시아 제국의 건설자인 키루스 대왕(BC 576~530)의 취임연설이다. 이 연설이 실린 크세노폰의 《키루스의 교육 (키로파에디아)》은 리더십에 관한 최초의, 최고(最高)의 저서로 평가받는다. 알렉산드로스가 원정길에 휴대했던 2권의 책 중 한 권이다(다른 한 권은 호머의 《일리어드》). 마키야 벨리 《군주론》의 모델이 된 책이기도 하다.

사람들이 행복하지 못한 것은 그 행복을 목표하고 믿기 때문입니다. 진정한 행복은 먼 훗날에 이룰 목표가 아니라 지금 이 순간 존재하는 것입니다. 행복은 은퇴하고 자식들 키워 다 결혼시킨 이후 나이 들어 시골에 집이라도 한 채 마련한 다음에 오는 것이 아닙니다. 내일 일은 아무도 알지 못합니다. 행복은 미래의 목표가 아니라 현재의 선택입니다. 지금 이 순간 행복하기로 선택한다면 우리는 얼마든지 행복해질 수 있습니다. 모든 것은 마음먹기에 달려 있습니다.

- 법정스님

note

평범한 일상 속에서의 행복론을 평이한 언어로써 설시하고 있다. 행복론의 진수를 담고 있다. 법정스님의 법문은 이어진다. "행복의 첫째 비결은 다른 사람과 자신을 비교하지 않는 것이며, 자신이 좋아하는 일을 하는 것입니다. 행복은 집과 채소밭을 갖는 것입니다."

지금 요동벌에서 산해관까지 1200리길, 사방에는 모두 한 점의 산도 없이 하늘 끝과 땅 끝은 마치 풀로 붙이고 실로 꿰매 놓은 것만 같아 옛날의 비, 지금의 구름이 오직 푸르고 푸를 뿐 이니 한바탕 울어봄 직하지 아니한가?

– 박지원 《열하일기》

note

1939년 경성제대 대륙문화연구회에서 열하일대를 답사하고 펴낸 보고 서 〈북경·열하의 사적 관견〉에서 결론 대신 인용한 글이기도 하다. 연암 은 자신의 처지가 얼마나 어둡고 막막했으면 탁 트인 요동벌을 바라보며 '한바탕 울 만하구나'라고 말했을까. 요즘 내 심정을 대변하는 것 같기도 하다(2013. 8. 24).

피리 부는 영감으로 알려진 프랑세 마망바는 가끔 우리 집에 와서 뜨거운 포도주를 마시며 밤을 지새우곤 했지요.

– 알퐁스 도데

note

알퐁스 도데의 단편 〈풍차 방앗간 소식〉 첫 문장이다. 포도주의 본고장인 프랑스에서는 포도주를 데워서도 먹는 것을 알았다. 알퐁스 도데를 기억 하는가, 남프랑스 프로방스 지방 한 목동의 아름다운 이야기 〈별〉을 쓴 작가를. 그의 단편 〈아를의 부인〉, 〈마지막 수업〉, 〈스갱씨의 염소〉, 〈생기 르네의 등대〉 등을 읽고 있으면 마음이 평온하면서 힐링이 된다.

화내는 사람이 언제나 손해를 본다. 화내는 사람은 자기를 죽이고 남을 죽이며 아무도 가깝게 오지 않아서 늘 외롭고 쓸쓸하다.

– 김수환 추기경

어느 의학 잡지에 의하면 화를 냈을 때 인간이 토해내는 숨을 냉각시킨 침전물(밤색)을 쥐에게 주사했더니 수 분 만에 죽었다. 한 사람이 한 시간 동안 계속 화를 낼 경우 80명을 죽일 정도의 독소를 발생한다고 한다. 화를 낼 경우 온몸이 그 무서운 독으로 가득 차 있고 그것이 온몸에 전파되니 얼마나 건강에 치명적인지 굳이 설명할 필요는 없다.

① 하루를 즐거움으로 가득 차게 하라. 색다른 경험이 색다른 결과를 낳는다.

② 좌우지간 도전하라. 실패는 성공의 자양강장제다.

③ 작은 실천을 진지하게 반복하라. 용두사미 보다 우공이산(愚公移山)이 낫다.

④ Best one 보다 Only one이 되어라. 경쟁에서 이기는 유일한 방법은 경쟁하지 않는 것이다.

⑤ 꿈을 상상하라. Vision은 Visualization의 약자다.

– 유영만 《제4세대 HRD》 중에서

Best one은 자리에 목숨 거는 사람(職의 사람)으로 최고를 지향한다. Only one은 일에 목숨 거는 사람으로(業의 사람)으로 유일을 지향한다.

Only one이야 말로 경쟁자가 없는 Blue ocean이다. 또한 비전은 시각화 (Visualization), 즉 그림으로 표현할 때 달성 가능성이 높다. 그리워하는 대상을 자꾸 그리다 보면 그림속의 그리워하는 대상이 현실로 나타난다.

數飛之鳥는 忽有罹網之殃이다(삭비지조는 홀유이망지앙이다).
- 자주 나는 새는 그물에 걸리는 재앙이 있다.

- 野雲선사의 《자경록》

note

삶에서 자주 침묵하고, 홀로 있으면서 자신을 들여다보는 시간을 가지라는 가르침.

心定者言寡 定心自寡言始(심정자언과 정심자과언시).
- 마음이 정해진 자는 말이 적어진다. 마찬가지로 마음을 정하는 데에는 말을 적게 하는 것으로 시작을 해야 한다.

- 이이 율곡

note

율곡이 20세 때 자신을 경계하며 생활수칙으로 삼은 〈자경문(自警文)〉의 한 구절이다. 음미할수록 가슴에 와 닿는다.

📖 공사에 임하는 사람 중에 겉으로는 무어라 하든 순수하게 나라만의 이익을 생각하는 사람은 거의 없다. 어쩌다 그 행동이 국가에 이익이 되었다 해도 자신의 이익과 나라의 이익이 일치한다고 생각했기 때문에 그렇게 행동한 것이지 그저 박애주의원칙에 따른 것은 아니다. 인류의 행복을 위해 일하는 공무원은 더더욱 없다.

– 벤저민 프랭클린, 25세 때의 생각

note

낭만이 아닌 현실의 정치에 주목하자!

📖 일을 벌이지 않으면 현상타파란 있을 수 없다. 요는 일을 벌이는 데 있지 성공여부까지는 생각할 필요가 없다.

– 사카모토 료마

돌다리도 두드리고 걷는다. → 그러나 너무 신중하면 소심증이 돋아 결단의 때를 놓친다.

□ 두려움과 미신, 그리고 무지와 가난은 많은 사람들이 싸워보지도 않고 체념적으로 받아들이는 인간의 4가지 적이다. 그런데 왜 우리는 그런 적들과 싸우지 않는 것일까? 우리가 원하지 않는 것을 삶에서 거부하면서 '기적'을 일궈내는 방법을 모르기 때문이다.

– 나폴레온 힐

Positive Mental Attitude가 중요하다!

□ 대나무 숲을 헤치며 불어온 바람은 지나간 뒤에 소리를 남기지 않는다. 찬 연못 위를 날아가는 기러기는 연못에 그림자를 남기지 않는다. 고로 군자는 일이 닥치면 마음을 다해 대처하지만 일이 지나고 나면 그에 집착하지 않고 마음을 비운다.

– 《채근담》

지난 일에 쓸데없이 집착하지 말고 마음을 비우라는 다짐을 갖게 하는 구절이다.

한때의 분노를 참으면 백일 동안의 근심을 면할 수 있다(忍一時之
憤 免百日之憂).

– 《명심보감》

내가 주먹을 휘두를 권리는 남의 코앞에서 멈춘다.(The right to
swing my fist ends where the other men's nose begins.)

– 올리버 웬델홈스

우유부단, 임시변통, 미봉책과 비효율적인 대책, 미루기가 통하
던 시대는 끝났다. 이미 우리는 결과로 말하는 시대에 접어들었
다.

– 처칠

▯ 개 한 마리가 헛것을 보고 짖으면 백 마리 개가 정말로 알고
같이 짖는다.

– 《잠부론(潛夫論)》, 후한의 유학자 왕부(王符)가 쓴 책

note
_____

맨 처음 만들어져 모방되는 소용돌이가 올바른 가치가 있어야 함.

▯ 지금의 나를 만든 것은 하버드대학도 아니고 미국이라는 나라도 아니고 내 어머니도 아니다. 내가 살던 마을의 작은 도서관이었다. 100년이 지나도 200년이 지나도 결코 컴퓨터가 책을 대체할 수 없다.

–빌 게이츠

note

빌 게이츠는 그 도서관에서 과학자와 정치가, 역사적 영웅의 전기를 즐겨 읽었다고 한다.

▯ 돈은 제6감과 같은 것으로 그것이 없으면 다른 감각을 완전히 이용할 수 없구나.

–서머싯 몸의 《인간의 굴레》에서 주인공 필립이 한 독백

note

같은 맥락에서 떠오른 문장. "나는 젊었을 때 돈을 최고로 여기는 것을 그렇게 경멸했다. 그러나 나이가 들면서 그 말이 진실이라는 것을 뼈저리게 깨달았다." –오스카 와일드

당신이 이곳에 살다 간 덕분에 단 한 사람의 인생이라도 풍요로워진다면 그것이 진정한 성공이다.

– 랄프 왈도 에머슨

부모가 자녀의 인생에 남겨줄 수 있는 최고의 유산은 '좋은 습관'이다. 그리고 그에 못지않게 중요하고 강력한 것이 하나 더 있다면 그것은 아마도 '따뜻한 추억'일 것이다.

– 시드니 해리스, 칼럼리스트

note

좋은 습관 → 독서. 따뜻한 추억 → 가족여행. 나는 이 말을 주례를 서면서 가끔씩 원용한다.

얼음이 석 자씩 얼려면 하룻밤 추워서는 안 된다.

note

사마천의 《사기》에 어울리는 표현.

성공의 3요소 : 세상에 공헌하겠다는 욕망(desire), 특정분야를 향한 열정(passion), 명예와 부에 대한 갈망(longing).

– 스탠퍼드대 심리학교수 캐롤 드웩

희망이란 본래 있는 것이라 할 수도 없고, 없는 것이라 할 수도 없다. 이것은 마른 땅 위의 길과 같다. 사실 본래부터 땅 위에 길이 있었던 것은 아니다. 다니는 사람이 많아지면 길이 생겨나는 것이다.

–루쉰의 단편소설 〈고향〉 중에서

중국 초등학교 교과서에 실릴 정도로 널리 알려진 루쉰의 명작.

개별적인 이기심의 추구가 집단적인 후생을 극대화한다는 것이
자본주의 메커니즘의 기본이다.

– 애덤 스미스

우물에 침을 뱉는 자는 언젠가 그 물을 마시지 않으면 안 된다.

– 유대 격언

길이 없으면 길을 찾고, 찾아도 없으면 만들면 된다.

–정주영

▯ 싸움터에 먼저 나아가 적을 기다리는 사람은 편하고, 늦게
도착하여 달려가는 사람은 고달프다.

– 《손자병법》, 허실 편

함께 생각해볼 문장. "싸움에 능한 장수는 적을 나오게 하되 적에 게 나
아가지 않는다."

📖 당신이 정말로 사랑하는 일을 하라. 아침이면 저절로 눈이 떠질 것이다.

–워런 버핏

_____ **note**

'Before 9'(아침 9시 이전)이 인생을 바꾼다.

성공한 사람은 실패를 무릅쓰고 새 아이디어를 실행하지만 성공하지 못한 사람은 아이디어의 문제점을 지적하여 실행하지 않을 구실만 찾는다.

– 브라이언 트레이시

📖 너무 가까이 있는 것에 대해서는 그리 관심을 기울이지 않는 것이 사람의 습성이다.

– 시오노 나나미

_____ **note**

시오노 나나미가 자신의 남성관을 밝히면서 한 말 → "일류대학 일류학부에 입학하는 것이나 외교관이나 변호사나 관료가 되기 위한 시험에 합격한다는 것은 두뇌가 있고 공부하는 방법만 알고 있으면 대부분 남자들에게 가능한 일이다. 그러나 품위 있는 행동, 유머감각, 절묘한 균형감각을 가지고 모든 일에 대처하는 능력 등은 시험으로 측정할 수 없는 자질이다."

  사나이는 자기가 어디로 가고 있는지 무엇을 하고 있는지 모를 때는 한걸음 물러서서 다시 시작해야 한다.

–로버트 미첨, 영화 〈돌아오지 않는 강(The river of no return)〉의 대사

note

늘대 등은 항상 원점(처음 추격을 시작하던 자리)에서 시작한다. 모든 포식자들은 성공했던 실패했던 원점에서 다시 시작한다.

나를 인정해주는 한마디 말로 두 달을 살아간다.

– 마크 트웨인

나는 승리에 사로잡힌 사람이 아니라 오직 진실에 사로잡힌 사람이다. 나는 성공에 사로잡힌 사람이 아니라 내안에 있는 빛에 사로잡힌 사람이다.

– 링컨

  쓸데없는 일은 버려라. 가족과 자신만의 시간을 유지하고 주변의 모든 복잡한 요소를 과감하게 제거할 필요가 있다.

– 데브라 멘튼

note

리더는 자신의 삶을 단순화시킬 줄 알아야 한다.

☐ 가던 길을 멈추고 노을 진 석양을 바라보며 감탄하기에 가장 적당한 순간은 그럴 시간이 없다고 생각하는 바로 그 순간이다.

–어니 J. 젤린스키

note

자문(自問) → 나는 지금 어디를 향해 이렇게 빠른 속도로 질주하고 있는가?

불의가 어느 한 곳(anywhere)에라도 있다면 정의는 어디서나(everywhere) 위협받는다.

– 마틴 루터 킹

예술창작의 목표는 새로운 것을 만들어내는 것이 아니라 너무 익숙해져 우리가 느끼지 못하는 것을 낯설게 느끼도록 만들어주는 것이다.

– 러시아 형식주의 선구자 쉬클로프스키

☐ "쥐는 벽을 잊어도, 벽은 쥐를 잊지 않는 법입니다. 월이 어떻게 오를 잊을 수 있겠습니까?"

– 《월절서(越絕書)》

note

오자서가 부차에게 한 말. 벽을 갉아서 상처를 입힌 쥐는 그 일을 잊어버려도 상처받은 벽은 쥐에 대한 원한을 결코 잊지 않는다는 뜻.

누구나 모든 것을 볼 수 있는 것은 아니다. 대부분의 사람들은 자신이 보고 싶어 하는 것밖에는 보지 못한다.

– 율리우스 카이사르

상식적인 사람들은 스스로를 세상에 적응시키지만 상식을 벗어난 사람들은 세상을 자기 자신에게 적응시키려고 한다. 때문에 모든 진보는 상식을 벗어나려는 사람들에게 달려 있다.

– 버나드 쇼

누군가를 약하게 만들려면 먼저 강하게 만들어야만 한다. 무엇인가를 없애려면 먼저 반드시 일으켜야만 한다.

– 노자

생각한 대로 살지 않으면 사는 대로 생각하게 된다.

– 폴 발레리

☐ 승리자로 가득한 세상보다 나쁜 것은 없다. 그나마 삶을 참을 만하게 만드는 것은 패배자들이다.

– 볼프 슈나이더

우리 사회는 실패자나 패배자에 대하여 가혹하다. 공정한 사회가 되려면 일등과 성공자만이 대접받는 독무대가 되어서는 안 된다.

아름다운 마무리는 처음으로 돌아가는 것이었습니다. 결국 아름다운 마무리는 끝이 아니라 시작이었습니다.

– 법정스님

☐ 과감하라. 과감하라. 항상 과감하라. 전장에 나가면 우리는 이기거나 지는 것이 아니라 이기거나 죽는 것이다. 그러니 우리는 과감해야 한다.

– 조지 패튼

함께 생각해볼 말. "네 자신의 두려움과 타협하지 마라."

☐ 한 횃불에 수천 사람이 저마다 홰를 가지고 와서 불을 붙여 간다고 할지라도 그 횃불은 조금도 달라지지 않는다.

– 붓다

남에게 무엇을 베푼 자비는 횃불의 불을 나누어주는 일에 불과하다. 횃불에 불을 붙이도록 허락한다고 해서 그것을 자선이라고 생색을 낼 수 있겠는가?

세상을 등지고 깊은 산에 사는 것도 아니면서 벼슬을 하지 않으려는 이상한 사람들의 행동이나, 오랫동안 빈천한 지위에 처해 있으면서도 말로만 인의(仁義) 운운하는 것 역시 부끄럽다.

– 《사기》의 〈화식열전〉 중에서

너무 높은 지위에는 오르지 않는 편이 좋다. 최고의 자리에 올라가면 수많은 함정이 도사리고 있다. 재능은 적당히 발휘하라. 지나치면 금방 한계가 드러난다. 훌륭한 행동도 정도껏 하라. 지나치면 다른 이들의 시기나 모함을 받기 때문이다.

– 《채근담》

🗎 역경을 이겨내고 피어난 꽃이 모든 꽃 중에서 가장 진귀하고 아름답다.(The flower that blooms in adversity is most rare and beautiful of all.)

– 영화 〈뮬란〉의 대사 중에서

note
_____

세상에서 가장 예쁜 꽃은 웃음꽃이다. 세상에서 가장 진한 향기는 독서 향기다.

🗎 사람은 능력 하나만으로는 절대 성공할 수 없다. 운을 잘 타

고나야 한다. 때를 잘 만나고 사람을 잘 만나야 한다. 그러나 그보다 더 중요한 것은 운이 다가오기를 기다리는 둔(鈍)한 맛과 운이 트일 때까지 버텨낼 수 있는 끈기 즉 근성이다.

– 이병철

_____
note

어쩌면 운은 둔한 맛이 있는, 끈기를 갖고 근성으로 버티는 사람에게만 주어지는 또 하나의 실력인지도 모른다. (정진홍, 《인문의 숲에서 경영을 만나다》)

비관론자가 천체의 비밀이나 해도에 없는 지역을 항해하거나 인간 정신세계에서 새로운 지평을 연 사례는 없다.

– 헬렌 켈러

_____
note

아이젠하워는 "비관론자는 어떤 전쟁에서도 승리하지 못했다."라고 말했다.

인간이란 모두 집행기일이 확정되지 않은 사형수들이다.

– 빅토르 위고

부당한 비판은 종종 변형된 칭찬이라는 것을 기억하라. 그것은 대개 여러분의 부러움과 질시를 불러일으켰음을 의미한다. 죽은 개는 아무도 걷어차지 않는 법이다.

- 데일 카네기

불행은 언젠가 내가 소홀히 보낸 시간들이 나한테 가하는 복수
다.

- 나폴레옹

당신의 사상에 반대하지만 그 사상 때문에 탄압받는다면 나
는 당신의 편에 서서 싸울 것이다.

- 볼테르

note

타자와의 다름과 차이를 인정하는 똘레랑스의 정신. = 군자(君子)는 화이
부동(和而不同)하고, 소인(小人)은 동이불화(同而不和)한다. 군자는 남과
서로 다름을 인정하고 화합하지만 의를 굽혀 부화뇌동하지 않는다. 소인
은 서로 같은 듯 무리 지어 다니지만 화합하지 못한다.

우리 인생은 우리가 생각하는 대로 만들어진다.(Life is what
our thoughts make it.)

- 마르크스 아우렐리우스

note

데일 카네기는 "유쾌하게 생각하고 행동하라. 그러면 유쾌한 기분이 절
로 솟아날 것이다."라고 말했다.

괴테가 말한 행복한 삶의 다섯 가지 원칙.

1) 지난 일에 연연하지 않는다.

2) 사람을 미워하지 않는다.

3) 작은 일에 화내지 않는다.

4) 현재를 즐긴다.

5) 미래는 신에게 맡긴다.

― III ―

변절이란 무엇인가, 절개를 바꾸는 것, 곧 자기가 심신으로 이미 신념하고 표방했던 자리에서 방향을 바꾸는 것이다. 그러므로 사람이 철이 들어서 세워놓은 주체의 자세를 뒤집는 것은 모두 다 넓은 의미에서 변절이다. 그러나 사람들이 욕하는 변절은 개과천선의 변절이 아니고, 좋고 바른 데서 나쁜 방향으로 바꾸는 변절을 변절이라 한다.

― 조지훈의 〈지조론〉 중에서

그 사회의 문명의 수준을 알고 싶다면 그 사회가 죄수를 어떻게 다루는지를 보라.

― 도스토예프스키

📖 나의 뒤를 따르라. 그리고 평가는 후세 사람들에게 맡겨라.

– 단테의 《신곡》 '연옥 편' 5장

note

마르크스는 《자본론》 서문에서 "그대의 길을 가라. 그리고 평가는 후세
사람들에게 맡겨라."라고 바꿔 인용했다.

📖 미쳐서 살다가 깨어서 죽었다.

– 돈키호테의 묘비명

note

가장 확고한 믿음은 광기가 될 수밖에 없다. 돈키호테의 광기를 눈치 채
고도 그를 떠나지 못한 산초처럼.

언제 어디서나 모든 것을 긍정적으로 생각하라. 그러면 그가 서
있는 자리마다 향기로운 꽃이 피어나리라.

– 임제 선사

인간이란 현재 갖고 있는 것에다가 다시 새로 가질 수 있다는
보장이 없으면 현재 갖고 있는 것조차 가졌다는 기분이 들지 않
는 법이다.

– 마키아벨리

실제로 훌륭한 일을 이룬 사람보다 남들 눈에 훌륭해 보이는 일을 한 사람이 더욱 인정받는다. 때문에 열심히 노력하는 것 못지않게 남들에게 과시할 방법을 아는 것이 중요하다. 보이지 않는 성과는 이루지 못한 일이나 다름없다. 겉모습만을 보고 속아 넘어가는 신중하지 못한 사람이 세상에는 너무 많기 때문에 아무리 지혜로운 사람이라도 겉으로 보기에 그럴듯해 보이지 않으면 누구도 존경심을 표시하지 않는다. 정말 대단한 업적이라면 남들이 자연스럽게 알도록 꾸며라. 성공을 과시하고 싶다면 사람들이 보는 앞에서 일을 실행하라.

– 발타자르 그라시안

성공적인 메시지를 창출하려면 ① 간단하고 ② 기발하며 ③ 구체적이고 ④ 진실되며 ⑤ 감정을 불러일으키는 ⑥ 스토리가 필요하다.

– 칩 히스

꺼져라, 꺼져라, 짧은 촛불아! 인생이란 걸어 다니는 그림자일 뿐. 자기가 맡은 시간에는 잘난 척 떠들지만 그 순간이 지나면 잊히는 가련한 배우 같은 것. 소음과 분노로 가득 찬 아무런 의미도 없는 백치의 지껄임 같은 것.

– 셰익스피어의 〈맥베스〉 중에서

note

"기대는 모든 고통의 원천이다."라고 셰익스피어는 말했다.

📖 풀 위에 바람이 불면 풀은 반드시 눕는다. 그러나 누가 알랴 바람 속에서도 풀은 다시 일어나고 있다는 것을. (草尙之風 草必偃 誰知風中 草復立)

– 《시경(詩經)》

note

김수영의 시 〈풀〉이 생각난다. "풀이 눕는다. / 바람보다 더 빨리 눕는다. / 바람보다도 더 빨리 울고 / 바람보다 먼저 일어난다. / 다시 흐리고 풀이 눕는다. / 발목까지 / 발밑까지 눕는다. / 바람보다 늦게 누워도 / 바람보다 먼저 일어나고 / 바람보다 늦게 울어도 / 바람보다 먼저 웃는다. / 날이 흐리고 풀뿌리가 눕는다."(3,4연)

이처럼 부패한 사회에서는 미덕이 악덕에게 용서를 빌어야 한다.

– 셰익스피어의 〈햄릿〉 중에서

마키아벨리는 증오(비난)를 받기는 할망정 경멸만은 받으면 안 된다고 하였다. 또한 정치에서는 사랑보다 두려움의 대상이 되는 쪽을 택해야 한다고 말했다. 인간은 자기를 사랑해주는 사람은 쉽게 떠날 수 있지만 두려워하고 있는 상대한테서는 쉽게 떠날 수 없기 때문이라는 것이다.

용기는 두려움이 없는 상태가 아니다. 진정한 용기란 두려움에
도 불구하고 행동하는 상태이다.
- 괴테의 《파우스트》 중에서

나의 내면이 나의 외면을 결정하고 나의 태도가 현재의 나를 만
든다.(As within, so without.)
- 그리스 시인 헤르메시아네스

작품에는 재능만 쏟았을 뿐 천재성은 생활에 쏟았다.
- 오스카 와일드

📋 바람이 세차게 불 때야말로 연날리기에 가장 좋은 시기다.
-마츠시다 고노스케

note

초나라의 춘신군이 조영의 충고를 듣지 않아 화를 입게 된 일에 대해 사
마천은 "결단해야 할 때 결단하지 않으면 도리어 당한다."라고 했다.

꼭 멀리 가야만 새로운 세계를 만나게 되는 건 아니란다. 우리가
사는 곳도 생각에 따라서는 얼마든지 새로운 세계가 될 수 있어.

– 라퐁텐 우화 〈비둘기형제〉 중에서

사람은 자기가 있는 곳에서는 만족하는 법이 없다.

– 《어린 왕자》 중에서

새 짐승도 슬피 울고 강산도 찡그리네 / 무궁화 온 세상이 이젠 망해버렸어라 / 가을 등불 아래 책 덮고 지난날 생각하니 / 인간 세상에 지식인 노릇하기 어렵기만 하구나. (鳥獸哀鳴海岳嚬/槿 花世界已沈淪/秋燈掩卷懷千古/難作人間識字人)

– 매천 황현

note

매천은 한일병합이 되자 절명시를 남기고 55세에 음독으로 생명을 끊었다. 그는 가족에게 남긴 유자제서(遺子弟書)에 "벼슬을 하지 않았기에 내가 죽어 의리를 지켜야 할 까닭은 없으나 다만 이 나라가 선비를 키워온지 500년인데 나라가 망한 날 선비 한 사람도 죽는 사람이 없다면 어찌 애통하지 않겠는가. 나는 위로는 한결같은 마음의 아름다움을 저버리지 않았고, 아래로는 평생 읽던 좋은 글의 의리를 저버리지 아니하려, 길이 잠들려 하니 통쾌하지 아니한가. 그러니 너희들은 너무 슬퍼하지 마라." 라고 썼다.

아무도 없이 혼자 피를 흘리며 고통 받는 것이 무엇인지 아무도 모른다. …… 그래 이제 과거는 지나간 거다. 지난 거야. 빈 상자를 닫자. 상자 안에는 아직도 그 옛날 바다와 재스민의 향기가 살아 있다.

- 파블로 네루다의 〈실론섬에서 부르는 노래〉 중에서

다르게 생각하는 사람보다 똑같이 생각하는 사람을 더 존중하도록 가르치는 것은 젊은이들을 망치는 가장 확실한 길이다.

- 니체

note

신영복은 《강의》에서 "너 나 할 것 없이 큰 자리, 높은 자리를 선호하는 세태는 참으로 어처구니없다."라고 한탄했다. 모험과 도전의 다른 길을 가야 할 것이다. 젊은이들이 "풍파가 없는 항해 이 얼마나 단조로운가! 고난이 심할수록 내 가슴이 뛴다."라는 니체의 말을 명심했으면 좋겠다.

돌아갈 때는 새 길로 간다. 답사의 기본 방침.

- 유홍준

비판이라는 바람이 불어오지 않는 폐쇄적인 곳에는 반드시 부패와 추락이 태어나 거침없이 자란다. 비판은 바람이다. 이마를 시원하게 식히기도, 눅눅한 곳을 건조시키기도 하여 나쁜 균의 번식을 억제하는 역할을 한다.

- 니체

note

비판은 직언일 것이다. 우리 사회에는 직언의 바람이 불지 않고 있다.

▯ 너희가 너희 자신을 주려고 애쓰는 때 너희는 선하다. 그러나 너희 자신의 이익을 구하는 때도 악한 것은 아니다. 그것은 너희가 이익을 얻으려 애쓸 때 너희는 땅에 달라붙어 그 가슴에서 빨아 먹으려는 뿌리일 뿐이기 때문이다. 참으로 뿌리는 열매를 향해 "나와 같아라, 무르익어서 풍성함을 항상 내놓아라."라고 할 수 없을 것이니라. 뿌리에게 받음이 필요이듯이 열매에게는 줌이 필요다.

– 칼릴 지브란의 《예언자》 중에서

note

더 생각해볼 지브란의 말. "법률가 등은 법을 만들기 좋아한다. 법을 깨뜨리는 것은 더욱 좋아한다. 마치 바닷가에서 끊임없이 모래 탑을 쌓았다가 웃으며 그것을 부숴버리며 노는 아이들처럼." 헨리 6세는 "법은 멋지고 날카로운 궤변이다. 우리가 해야 되는 첫째 일은 모든 법률가를 죽이는 일이다."라고 과격하게 말했다.

헤밍웨이의 문장 철칙.

1) 문장을 짧게 쓸 것. 특히 첫머리 문장이 짧아야 할 것.

2) 내용 있는 구체적인 문장이어야 할 것.

3) 적극적인 내용이어야 할 것.

4) 필요 없는 형용사는 생략할 것.

5) 틀에 박힌 문구를 사용하지 말 것.

📄 비범한 행동은 세간의 물의를 일으키고, 독창적인 식견은 세속의 비난을 받습니다. 지극히 높은 인격은 세속에 영합하지 못하고, 큰 성공을 이루려는 자는 대중에게 일일이 동의를 얻지 않습니다. 지혜로운 자는 법을 만들고 어리석은 자는 법에 구속되는 것입니다. 국가를 부강하게 만들 수 있다면 굳이 기존의 수단만 고집하지 않아도 되며 백성을 이롭게만 할 수 있다면 기존의 예법에 얽매일 필요는 없습니다.

– 상앙

---
note

상앙의 말은 통치의 영역이 아니더라도 창의력이나 상상력이라는 영역에서 충분히 고려해볼 만하다.

목표는 언제나 우리의 눈높이를 벗어난다. 그러므로 진보를 거듭할수록 우리의 모습은 초라해지기만 한다. 만족이란 어떤 업적을 이루었다기보다는 충실히 노력했다는 데서 찾아야 하는 것이다. 최선을 다해 노력했다면 이미 우리는 승리한 것이다.

– 간디

레임덕(lame duck)이라는 말이 있듯이 권력은 늘 막판이 문제다. 《채근담》에 "말년을 보면 그 사람을 제대로 알 수 있다."라는 말이 나온다. 춘추전국시대 제환공은 말년에 충신의 말을 듣지 않고 간신배에 둘러싸여 나라를 망친 지도자들 중에 전형적인 최고의 지도자였다.

note

어느 날 문득 떠오른 생각

50년 동안 1천여 종의 베스트셀러를 분석한 결과 베스트셀러가 되기 위한 요건은 ① 종교적인 호소, ② 선정주의, ③ 자기개선의 동기, ④ 개인적인 모험담, ⑤ 선명, 발랄한 내용, ⑥ 시의성(時宜性), ⑦ 유머나 눈물을 자극, ⑧ 환상, ⑨ 성적(性的)인 흥미유발, ⑩ 이국적 정취였다.

– 프랭크 모트, 미국 언론인

즐겁게 보낸 시간은 낭비가 아니다. 권태로운 시간만이 낭비일 뿐이다.

– 카사노바(모험가, 도박가, 사기꾼, 연애편력가)

　아이를 한 명밖에 갖지 않은 사람은 한 눈으로 세계를 보고 있는 것과 마찬가지다.

note

유대사회는 적어도 두 명의 자녀를 낳는 것을 의무로 여겼다.

모난 사람이 모나지 않은 사람보다 우수한 개인일 가능성이 높다. 삐져나온 못은 더욱 삐져나오게 하라.

– 호리바 마사오, 교토 호리바 제작소 창업자

note

삐딱선을 타자!

새로운 정책을 단행해야 할 경우에는 사람들에게 생각하고 비판할 시간을 주지 않도록 잇달아 해야 한다.

– 마키아벨리

note

자칫하면 독재적인 행동이 될 수 있지만 결단이라는 측면에서는 고려해 볼 필요가 있다.

능력 있는 자의 일을 대신하려 하지 말 것이며 아랫사람의 구체적인 일에 간섭하지 마라.

– 관자

내가 무엇보다도 나 자신에게 요구하는 것은 내 생각에 충실하게 사는 것이다. 따라서 남들도 자기 생각에 충실하게 사는 것이 당연하다고 생각한다.

– 율리우스 카이사르

음식물을 당신의 의사 또는 약으로 삼으시오. 음식으로 고치지 못하는 병은 의사도 고치지 못하오.

– 히포크라테스

☐ 어려운 용어를 쉽게 풀어 쓰는 것, 즉 단순함은 재능이다.

– 로버트 기요사키

note

핵심을 전달하기 위해서는 기술적(이론적)인 설명보다는 일상적인 이야기를 통해 풀어가야 한다.

지혜로운 사람이 거절을 할 때에는 몇 가지 요령이 있다. ① 먼저 딱 잘라 거절하는 행위는 절대 피한다, ② 상대방의 말을 주의 깊게 들으며 어떤 상황에서도 완전하게 거절하지 않는다, ③ 마지막으로 겸손한 자세와 따뜻한 말 한마디로 상대방을 위로한다. 그렇게 하면 상대는 자신이 거절당했다는 것조차 깨닫지 못하게 될 것이다.

상대가 배반하지 않을 것이라는 믿음에 의존하지 말고 스스로 상대에게 배반당하지 않게 힘을 가지도록 노력해야 한다.

– 한비자

어떤 슬픔도 한 시간의 독서로 풀리지 않은 적은 내 생애에 한 번도 없었다.

– 몽테스키외

IV

누가 혼탁한 환경 속에 살면서도 그 혼탁함을 서서히 맑고 깨끗하게 할 수 있겠는가? 누가 몹시 안정된 환경 속에서도 안주하지 않고 움직여서 새로움을 서서히 촉진시킬 수 있겠는가?(孰能濁以靜之徐淸, 孰能安以久動之徐生)

－《노자》15장 중에서

note

다산 생가의 당호인 '여유당(與猶堂)'은 "머뭇거림은 마치 살 언 겨울 강을 건너는 것 같고, 신중함은 마치 사방에서 쳐들어오는 적을 경계하는 것 같다.(與呵其若冬涉水 猶呵其若畏四隣)"는 노자 15장의 구절에서 따왔다고 한다.

우리는 다른 사람의 불행을 통해 현명해진다.

– 《이솝우화》 중에서

note

이솝우화에서 유래한 영어 격언 몇 가지. ① 어정쩡한 친구는 확실한 적보다 나쁘다. ② 친숙해지면 깔보게 된다. ③ 우리의 하찮음은 종종 우리가 안전한 이유다. ④ 한 곳에 불만인 사람은 다른 곳에서도 행복하기 힘들다. ⑤ 상처는 용서할 수 있으나 잊을 수는 없다.

생각은 지구적(global)으로 하고 행동은 지역적(local)으로 하라.

– 실크로드 서역상인들의 모토

지조만 높게 가진다면 장사꾼 흉내를 내도 상관없다. 오히려 세상을 움직이고 있는 것은 사상이 아니라 경제다.

– 다카스키 신사쿠

때론 한 장의 그림이 소설 한 권보다 더 소상하다.

– 오주석

말은 부드럽게 하되 방망이(big stick)를 갖고 다녀라.

– 아프리카 속담

note

놀라운 기억력을 지닌 왕성한 독서가로 알려진 시어도어 루스벨트 대통령은 이 속담을 즐겨 인용한 것은 물론 그대로 실천에 옮겼다고 한다.

인간은 파멸될 수 있을지언정 패배할 수는 없다. 인간은 패배의 존재가 아니다. (Man is not made of defeat. A man can be destroyed but not defeated.)

— 헤밍웨이

추울 때는 그대 자신이 추위가 되고, 더울 때는 그대 자신이 더위가 되라.

— 《벽암록》

note

분별(分別)의 마음을 버리자.

나는 사람들에게 부끄럽지 않은 인간으로 기억되기를 바랍니다. 그러나 내가 사랑했던 사람에게는 그저 아름다운 한 여자로 기억되고 싶습니다.

— 그레이스 켈리

자신의 목표를 모두 달성한 사람은 목표를 너무 낮게 정한 사람이다.

— 허버트 본 카라얀

한 번도 사랑다운 사랑을 해보지 못한 사람들은 모를 거예요. 내가 불륜을 저지르는 게 아니라 사랑을 하고 있다는 것을.

– 잉그리드 버그만

창조가 있기 전에 먼저 파괴가 있어야 한다. 고상한 취향이란 얼마나 불쾌한 것인가. 그 취향이란 창의력의 적이다.

– 피카소

돈을 버는 것도 예술이고, 일을 하는 것도 예술이고, 성공적인 사업을 하는 것도 예술이다.

– 앤디워홀

나에게는 늘 간직하고 싶은 세 가지 보물이 있다. 첫째는 부드러움, 둘째는 단순하고 소박함, 셋째는 앞에 나서려고 하지 않는 태도다.

– 노자

전문가란 작은 실수는 하나도 범하지 않고, 결정적인 큰 잘못을 범하는 사람이다.

– 와인버그 법칙

누가 전문가인지 알고 싶으면, 작업 시간은 가장 길게, 비용은 가장 높게 책정을 하는 사람이다.

- 워런의 법칙

전문가란 매우 좁은 분야에서 배운 깊은 지식을 습득한 끝에 마침내는 존재하지도 않는 것에 관한 것까지 모두 알아내는 사람이다.

- 베버의 법칙

사람은 우울한 마음을 풀 배출구가 없을 때 과거를 기록하고 미래를 꿈꾸며 명저(名著)를 써내는 것이다.

- 사마천

note

고난에 처한 운명이야말로 사상을 탄생시키는 힘이다.

강을 건너가는 중에는 말을 갈아탈 수 없다. (It is best not to swap horse while crossing the river.)

- 링컨의 재선 구호

카이사르는 죽기 전날 만찬 자리에서 최상의 죽음에 관해서 이야기를 나누던 중 큰소리로 "최상의 죽음은 예기치 않은 죽음"

이라고 말했다.

⬜ 어려운 상황에서도 옳은 말을 하는 솔론(고대 그리스의 철학자, 정치가)을 보고 많은 사람들이 독재자에게 해를 당할 터인데 뭘 믿고 그렇게 대담한 행동을 하느냐고 묻자 솔론은 말했다. "내 늙은 나이를 믿소."

---
note

솔론은 "나이는 하루하루 늘어가지만 배움의 길은 나날이 새롭구나."라고 했다. 마오쩌둥은 "배움에는 끝이 없다. 당신이 하루를 더 살 면 하루를 더 배울 수 있다."라고 했다.

진실이 전진하고 있고 아무것도 그 발걸음을 멈추게 하지 못하리라.

－ 에밀 졸라의 《나는 고발한다》 중에서

내가 숲속으로 들어간 것은 인생을 의도적으로 살아보기 위해서였다. 다시 말해 인생의 본질적 사실들만을 직면해보려는 것이었으며, 인생이 가르치는 바를 내가 배울 수 있는지 알아보고자 했으며, 그리하여 마침내 죽음을 맞이했을 때 내가 헛된 삶을 살았구나 하고 생각하는 일이 없도록 하기 위해서였다.

－ 소로우의 《월든》 중에서

생각이 있는 자는 함부로 죽음을 이야기하지 않는다. 하찮은 인
간들이 감상에 젖어 자살을 하곤 하는데 그것은 용기가 아니라
막다른 골목에 몰려 뭘 더 해보려고 해도 실력이 없기 때문이다.

– 《사기》의 〈계포, 난포 열전〉 중에서

우리는 행복해지기 위해서 불행하게 살고 있다.

– 버트런드 러셀

note

지금이 바로 그때이다. 그때가 따로 있는 것이 아니다. (卽時現今 更無時
節)

백성의 경우 떳떳이 살 수 있는 생업이 없으면 그로 인해 떳
떳한 마음이 없어지는 것입니다. 만일 떳떳한 마음이 없어진다
면 방탕하고 아첨하며 사악하고 사치스러운 일들을 그만두지
못할 것이니, 백성들이 이로 인해 죄를 짓고 그래서 이들을 형벌
에 처한다면 이는 백성에게 죄를 주기 위해 그물질을 하는 것입
니다.

– 맹자가 양혜왕에게 한 말

note

동서고금을 막론하고 국정 최고책임자의 책무 중 하나는 일자리 창출을
통한 사회복지구현이다. 맹자도 백성이 인간다운 삶을 영위할 수 있도록

당신 생각을 켜놓은 채 잠이 듭니다.

– 함민복 시인의 시 〈가을〉 중에서

🗋 나는 많은 사람들 앞에서 말을 하는 게 싫다. 말은 하다 보면 나도 모르게 삼천포로 빠져버리더라고. 그날 모인 사람들의 분위기에 따라 내가 하려던 말에서 엉뚱한 방향으로 가버린 경우가 많아. 하지만 글은 그렇지 않아요.

– 법정스님

note

"스님은 글을 알기 쉽고 유려하게 잘 쓰시는데 그런 쪽 공부를 하셨습니까?"라고 묻자 "책을 많이 읽었을 뿐입니다."라고 하셨다. 언제나처럼 다름없는 단호한 단답이었다.

🗋 큰일은 체력이나 민첩성이나 신체의 기민성이 아니라, 계획과 명민함과 판단력에 따라 이루어지지. 그리고 이러한 여러 자질은 노년이 되면 대개 줄어드는 것이 아니라 더 늘어나는 것이지.

– 키케로의 《노년에 관하여》 중에서

note

최근 노령화사회에 맞춰 '훌륭하게 나이 드는 법'이라는 테마로 알량하게 기획된 베스트셀러 10권을 읽느니 키케로의 《노년에 관하여》를 읽는 일이 10배는 더 가치 있고, 우리 삶을 풍부하게 한다.

⬚ 현재도, 내가 입멸한 후에도 자기 자신을 등불 삼고 의지처로 삼아 남에게 의존하지 마라. 진리를 등불 삼고 의지처로 삼아 다른 것에 의존하지 않고 살아가는 사람만이 진정한 수행자이며 내 뜻에 가장 맞는 사람이다.

– 붓다가 열반에 들기 전 시자 아난다에게 한 설법

_____

note

부처님의 마지막 말씀. "모든 것은 덧없다. 게으르지 말고 힘써 정진하여라."

⬚ 성욕과 허영심은 인간행동의 원동력이다.

– 데이비드 흄

_____

note

프로이트는 "모든 일의 동기는 성욕과 허영심으로부터 나온다."라고 했다. 과시적 소비도 경제성장의 동력이다.

최상의 친구는 내가 아직 읽지 않은 책을 선물하는 사람이다.

– 링컨

🗐 얼마나 놀라운 일인가, 번개를 보면서도 삶이 한순간인 걸 모르다니.

– 마쓰오 바쇼

바쇼의 마지막 하이쿠. "방랑에 병들어 꿈은 마른 들판을 헤매고 돈다."

디오게네스가 시냇가에서 푸성귀를 씻는 것을 본 유복한 친구 아리스티포스가 안타깝다는 듯 "고개 수그리는 법을 조금만 알아도 호의호식 할 수 있는 것을……" 이에 디오게네스가 응수했다. "조의조식(粗衣粗食)하는 법을 조금만 알면 고개를 숙이고 알랑방귀는 뀌지 않아도 되는 것을……"

🗐 나의 인생은 여행과 꿈으로 이루어져 있다.

– 니코스 카잔차키스

note

여행과 꿈은 곧 자유를 의미하며 니코스 카잔차키스의 일생일대의 화두는 자유였다. 그의 자작 묘비명은 "나는 아무것도 바라지 않는다. 나는 아무것도 두려워하지 않는다. 나는 자유다."였다.

누구 한 사람 아는 사람 없는 군중 속을 헤치고 갈 때만큼 심하게 고독을 느낄 때는 없다.

− 괴테

세상에는 말할 자격이 없는 사람들이 너무도 많은 말을 떠들어
대고 있다. 진실이 담긴 말은 그의 가슴에 스며들어 영원히 기억
된다.

− 인디언 수우족 추장의 말

모택동은 지식을 존중했지만 지식인은 무시했다. 그 정도는
선비의 모자에 소변을 봤던 한고조 유방보다 더하면 더했지 덜
하지 않았다. "거지근성 강하고, 고마워할 줄 모르고, 남 평계대
기 좋아하고, 정확히 알지도 못하는 주제에 온갖 잘난 척은 다하
고, 무책임하다."는 것이 무시의 이유였다.

− 《중국인 이야기》, 김명호

note

모택동의 대약진 운동의 실패에 대하여 흐루시초프의 빈정대는 한마디.
"모택동이 방귀 한 번 시원하게 갈기려다 바지에 똥 쌌다."

섹스에 있어서 어려운 문제는 바로 그것을 만족시켜도 물리기
는커녕 그 반대로 더욱 흥분이 고조된다는 점이다. 그래서 섹스
는 하면 할수록 더 하고 싶어진다. 신체기관에 필요한 양의 수분
을 공급하면 저절로 없어지는 자연적인 목마름과 만족시켜주면

줄수록 더 심해지는 술꾼의 병적인 목마름을 비교해보라. 그러
나 일단 만족을 얻으면 오랫동안 진정되는 정상적인 성적 욕망
이라는 것이 과연 있을까? 나는 그렇게 생각하지 않는다.

– 미셸 투르니에의 〈짧은 글 긴 침묵〉 중에서

매는 조는 듯이 서 있고 호랑이는 병든 것처럼 걷는다.

– 《채근담》

가장 낮은 밑바닥을 이해하는 사람만이 가장 넓은 곳을 지배
할 수 있다. 대(大)칸을 비롯한 그 누구에게도 경칭 대신 이름을
불러라.

–칭기즈칸

note

칭기즈칸은 어린 시절의 파노라마와 같은 인생 역정에서도 나타나듯이
실패친화력이 몸에 밴 인물이다.

많은 유산은 의타심과 나약함을 유발하고 비창조적인 삶을
살게 한다.

– 앤드루 카네기

note

"통장에 많은 돈을 남기고 죽는 것처럼 치욕적인 인생은 없다."는 말 역

시 카네기의 명언으로 회자되고 있다.

📖 '예, 아니오.'를 분명히 하는 성격을 지닌 사람은 평생 아웃사이더로서, 그 사회의 주류에 반대하는 사람으로 살게 된다.

– E. H 카

note

눈이 번쩍 뜨이면서 깊은 침잠 속에 나를 돌아보게 하는 말이다.

📖 전시(戰時) 중에 법은 침묵한다.

– 스탠튼

note

링컨 암살혐의로 도주한 존 서랏의 어머니 메리 서랏을 암살모의에 가담했다는 혐의로 교수형에 처하면서 당시 미국 전쟁장관이 한 말. 훗날 검거된 존 서랏은 배심원들의 평결불일치로 석방됨.

완전히 비우고 고요함을 돈독히 지켜라. (致虛極 守靜篤)

– 《노자》 16장에서

인간의 성품 가운데 가장 뿌리 깊은 것이 교만이다.

– 벤저민 프랭클린

고통이 싫다면 고통 그 자체가 돼라.

- 릴케

📖 만 권의 책을 읽고 만 리 길을 여행하라. (讀萬券書 行萬里路)

- 고염무

note

진정한 공부는 책상에만 붙어 있다고 이루어지는 것은 아니다. "자식을 사랑한다면 여행을 보내라."라는 일본속담과 "여행하는 자가 승리한다." 라는 서양속담은 인생 경험 중 여행만 한 것이 없다는 것을 알려준다.

시(詩) 속에서 영원히 살아 있으려면 삶에서는 쓰러져야 하느니.

- 실러

사랑은 사람의 편안한 집이요, 의로움은 사람의 바른 길이거늘 편안한 집을 비워두고 살지 않으며, 바른 길을 버리고 걷지 않으니, 슬프다!

- 맹자

궁핍한 사람은 늘 정직하기 어렵다. 빈 자루는 똑바로 세우기 힘들다.

- 벤저민 프랭클린

우리의 꿈은 모두 현실이 될 수 있다. 우리가 그 꿈을 추구할 용기만 갖고 있으면 말이다.

– 월트 디즈니

역사에 행복한 페이지는 그리 많지 않으며, 그 행복한 페이지는 공백이다.

– 헤겔

📖 참으로 독창적인 아이디어는 비난, 무시, 비웃음을 살 경우가 더 많지요. 그렇기 때문에 절대적 고독을 넘어설 각오 없이는 독창성을 키워갈 수 없습니다.

– 이어령

---

note

니체는 "모든 위대함이 이르는 길은 고요 속을 가로지른다."라고 말했다.

책이라는 밥

초판 1쇄 인쇄 2022년 7월 18일 | 초판 1쇄 발행 2022년 8월 1일

지은이 이석연

펴낸이 신광수
CS본부장 강윤구 | 출판개발실장 위귀영 | 출판영업실장 백주현 | 디자인실장 손현지 | 디지털기획실장 김효정
단행본개발팀 권병규, 조문채, 정혜리
출판디자인팀 최진아, 당승근 | 저작권 김마이, 이아람
채널영업팀 이용복, 우광일, 김선영, 이채빈, 이강원, 강신구, 박세화, 김종민, 정재욱, 이태영, 전지현
출판영업팀 민현기, 최재용, 신지애, 정슬기, 허성배, 설유상, 정유
개발지원파트 홍주희, 이기준, 정은정, 이용준
CS지원팀 강승훈, 봉대중, 이주연, 이형배, 이우성, 전효정, 이은비

펴낸곳 (주)미래엔 | 등록 1950년 11월 1일(제16-67호)
주소 06532 서울시 서초구 신반포로 321
미래엔 고객센터 1800-8890
팩스 (02)541-8249 | 이메일 bookfolio@mirae-n.com
홈페이지 www.mirae-n.com

ISBN 979-11-6841-249-1 (03810)